D1731883

Heiger Ostertag

# Fliehende Zeit

Roman

Verlag

*Umwelthinweis:*
Dieses Buch wurde auf chlor- und säurefreiem Papier gedruckt.


1. Auflage 2006
© 2006 Schweikert Wagner Bonn Verlag, Stuttgart
Satz und Gestaltung: swb-Verlag
Schrift: Stempel Garamond
Druck: Georg Riederer Corona GmbH, Stuttgart
Printed in Germany
ISBN-10: 3-938719-08-7
ISBN-13: 978-3-938719-08-4

www.swb-verlag.de

*Meiner Frau Angelika*

Ich bedanke mich bei meinen kritischen
Mit- und Gegenlesern Hans Vastag, Klaus Rothmund
und bei Sarah

## Ein Morgen

Im Osten graute ein neuer Tag, erste zarte Spuren der Morgenröte sammelten sich in hohen Wolken. Vereinzelt ließen Amseln ihre lockenden Rufe durch das Grün der Bäume klingen, auf Wiesenblumen wie Feldgräsern glänzte feuchter Frühtau.

Der Mann schloss die Gartentür hinter sich, lief den kleinen Pfad entlang, ein Stück rechts die Straße hoch und trat dann auf den Feldweg hinaus. Er beugte sich zunächst leicht nieder, berührte mit den Händen mehrfach die Fußspitzen. Dehnte sich, lockerte vorsichtig die Muskeln der Beine. Streckte sich wieder, atmete mehrmals tief durch und begann, zunächst locker, dann kräftiger auftretend, seinen morgendlichen Lauf.

Es war noch recht frisch, er fröstelte in seinem leichten Trainingsanzug. Doch er wusste, bald würde der Lauf ihn erwärmen, der Körper die Morgenkühle nicht mehr spüren. Nur die Luft bliebe kalt und stechend. Er schritt kräftiger aus, steigerte langsam sein Tempo, jetzt erreichte der Mann die erste Wegmarke. 2:51 Minuten, er lag gut in der Zeit.

Unten am See wallten vom Wasser her weiße Schwaden, Nebel stieg aus den Uferwiesen, ein diffuses Licht lag über dem Land. Eine Gestalt stand ruhig im Schatten der Bäume. Sie war in Wolle gekleidet, trat dennoch ab und zu von einem Fuß auf den anderen, es war kalt. Aber er – oder sie – hatte gelernt, Kälte, Regen, Frost nicht an sich herankommen zu lassen. Wusste sich zu konzentrieren, die Zeit des Wartens mit Gleichmut zu ertragen und zu schweigen.

Der Waldrand war erreicht, jetzt ging es die Senke hinunter, dabei konnte er die Geschwindigkeit gut steigern, den Spurt ordentlich durchziehen. Er durfte jetzt nicht nachlassen, eher noch etwas an Tempo nachlegen. Die Kraft war da, das Atmen verlief regelgerecht im gleichmäßigen Doppelpack. Ein, aus, aus. Ein, aus, aus ... und Schritt folgte Schritt, Fuß folgte Fuß. Jetzt lief der Mann im Kurztritt, nur die Spitzen berührten den festen Boden, ein rasches Abrollen, Tempogewinn, wieder im Tritt. Dabei etwas Armarbeit, ein leichtes Durchziehen hart am Körper entlang. Aus den Augenwinkeln nahm er die Umgebung wahr: Links lief der karge Bretterzaun, die Absperrung zum Wildpark. Graubraune, verwitterte Planken, engere Lücken, vereinzelt Büsche. Dahinter zeigten sich die hohen Wipfel der Buchen und der Kastanien. Auf der Seite rechts lagen Wiesen, voll wild gewachsenem Gras und kräftig geschossenen Kräutern. Zum Teil grünlichgrau, mal auch dunkelgrün, jetzt im Morgenlicht reflektierend, noch mit Tau bedeckt. Schließlich die Bahngleise, einspurig, eng geschottert, mit dem brenzligen Geruch von Holzteer. Am Rand Drahtläufe, ein Anstieg zum Gleiskörper oben. Schrittfolgen ...

Vor ihm der Weg. Der tiefste Punkt war erreicht, jetzt kamen kürzere Tritte, ein leichter Anstieg, die Linkskurve. Etwas durchdrücken – und nicht nachlassen ...

Ein Blick auf die Uhr. Es war an der Zeit, sich auf den Weg zu machen, loszulaufen. Ein prüfender Griff, alles war dabei, alles, was nötig war, um es endlich zu vollbringen. Und es würde geschehen, nichts würde sie beirren. Sie hatten alles genau berechnet, hatten jede Eventualität in ihren Plan einbezogen, nichts dem Zufall überlassen. Ein tiefes Luftholen. Also los, der Weg war leer, niemand zu sehen, niemand würde kommen, stören, nur einer würde unterwegs sein: Er! Und sie würden sich treffen!

Los dann, jetzt galt es. Der Läufer zog den Reißverschluss seiner Jacke hoch und setzte sich in raschen Trab.

Laufen und traben, Schritt vor Schritt. Den Herzschlag spüren, den Atem in der Brust fühlen. Der Blick in die Weite, nach vorn, voraus. Dort vor ihm zeigte sich ein anderer Läufer. In dunklen Farben, schwarz und grau, wohl männlich. Er hatte ein gewisses Tempo, lief aber insgesamt eher gemächlich. Leichtere Gangart, zu stark angewinkelte Arme. Sein Alter blieb unklar. Er trug Schuhe und Kleidung der Marke Nike. Kurz zog der Mann im Tempo an, das motiviert schon, wenn jemand vor einem ist, in Sicht- und Reich-, in Laufweite sozusagen. Muss man nur ein bisschen zulegen, die Schrittfolge leicht steigern, durchtreten. Während er so lief, kamen die Gedanken. Wie ein inneres Geflüster.

Um ihn kein Schein, kein Netz, sondern fester Grund, direktes Berühren, Bodenhaftung. Unter ihm Erde. Und in ihm Gefühle, jene emotionale Konfrontation – und gleich in der dreifachen Begegnung. Hier wie auch dort. Sein Gegenüber, ständig bereit, zuzustoßen. Ihn auf den Punkt zu bringen. Es ihn fühlen zu lassen, die Dinge anzusprechen. Mit immer mehr Kritik zu überhäufen: „Du hast doch immer, früher warst du doch stets bereit." Knapp kamen sie am Streit vorbei. Saßen dann wieder in Eintracht zusammen, sprachen über Unverfängliches. Vielleicht etwas über den Tag, wie ihn jeder erlebt hatte.

Erinnerungen ...

Vor ihm die Straße. Häuser, die Fenster verhangen. Und Gärten. Ein neuer Weg. Teerstraßen, härter im Tritt, aber auch federnd. Und die Hitze, der Asphalt wird zäh, klebt an der Sohle, will halten. Sonnenblumenfelder. Und die Sonne brennt am Himmel. Warm, heiß, ein Glühen, die Erde dunstet, atmet träge vor sich hin. Atmet tiefer, schneller, ganz im Rhythmus des Laufens, des Dahingleitens, Fliegens, Fühlens.

Denn die Zeit flieht den Müßigen wie den Jagenden.

Unfug, er konzentrierte sich besser auf den Weg. Zog jetzt an dem fremden Läufer vorbei, erhaschte im Blick kurz ein ihm unbekanntes Gesicht. War sich nicht sicher, ob es doch eine Frau war. Und lief jetzt die Allee hinunter, links und rechts im Spalier die Reihen der Kastanien und Buchen. Ein Dufthauch, vernarbte Grasflächen am Rande.

Die Schritte hinter ihm wurden leiser, blieben als Klang jedoch konstant. Der andere hielt sich an ihm, folgte nach, wenn auch mit Abstand. Der Mann lief schneller. Den Asphalt unter den Füßen gewann er an Tempo, die Schrittfolge ging von allein in einen raschen, trabenden Lauf über.

Und er lief.

Und er lief.

Das Traben im Rücken schien verstummt.

Am See unten stand einer und lauschte. Aus der Ferne waren Geräusche zu hören. Kamen sie schon? Oder trug der Wind fremde Laute von anderen Orten heran? Ganz leise das stete Rauschen der fernen Autobahn. Noch kein Klick vom nahen Golfplatz. Ohne Ton auch der Wald. Nur Vogelrufe da und dort.

Halt, jetzt näherte sich etwas!

Er hatte überholt, war vorbei gezogen. Schien kurz den Blick zurück gewandt zu haben, hatte einen aber wohl nicht erkannt bzw. keine Reaktion gezeigt. Gut so, obwohl, ein Erkennen hätte nichts geändert, der Plan kannte kein Zurück, einzig der Ort wäre zu früh. Nicht hier. Erst später sollte es geschehen, obwohl es eigentlich gleichgültig war, wo das Ganze stattfände. Und langsam steigerte die Läufergestalt ihr bis dahin verhaltenes Tempo.

Ein junger Morgen. Ein Morgen, an dem er lief. Er lief oft auch am Abend, mitunter am Mittag. Jetzt aber war Morgen. Ein früher Morgen im beginnenden Sommer. Mai, Juni. Heiße Tage, warme Abende würden kommen. Immer längere Tage. Immer mehr Licht und Helle.

Zum See hinunter trug ihn jetzt der Schritt, zügig, sicher, unaufhaltsam. Vorwärts. Auf dem Wasser noch Morgenschleier, weiße Schwaden, ein Dämmern. Vom Osten ein kräftiger roter Schimmer, der Schein des frühen Morgens, ein Versprechen des Tages, frisches, neues Licht. Und überall Vogelrufe, gewissenhaft die frühe Stunde kündend. Hell der junge Osten, grau noch, fast nachtschwarz gegenüber der Westen.

Und der Osten lag hinter ihm, er bewegte sich auf Westen zu. Dorthin, wo der Tag endete. Zeitweise ...

Nur ein zeitweiliges Enden.

Nun umrundete er den See, umkreiste das graugrüne Wasser, die vom Morgenwind leicht gekräuselten Wellen. Lief dem Wegbogen nach, die beiden Inseln lagen in der Mitte. Die größere mit dem dunklen, sakralisierten Gebäude in dunklem Gestein. Und die andere, die zweite Insel mit der Vogelhütte. Wo die Vögel kreischten, aufgeregt krächzten, unmelodische, kehlige Laute ausstießen. Geflatter, Flügelschlagen, kreisendes Schweben. Ein merkwürdig abruptes Auf und Nieder. Ungewohnt, seltsam, nicht passend. Etwas schien dem Läufer eigenartig, mutete ihm fremd an. Er konnte es nicht einordnen. Und es störte den Rhythmus seiner Schritte.

Das stimmte nicht mit seiner Erinnerung überein. Die vielen Morgen, die er hier vorbei gelaufen war. Die Ruhe gespürt, die Vögel gehört hatte. Aber nicht so erlebt. Etwas war anders. Und dann sah er das Boot dort. Das blaue Boot drüben an der Insel, es störte die Ordnung der Stille, es gehörte nicht dorthin. Das Boot hatte er vorher hier nie gesehen. Boote lagen an der anderen Seite am Ufer bei der kleinen Anlegestelle, waren festgekettet und verschlossen.

Er schüttelte leicht den Kopf. Seltsam. Er hielt aber nicht inne im Lauf, lief im trabenden Rhythmus weiter. Da wurde erneut seine Aufmerksamkeit eingefangen. Dort drüben auf der Vogelinsel sah er eine schlanke Gestalt. Sie winkte ihm heftig zu, rief etwas, was er nicht verstand. Er verlangsamte den Lauf, wieder schien die Gestalt ihm zuzurufen, doch noch immer konnte er nichts verstehen. Hinter ihm aber war plötzlich das Geräusch von raschen Tritten zu hören. Er zögerte, wandte im Laufen kurz den Kopf. Da war er wieder, der Läufer von vorhin, den er längst hinter sich gelassen glaubte. Merkwürdig. Er konzentrierte sich auf den Weg, lief härter an, lief schneller, legte einen Zwischenspurt ein. Das wäre doch gelacht, wenn er den Fremden nicht …

Da traf ihn ein harter, schmerzhafter Schlag in den Rücken, völlig unerwartet, und ließ ihn nach vorne schnellen. Unwillkürlich presste er die Arme auf die Brust, bemühte sich Luft zu bekommen. Er stolperte, riss noch einmal die Arme hoch. Er keuchte, röchelte, rang mit dem Schmerz. Dann brach der Mann zusammen, fiel nach vorn auf das Gesicht. Lag im Matsch des braunen Uferbodens, der rechte Fuß zuckte, dann rührte er sich nicht mehr. Nur der Stoff seiner Jacke zeigte auf seinem Rücken eine dunkle Stelle, die sich rasch rot verfärbte.

Die Autobahnen um Stuttgart sind zu allen Stunden stark belebt und befahren. Im Stundentakt ergießt sich eine Verkehrswelle nach der andern übers Land, schwillt der Motorenlärm an und der Abgasdunst wird dichter. In einem der vielen Tausenden von Fahrzeugen, die täglich aus allen Richtungen in die Stadt fahren, in einem metallic-farbenen Daimler, saß ein Mann namens Stiller. Dr. Walther Stiller kam von Freiburg, wo er einen Studienfreund besucht hatte. Die Autobahn war frei gewesen, sodass ihm, trotz eines kurzen Aufenthaltes in Karlsruhe, bis zum Treffen mit Herrn Wacker vom LVS-Verlag um 17:00 Uhr noch einige Zeit blieb. Stiller fuhr zunächst in die City. Kurvte eine der Bergstraßen hinab, passierte den obligaten Tunnel. Bog dann in die Karl-Kloß-Straße, lenkte den Wagen mit leichter Hand über die Böblinger Straße wieder hoch auf die Schickhardtstraße bis zur Schwabstraße. Passierte das Gymnasium und durchfuhr den Tunnel. An der Rotebühlstraße fuhr er nach rechts und ein ziemliches Stück geradeaus, um sich dann links am Feuersee auf die Parkplatzsuche zu machen. Wie so oft hatte er Glück und fand einen freien Platz ohne Parkuhr. Er griff seine Mappe und zog den leichten Mantel an. Es war kurz nach Pfingsten, sollte warm sein, doch die Tage zeigten sich eher noch frisch. Stiller verschloss den Wagen und lief dann zügig die Straße entlang in Richtung Stadtmitte.

In Karlsruhe war er kurz im Generallandesarchiv gewesen, wo er etliche Archivalien bestellt hatte. Stiller interessierte sich derzeit für einige Personenakten von scheinbaren Nebenfiguren der Jahrhundertwende. Eine kleine Forschungsarbeit, die er nebenbei noch betrieb, als Ergänzung zu seiner Tätigkeit am Kaiserin-Auguste-Gymnasium. Er wollte bestimmte, bislang in der Forschung wenig beachtete sozialhistorische Aspekte überprüfen. Menschen machen Geschichte. Personen und ihre Handlungen, ihr Umfeld, ihr Tun, Leben und Wirken faszinierten Stiller. Dahinter steckten Ideen und geistige Strömungen. Personalakten, so trocken und fragmentarisch diese meist waren, gaben oft wertvolle Hinweise auf das Leben und Wirken eines Menschen. Nicht über jeden gab es eine Akte, nicht jeder hatte Eingang in die Archive gefunden, aber manches war doch bewahrt worden. Briefe, Zeitungsausschnitte und Vernehmungsprotokolle, Urteile, Spitzelberichte u.a. mehr.

Nun, Karlsruhe war wohl katalogisiert, viel Neues entdeckte er nicht. Er durchblätterte diverse Verwaltungsunterlagen, konnte dabei einige Aspekte und Details seinen Notizen hinzufügen. Nichts von Belang, in den zwei Stunden ließ sich kaum mehr erreichen, gut, dass er fernmündlich die Ausleihprozedur etwas verkürzt hatte, sonst hätte er die Zeit nur fürs Warten vertan.

Er erreichte die Königstraße, schaute sich um. Die Uhr zeigte halb Zwei, die Mittagszeit war fast vorüber. Stiller war nicht hungrig und entschloss sich, ein wenig durch die Innenstadt zu bummeln. Er lief an den unterschiedlichsten Geschäften vorbei. Die Straße war belebt, vor allem jüngere Leute ohne größere Pflichten schienen unterwegs zu sein. Gar nicht so lange her, dass er selbst ohne Pflichten war. Oder eigentlich doch schon länger her, diese Zeit ohne Pflichten, die Studentenzeit. Was hatte er eigentlich in den letzten Jahren wirklich gemacht? Studienjahre in München und Freiburg, Geschichte, Kunstgeschichte und Germanistik, die Promotion. Die Assistentenzeit bei Ottermann in Freiburg. Fünf lange Jahre hatte er sich intensiv mit dem Thema „Die Machtmetamorphose als ideologische Grundlage diktatorischer, faschistoider Herrschaftsformen seit der Französischen Revolution" beschäftigt. Er war viel dabei herumgekommen, besuchte Archive in Wien, London, München, Berlin und zahlreiche kleinere Archivorte und Bibliotheken. Entzifferte alte, schlecht lesbare Quellen, analysierte, verglich und interpretierte. Dabei entdeckte er, was ganze Generationen von Historikern, auch der „große Ottermann", übersehen hatten: Ein großer Teil des Söderbaumnachlasses musste eine Fälschung sein!

Der Alte riet ihm ab, einen Aufsatz über den Fund in der Historischen Zeitung erscheinen zu lassen; erst als er, Stiller, den Großteil seiner Entdeckung Ottermann einräumte, hatte dieser einer Veröffentlichung zugestimmt. Trotzdem, die Habilitation war geplatzt, angeblich war kein Geld mehr da, die Stelle wurde gestrichen, dann plötzlich fremd besetzt. Ottermann vergaß nie …

Er bewarb sich also mit Mitte 30 als Referendar, um seine Studien überhaupt noch verwenden zu können. Immerhin hatte er wieder Kontakte zu Verlagen knüpfen können und konnte so den einen oder anderen Artikel Gewinn bringend veröffentlichen. Erfolg? Stiller schüttelte den Kopf, setzte seinen Weg fort, lief weiter ziellos die Straße entlang.

Städtische Topographie, Orte, die austauschbar und Nichtorte waren: Ein H&M, eine Filiale des Kaufhofs, ein Feinkostladen. Rolltreppen führten zu den S- und U-Bahnen. Ein Crêpes-Stand. Er kehrte um, beschloss, in dem Café am großen Platz rechts vom Neuen Schloss eine Kleinigkeit zu sich zu nehmen. Es war jetzt wärmer geworden, die Sonne brach durch, der Tag wurde doch noch schön. Er würde draußen sitzen und die Menschen auf der Straße beobachten. Also, zurück, vorbei an Karstadt, an Bankfilialen, an Reisebüros, einem Zigarrenladen, McDonald's und einem Teeladen. An der Ecke das Kino, links ging es zur Kunsthalle, rechts zur Post. Er passierte die Arkaden,

den neuen „Strauss", Lederwaren, Bücher und Zeitschriften und gelangte wieder an das obere Ende, dorthin, wo der Platz sich öffnete.

Ob sich an seinem Leben noch etwas ändern würde? Ob seine über Jahre erworbenen Kenntnisse ihn irgendwann weiterführten? Stiller schloss seine Gedanken ab, mit Wissen allein kam man in dieser Welt wohl nicht weiter.

Der Mann las mit tiefer, sonorer Stimme den Text zum Anfang des Rituals:

*„ Großer Intellekt und allzu viel Wissen sind eine zweischneidige Waffe im Leben und Werkzeuge zum Bösen, sowohl wie zum Guten. Wenn mit Selbstsucht verbunden, werden sie aus der ganzen Menschheit einen Fußschemel für die Erhebung ihres Besitzers und ein Mittel zur Erreichung seiner Zwecke machen. Auf jeden Fall wird die Abwesenheit von Selbstbewusstsein und Intellekt aus einem Menschen einen Blödsinnigen machen, ein Vieh in menschlicher Form. "*

Der Redner hielt hier mit der Lesung des Textes inne und legte das Blatt in einer langsamen Bewegung sorgfältig beiseite. Er sah auf, blickte in die Runde der Zuhörer, die im Raum saßen und voller gespannter Aufmerksamkeit und in einer fast unterwürfigen Verehrung seinen Worten gelauscht hatten. „Ihr wisst", fuhr er fort, „die Dinge haben sich seit der ersten schriftlichen Niederlegung der Lehre verändert. Vieles, was uns berichtet wurde, hat sich in den letzten Jahrzehnten gewandelt, aber auch in gestalteter Form bewahrheitet. Doch jetzt", wieder hielt er inne und musterte die Anwesenden eindrücklich, „jetzt ist eine Störung im Plan eingetreten, die wir umgehend beheben mussten. Ob dies in richtiger Form und endgültig geschehen ist, wäre heute Abend genauer zu überprüfen. Ich brauche dazu drei Freiwillige, die sich dieser Aufgabe unterziehen wollen ..."

Mehrere Hände gingen hoch, rasch wählte der Mann am Pult drei Personen aus. Dann schickte er die übrigen mit einer halb segnenden, halb entlassenden Geste aus dem Raum. Die drei Auserwählten erhoben sich von ihren Stühlen und kamen nach vorn zum Rednerpult. Es waren zwei Männer und eine Frau. Die Herren trugen alltägliche Anzüge, die Dame zur Jeans ein blaues Oberteil, wie man es in jeder Kaufhausabteilung findet. Der Redner dagegen unterschied sich in seiner Bekleidung von den Dreien. Eine Art schwarzer Talar fiel in fließenden Formen an ihm herab und um den Hals war ein Priesterkragen gebunden. Auf der Brust war ein weißes Zeichen eingestickt, eine Odalrune. Der Mann schritt zu einem Tisch und breitete einen Stadtplan aus, auf dem eine Straße mit einem bestimmten Haus markiert war. Dazu legte er einen Schlüsselbund. Die Drei stellten sich um ihn, dann begann er mit seinen Instruktionen.

Es war Abend geworden. Die Konferenz hatte sich ziemlich lang hingezogen, manche Leute waren wirklich umständlich. Diese ewigen Wiederholungen, die gesamte Phraseologie konnte Stiller mitunter schon auf die Nerven gehen. Es ging um die Etablierung einer neuen populären Geschichtszeitschrift für den gebildeten Laien. Ein focuskaler Ausschnitt der Vergangenheit mit bunter fotografischer Gestaltung. Man müsse endlich lernen, wie man die Produkte einer seriösen Wissenschaft marketinggerecht an den Mann bzw. an die Frau bringe, meinte Stiller. Seine Vorschläge hatten zunächst ein gewisses Befremden, ja Erstaunen hervorgerufen. Dies könne man nicht, wäre völlig unhaltbar und wie gerade er, der doch sonst ... Nur beim Verlagsvertreter hatte Stiller ein gewisses Interesse ausmachen können. Vorerst hieß es unverbindlich, man werde sehen.

Alles in allem war die Gruppe zu keinem Ergebnis gekommen, viel war geredet, im Kern nichts konkret beschlossen worden. Die ganze Verhandlung war natürlich unter Ausschluss der Öffentlichkeit erfolgt. Man saß im Konferenzzimmer, kühl klimatisiert, emotions- und keimfrei sozusagen. Der Raum war im üblichen geschäftlich-universitären Chromstil ausgestattet. Beamer, Projektoren, drei Bankreihen in Hufeisenform angeordnet. Neonlicht hellte auf, die hohen Fenster hätten weiten Ausblick bieten können, indes verhinderte ein betonierter Anbau jegliches Blickabschweifen. Auf mehreren braunen Holztabletts Erfrischungen, Säfte, Mineralwasser. Die Plätze selbst konnten zwanglos eingenommen werden, ohne die sonst gebräuchlichen Namenskarten. Etwa zehn Personen befanden sich im Tagungssaal, als Stiller eintrat. Sie standen umher und unterhielten sich bzw. gaben sich gegenseitig kleine Privatissima ihrer jüngsten Erfolge und Entdeckungen, ohne aber einander wirklich zuzuhören. Den einen oder anderen kannte Stiller, auf den Fachtagungen traf man stets das gleiche Publikum, auch die Vorträge ähnelten sich häufig.

Am Ende hatte ihn dann aber Verlagschef Wacker unauffällig beiseite genommen. Die Zeitungsgeschichte sei eine gute Idee, er würde darüber nachdenken, man müsse sehen. Dann war er auf sein eigentliches Anliegen gekommen. Stiller habe sich doch auf antidemokratische Machtzirkel spezialisiert. Er, vielmehr sein Ressortleiter Herr Schwingler, hätte eine höchst interessante Gruppe ausfindig gemacht, die es seit einigen Jahrzehnten im süddeutschen Raum gäbe und deren Hintergrund und mehr noch deren Absichten für eine Recherche viel Anschauliches böten. Vielleicht wäre da sogar eine kleine, natürlich unterhaltsame und dennoch seriöse Veröffentlichung möglich. Er, Wacker, sehe da sehr packende Perspektiven. Es handle sich um eine Gruppe von Thesophaniern bzw. Dyzianern. Stiller wisse doch, diese Blavatsky und so weiter. Aber Schwingler könne ihm weit mehr berichten, der habe da einige informative Leckerbissen an Land gezogen. Nur,

Schwingler habe sich heute noch nicht blicken lassen, wenn der unterwegs sei, nichts zu machen. Aber das wäre jedenfalls sicher eine ansprechende Aufgabe für Stiller. Und über die Finanzen könne man noch reden ...

Wacker eilte dann weiter, immer umtriebig, immer geschäftig, meist etwas lässig gekleidet. Zwar war Wacker im teuren grauen Armani-Anzug erschienen, trug jedoch unter dem Jackett ein kurzärmliges T-Shirt, welches, als er leicht erhitzt die Jacke ablegte, seinen Fitness-Studio-Fleiß zur Geltung brachte.

Stiller lächelte leicht, wusste aber, in geschäftlichen Dingen machte man Wacker nichts vor. Er ging, traf an der Tür noch auf die stellvertretende Verlagsleiterin Victoria Schering. Richtig, Wackers Angebot hatte Substanz, denn Frau Schering lud ihn für den Samstag der nächsten Woche zu einem Abendessen ein, um mit ihm über die beiden Projekte zu sprechen und Details zu klären. Stiller bedankte sich und sagte nach kurzem Blick in seinen Terminkalender zu.

Nun, das war geschafft und es war besser gelaufen, als er gedacht hatte. Das mit der Monographie klang packend, Blavatsky, da ließe sich etwas draus machen, warum nicht? Und die Zeitungsgeschichte, nicht ohne. Aber jetzt war der Tag rum. Ein Mittwoch, 22:30 Uhr, er würde noch einen Wein trinken und sich überlegen, ob er das Verlagsangebot annehmen könnte und wie sich die Dinge mit seiner sonstigen schulischen Tätigkeit vereinbaren ließen. Besser ein breiteres, weiter gefächertes Arbeiten im Team als die pädagogisch-asketische Schulklausur. Morgen wollte er sich erst einmal richtig entspannen. Er hatte Ferien, einige Klausuren waren noch zu korrigieren, aber sonst ...

Langsam ging er zum Auto und fuhr zurück in seine Wohnung.

In den Häusern des Tacituswegs erlosch langsam die Beleuchtung. Die Bewohner gingen zur Ruhe, die Straße lag verlassen und leer da. Nur vor dem Haus Nummer 53 stieg eine große Gestalt in Mantel und Hut die Marmorstufen zum Eingang hinauf. Ohne das Außenlicht zu betätigen trat die Person auf die Türe zu, zog den Schlüssel hervor und steckte ihn ins Schloss. Der Schlüssel wurde vorsichtig gedreht, es klackte leise, eine behandschuhte Hand öffnete langsam die Pforte. Wie ein Schatten glitt die Gestalt hinein, drückte den Eingang sanft hinter sich zu und blieb lauschend stehen.

Im Haus war es still. Der Mann war völlig in Schwarz gekleidet, ein Hut war tief in die Stirn gezogen, die ganze Erscheinung hatte etwas Verhohlenes. Im Flur herrschte ein ungewisses Dunkel, rasch bewegte der Mann sich über ein paar Stufen nach oben und trat in einen größeren Raum, wohl das Wohnzimmer des Hauses. Dort zog er die hellen Vorhänge vors Fenster und vor die Terrassentür. Dann schaltete er eine Stehlampe an, die rechts vor einem großen Sofa stand. Von draußen konnte man das Licht sehen, aber nicht erkennen, wer sich in der Wohnung bewegte. Der Mann legte den Hut und seinen Mantel auf einen Sessel, blickte sich um. Der Raum war durch eine Glaswand von der Küche abgetrennt. Diese Trenntür öffnete er, glitt seitlich ans Fenster und ließ dort mit einer raschen Bewegung die Jalousie herunter. Er verließ die Küche, um sich erst im Haus umzusehen. Der Mann war groß, schlank. Ein Teil seines Gesichts war von einer Maske verhüllt, der unbedeckte Teil wirkte übermäßig bleich. Er ging zunächst wieder zur Treppe, stieg langsam und vorsichtig hinab in den Keller. Der Fluchtweg musste offen bleiben, von unten und hinten sollte ihn keiner überraschen. Ein dunkler, schmaler Betonkeller öffnete sich ihm, ein Raum mit einer Waschmaschine, einem Trockner und in der Ecke einer Tiefkühltruhe. An den Seiten waren verschiedene Vorratsregale aufgereiht. Unter dem Treppenabsatz standen mehr als ein Dutzend Paar Schuhe. Eine Metalltür diente als Durchgang zur Garage: Sie war verschlossen, wie sich der Maskierte überzeugte. Eine weitere Tür aus Holz befand sich in der hintersten Ecke des Raums. Dort führte eine Treppe nach oben in den Garten. Der Eindringling öffnete sie vorsichtig, blickte hinaus. Nichts war zu sehen, alles dunkel, Geräusche von Autos in der Ferne. Er lehnte die Tür leicht an, drehte sich wieder um und verließ den Kellerraum.

Der Mann stieg jetzt ohne Eile die Treppen hoch bis in den ersten Stock. Im Aufgang an der Wand hingen verschiedene Bilder, darunter vor allem Stadtansichten. Oben, direkt vor dem Treppenabsatz, war eine offene Tür, dahinter ein Bad, weiß gekachelt, mit roten Armaturen. Ausgestattet mit einem Waschtisch und einer ovalen Badewanne sowie einem WC. An der Wand ein Regal voller Fläschchen, Tuben, Döschen und Flakons, offenbar ein Raum für eine Dame. Zwei weitere Türen auf dem Flur. Hinter der einen lag ein Zimmer mit unterschiedlichsten Plakaten an den Wänden und einer großen Sonnenblume. Hinter der anderen Tür war eine Art Wäscheraum mit einer Kommode, einem großen Bauernschrank und Wäscheregalen. Im Stockwerk darüber befand sich ein zweites Duschbad – hier dominierten Herrenartikel. Daneben das Schlafzimmer mit einem Doppelbett, großen Schränken und einem breiten Panoramafenster in Richtung Südosten. Nach Westen zu lag noch ein Arbeitsraum. In diesem waren ringsherum Bücherregale angebracht und am Fenster, das bis zum Boden reichte, stand ein großer Schreibtisch aus Nussholz.

Der Eindringling hatte vorsichtig alles überprüft. Alle Räume zeigten sich leer, nichts regte sich, alles blieb still, niemand befand sich im Haus. Die Situation entsprach ihren Plänen, war ganz, wie sie es vermutet hatten. Der Mann nickte zufrieden, jetzt kam Phase 2. Er zog ein Handy aus der Tasche, wählte eine Nummer: „Ich bins, alles klar, niemand da. Unten ist offen, ihr könnt kommen." Er lauschte kurz der Antwort, drückte dann die Austaste und steckte das Gerät wieder ein. Der Mann schloss auch hier oben die Vorhänge, schaltete dann das Deckenlicht und eine Schreibtischlampe an und begann mit der systematischen Durchsuchung des Schreibtisches. Er zog diverse Schubladen auf: Papiere, Fotos, Notizen, eine Sammlung von leeren Streichholzschachteln, nicht das, was er suchte.

Da, ein Geräusch. Er hielt inne, trat rasch auf den Flur. Von unten aus dem Keller waren Schritte vernehmbar. Die rechte Hand fuhr in die Innentasche seiner Jacke zur Waffe, er beugte sich leicht über das Geländer, die PPK, halb vorgezogen, lag schussbereit in der Hand. Zwei Gestalten wurden im Licht des Wohnzimmers auf den unteren Stufen sichtbar. Sie waren ebenso dunkel gekleidet wie er und gleichfalls mit Gesichtsmasken vor etwaigem Erkennen geschützt. Er ließ kurz eine Lampe aufblitzen, beide blickten nach oben und kamen rasch die Stufen herauf. „Nehmt euch zunächst den ersten Stock vor, dann das Wohnzimmer, ich suche hier oben. Und zieht die Vorhänge zu, bevor ihr Licht macht!", raunte er ihnen zu. Er trat zurück ins obere Zimmer und setzte seine Durchsuchung langsam und systematisch fort. Eine halbe Stunde verging, der Maskenmann hatte inzwischen begonnen, einzelne Ordner zu öffnen und deren Inhalt zu überprüfen. Er griff auch hinter die Bücherreihen, in die Ecken, steckte die Hand hinter die Rückwände. Weitere Papiere kamen zum Vorschein, aber auch andere Dinge. Der Besitzer des Zimmers musste die Angewohnheit haben, verschiedene Sachen hinter die Bücher zu legen. Auf dem Tisch, in einer orientalischen Dose, fand der Mann Schmuckstücke. Es waren im Ganzen, acht Stück: zwei kleine Schächtelchen mit Ohrringen oder ähnlichen Dingen, – er untersuchte sie nicht genauer – dann vier kleine Etuis aus Saffian. Eine Uhrkette war einfach in Zeitungspapier eingewickelt. Dann war noch ein Gegenstand in Zeitungspapier, wohl ein Siegelring. Uninteressant, das war es nicht, was er suchte. Die beiden anderen hatten gleichfalls noch nichts Wichtiges gefunden, sie waren jetzt mit der Durchsuchung des Wohnzimmers bzw. des Schlafzimmers beschäftigt.

Plötzlich ein Klingeln, das Telefon! Die drei Maskierten erstarrten. Der große Schlanke blickte auf seine Uhr, halb Eins, wer rief um diese Zeit bloß an? Nach einer halben Minute verstummte das Telefonsignal. Sie machten sich wieder an ihre Tätigkeit. Doch nach drei Minuten läutete es erneut, diesmal mehr als eine ganze Minute lang. Die beiden anderen Typen kamen zu dem Großen ins Zimmer. „Das gefällt mir nicht, warum ruft jetzt jemand an? Wenn das ein Nachbar ist, der etwas gemerkt hat?", meinte der kleinere von beiden. „Ja, lass uns verschwinden, ehe jemand kommt!" Der andere musste der Stimme nach eine Frau sein. Die helle Stimme klang unsicher und nervös. Doch ihr Anführer schüttelte nur den Kopf. „Wir gehen nicht, wir bleiben noch eine Viertelstunde. Wenn wir bis dahin nichts gefunden haben, dann ..." Er drehte sich um und ergriff einen Ordner, um darin zu blättern. Die anderen schüttelten den Kopf, gingen hinaus und machten sich mürrisch wieder an ihre Arbeit.

Es blieb ruhig. Die Stille im Haus wurde geradezu lastend, dann schrie irgendwo draußen ein liebeskranker Kater. Die Zeit verstrich, die Viertelstunde war gerade vorbei, da hielt der Mann im Arbeitszimmer im Blättern inne. Er zog ein Dokument aus einer Hülle und las den Text genauer. Ja, das musste es sein, dieses Schriftstück hatte er gesucht. Er griff nochmals zum Ordner, auch der Rest schien von Bedeutung zu sein. Der Mann öffnete den Ordnerbügel, entfernte alle Papiere und Unterlagen und legte diese sorgfältig in einen mitgebrachten Stoffbeutel. Den Ordner stellte er zurück, füllte ihn aber zuvor mit Papieren aus anderen Ordnern etwas auf. Er schob die Schubladen zu, bemühte sich darum, die Ordnung wieder herzustellen. Nachdem dies geschehen war, löschte er das Licht im Zimmer und trat hinaus in den Flur.

Er rief nach den anderen: „Ich habe die Papiere gefunden, ihr braucht nicht weiter zu suchen. Ist bei euch alles klar?" „Ja, alles", raunte es von unten. „Gut, dann löscht die Lichter, geht dann wieder hinunter zur Außenkellertür, wartet dort! Nehmt meinen Mantel und den Hut mit!" Der Mann stand an der Brüstung, bis unten alles im Dunkeln lag und seine Mitstreiter zum Keller hinab gestiegen waren. Er trat ins Bad, ließ dort erst eine Weile das Wasser ins Waschbecken laufen, hantierte klappernd mit verschiedenen Gerätschaften. Drückte die Toilettenspülung und schaltete das Licht im Bad aus. Er betrat das Schlafzimmer und knipste eine der Nachtischlampen an. Er wartete geduldig, blickte ab und zu auf die Uhr. Nach sechs Minuten löschte er das Licht und stieg langsam, jedes Geräusch vermeidend, die Stufen zum Keller hinab. Unten benutzte er das Licht einer kleinen Stabtaschenlampe, um sich zu orientieren. Er fand die Tür nach draußen halb geöffnet, die anderen Zwei lehnten im Halbschatten und warteten. Der Kleinere reichte ihm Mantel und Hut. Der Große zog beides über, ließ die Knöpfe aber geöffnet. Er legte die Finger an den Mund, gab ein kurzes Zeichen und leise, ohne einen Ton schlichen die drei hinaus in den Garten; der letzte zog die Holztür hinter sich zu. Im Schatten eines großen Sommerflieders gelangten die Eindringlinge ungesehen auf ei-nen schmalen Weg, der hinter den Gärten der Häuser entlang führte. Und als eine graue Wolke sich vor die Sichel des Mondes schob, waren die drei Gestalten im Dunkel der Nacht verschwunden.

Der Angler stieg aus dem Kahn und betrat die Insel. Es war früh am Tag, Vogelstimmen erfüllten die Luft. Seit Jahren hatte der Angler hier seinen Stammplatz, jeden Freitag, in den frühen Morgenstunden, warf er hier seine Angel aus. Er blickte kurz in die Seerunde und setzte sich dann auf seinen Hocker, um zu warten. Ein Angler braucht Geduld, er ist von Natur aus ein ruhiger Mensch. Er achtet nicht auf Sonne, Wind oder Regen. Er kümmert sich nicht um Mücken, Fliegen oder das Surren der Schnaken. Er sitzt einfach da und wartet geduldig auf den Fisch, der beißt, der endlich anbeißt.

Der Angler, der in den frühen Morgenstunden am Monrepos-See saß war durchaus ein typischer Vertreter der Zunft. Er war ein älterer Mann, ein Rentner schon. Etwa um fünf Uhr in der Frühe hatte er seine Position bezogen. Jetzt war es fast Neun und noch hatte nichts angebissen. Aber er konnte warten, starrte vor sich in das Grün des Wassers und dachte über den Lauf der Zeiten nach. Das Wasser schien ihm heute allerdings trüber als sonst, geradezu unruhig. Etliche Blasen stiegen auf, ein irgendwie beklemmender Geruch drang aus dem Schilf zu ihm. Und die Schnaken sirrten und stachen immer wilder. Obwohl er sich mit Autan eingerieben hatte, musste er diese Plagegeister ständig abwehren. An diesem Freitag stach auch die Sonne, schon jetzt hatte es über 20 Grad. Der Mann stand auf, es reichte ihm. Er blickte übers Wasser. Erste einsame Jogger drehten ihre Runde, einige Entenpaare dümpelten auf dem Wasser. Er trat zur Angel, begann gemächlich die Leine einzuholen. Doch ein Widerstand bog die Rute durch. Mit aller Kraft kurbelte er nach, holte die Leine Zentimeter für Zentimeter aus dem Wasser. Das musste ein Riesenbrocken sein.

„Es war tatsächlich ein Riesenbrocken! Der Mann erbrach sich, als er sah, was er aus dem Wasser gezogen hatte. Verständlich, eine Wasserleiche ist kein schöner Anblick und ein von den Fischen angefressener Toter ohne Gesicht ... Da kann einem schon kotzübel werden."

Der neue Kommissar Günther Maier hielt in seinem Vortrag inne und sah in die Runde seiner Kollegen. Da saßen Kathrin Schröder, seit 1. Mai des Jahres Oberinspektorin und seine Stellvertreterin, der ewige Inspektor Ratmund, der zum Ende des Jahres endgültig in Pension gehen wollte, und Peter Voller, gleichfalls Inspektor, den Maier für unscheinbar und wenig kompetent hielt. Und seine neue, persönliche Assistentin Julia Heine, eine wirklich gut aussehende Blondine in den klassischen Maßen, die Männer so schätzen. Ja, jetzt war er der Chef, nachdem sich Schmoller im letzten Jahr in der Sache Braun-Kirsch so erbarmungslos blamiert hatte. Zwar gab es Stimmen, die sich für Katrin Schröder als neue Abteilungsleiterin ausgesprochen hatten. Sie war in dieser Sache erfolgreich gewesen, zweifelsohne, aber die eigentliche Führungsarbeit war doch von ihm geleistet worden. Und überhaupt, die Dame sollte sich seiner Meinung nach erst einmal in der Alltagsroutine bewähren. Immerhin war sie zur Vizeleiterin aufgestiegen – das war doch schon etwas. „Also, ich halte fest. Wir haben hier eine Leiche, eine nackte männliche Leiche, deren Gesicht weitgehend zerstört worden ist. Unser Dr. Kugler von der Gerichtsmedizin geht davon aus, dass die Tötung vor etwa 48 Stunden, plus minus sechs Stunden, erfolgt ist. Tod aufgrund einer Schussverletzung unterhalb des rechten Schulterblattes. Die Kugel zerriss die linke Herzkammer. Das Opfer kann höchstens noch eine Minute gelebt haben."

„Gibt es irgendwelche Spuren?", fragte Inspektor Voller. „Ziegler von der Spurensicherung hat am Fundort der Leiche nichts weiter entdecken können. Wir haben das Gelände ringsum abgeriegelt, was am Wochenende nicht leicht ist. Ziegler arbeitet sich mit seinem Trupp Meter für Meter vor." Maier wandte sich seiner persönlichen Assistentin Julia Heine zu und lächelte gewinnend: „Haben wir eigentlich schon Ergebnisse?" Julia Heine straffte sich, strich eine blonde Strähne aus ihrem Gesicht, schenkte Maier ein viel versprechendes Gegenlächeln: „Ja, Chef, da scheint etwas entdeckt worden zu sein. Aber, Chef, Ziegler ist sich noch nicht ganz sicher. Er wird sich aber umgehend bei Ihnen melden, Chef." Meine Güte, dachte Kathrin Schröder, dreimal „Chef" in einem Satz, mehr Honig lässt sich einfach nicht ums Maul schmieren. „Gut gemacht, Frau Heine, dann werden wir bald Ergebnisse haben. Herr Ratmund, Sie können vorab überprüfen, ob irgendwelche Vermisstenanzeigen vorliegen. Reine Routine, damit Sie nicht aus der Übung kommen. Ich denke, das war es vorerst. Wir beenden die Besprechung. Falls sich etwas Neues ergibt, werde ich Sie informieren und gegebenenfalls noch einmal zusammenrufen." Inspektor Ratmund hatte unbewegten Gesichts Maiers Anweisung entgegen genommen. Er stand auf und verließ wie die anderen den Raum. Kathrin Schröders Zimmer lag neben dem seinen. Sie folgte ihm, tippte Ratmund auf die Schulter. Inspektor Ratmund drehte sich ihr zu, hob fragend die Augenbraue. Oberinspektorin Schröder hielt mit ihrer Meinung nicht hinterm Berg: „Mensch, Heinz, das brauchst du dir doch nicht gefallen zu lassen. Bei deinem Können musst du dir keine Anweisungen von diesem Jungspund abholen." Ratmund grinste nur: „Wart's nur ab, Kathrin, Hochmut kommt vor dem Fall. Maier wird es gehen wie seinem Vorgänger. Vor lauter ‚Genialität' wird er einen Fehler nach dem anderen machen. Und irgendwann ist Schluss. Aber, bis dahin werde ich längst pensioniert sein. Also, Mädchen, cool bleiben!" Und Ratmund verschwand in seinem Büro.

Kathrin Schröder seufzte, Heinz Ratmund war wirklich unverbesserlich. Er hatte sich entschlossen, den Dienstbetrieb nicht mehr ernst zu nehmen. Dabei war Heinz ein guter Kollege. Im letzten Jahr hatten sie gemeinsam am Fall Braun-Kirsch gearbeitet und entscheidend zur Lösung beigetragen. Aber Ratmund erlebte dann, wie sich Stromlinienförmigkeit und aalglattes Anpassungsvermögen mal wieder auszahlten. Maier, der nichts getan hatte, als dem alten Chef nach dem Mund zu reden, war dessen Nachfolger geworden, nachdem dieser wegen seiner besonderen „Fähigkeiten" die Treppe hoch fiel und an die Polizeifachschule in Villingen-Schwenningen versetzt wurde. Zwar ernannte der Polizeipräsident Kathrin Schröder zur „Vize", doch Ratmund blieb trotz seiner Leistungen Inspektor und wurde vom neuen Chef Maier regelrecht schikaniert. Wenigstens war der alte Chef, Hauptkommissar Schmoller, in diesem elend kalten Schwarzwaldnest gelandet. Auch seine Beförderung würde ihm über die dortige Tristesse nicht hinweghelfen können. Kathrin Schröder riss sich zusammen. Gerade erst aus ihrem Pfingstkurzurlaub aus Paris zurückgekehrt, hatte sie schon der Alltag wieder.

Ja, Pfingsten ....

*„Pfingsten, das liebliche Fest, war gekommen; es grün-*
*ten und blühten Feld und Wald; auf Hügeln und Höh'n, in*
*Büschen und Hecken übten ein fröhliches Lied die neuer-*
*munterten Vögel. Jede Wiese sproßte von Blumen in duf-*
*tenden Gründen. Festlich heiter glänzte der Himmel und*
*farbig die Erde".*
Die Verse Goethes aus dem Reineke Fuchs gingen
Anna Tierse durch den Sinn. Pfingsten bedeutete, das
Schuljahr war so gut wie gelaufen. Zeugnisse mussten vorbereitet und geschrieben werden, aber ein letztes Aufat-
men vor dem Endspurt tat gut. Das Wetter spielte in diesem Jahr leider nur bedingt mit. Weder war der Himmel
heiter noch die Erde. Und sie selbst war gleichfalls nicht
besonders heiter gestimmt. Das Schuljahr hatte viel Wirres
gebracht. Der Auftakt mit den schrecklichen Vorfällen im
Spätsommer. Diese mörderische Geschichte. Sie, Anna
Tierse, war mittendrin gewesen im Geschehen. Hatte sich
selbst als eine Art Detektiv eingebracht und wäre beinahe
auch zum Opfer geworden. Alles dies war jetzt vorbei und
geklärt. Und doch war eigentlich gar nichts geklärt. Die
Belastungen in der Schule und im Privaten hatten Bestand
gehabt, die Dinge zogen Kreise, vieles war anders geworden. So in der Familie – die beiden großen Söhne beendeten gerade Zivildienst und Praktikum. Michael versorgte
geistig und körperlich Behinderte in einer anthroposophischen Einrichtung in der Nähe von Schwäbisch Hall und
wartete auf die Zulassung zum Medizinstudium in
Bochum. Sein jüngerer Bruder Jürgen beendete nach der

Fachhochschulreife sein fachpraktisches Jahr. Er wollte in Fulda Betriebswirtschaft studieren, ausgerechnet dort oben. Blieb ihr noch Eva-Maria, ihre Jüngste. Eva-Maria war aufgrund ihres Geburtsmonats früher als die Brüder eingeschult worden und stand jetzt mitten im Abitur – wie die Zeit verging. Ja, und natürlich Rüdiger. Mit ihm war es weniger einfach gewesen. Er konnte und wollte nicht verstehen, warum sie sich von ihm zurückzog. Aber es war für sie vorbei, zu Ende. Mit Ende des Schuljahres würde sie gehen, zusammen mit Eva-Maria. Eine Wohnung hatte sie schon gefunden und auch beruflich würde sie sich verändern – alles war im Fluss.

Sie stieg in ihr Auto, ein kleiner schwarzer Twingo, auch ein Produkt des letzten halben Jahres – mobile Unabhängigkeit war die Basis von allem – und fuhr los. Richtig, sie hatte wieder irgendetwas geträumt. Das war immer der Fall, wenn Entscheidungen anstanden oder Veränderungen auf sie zukamen. Wie war das noch gewesen? Irgendwie draußen, jemand hatte sie angesprochen, hatte sie mit dunklen Augen betrachtet, ein warmes Lächeln gelächelt. Hatte ihre Hand genommen und war mit ihr nach vorne gelaufen. Immer weiter weg von hier, immer rascher fort in die Ferne. Wärme war im Traum, Helligkeit und Sonne und grüne Blätter, frischer Maiduft. Ein freies Gefühl in ihr, selbst noch beim Erwachen. Was steckte wohl hinter diesen Traumgesichten, was mochten sie bedeuten? Vorausschau auf Künftiges oder eine ferne Erinnerung frühster Zeiten? Hoffende Wünsche, wunschvolle Hoffnungen, verdrängte Nachtseite eigener unbekannter Innenwelten? Sie würde nachschauen, eine Deutung, die richtige Deutung selbstverständlich, suchen und finden. Unbedingt ...

Freitagnachmittag, jetzt war das Wochenende gekommen, Anna erreichte die Autobahn und fuhr von Stuttgart in Richtung Heilbronn. Die Straße war frei, der Himmel verhangen, doch bislang blieb es einigermaßen freundlich.

Anna Tierse schaltete das Autoradio ein. Sie schüttelte die Nachdenklichkeit ab, konzentrierte sich auf das Hier und Jetzt.

Es gab genug Positives, sie musste es sich nur verdeutlichen. Sie verstellte mit der rechten Hand den Rückspiegel, der Verkehr lief zügig, kaum ein Laster war unterwegs, die Fahrer flüchteten vor der Maut. Und für einen Freitagmittag hielt sich das Pkw-Aufkommen in Grenzen. Anna Tierse musterte sich kurz im Spiegel. Das Make-up, dezent und klar zugleich, schien ihr in Ordnung. Auch ihr Kostüm, das kleine Schwarze, saß gut. Ja, eigentlich war sie mit sich und der Welt zufrieden. Sie hatte die Angelegenheit mit Rüdiger für sich geklärt, die Wohnung konnte demnächst bezogen werden. Und sie wusste, was sie beruflich in Angriff nehmen würde. Die vergangene Woche war anstrengend gewesen, sicher. Aber am Wochenende würde sie richtig ausspannen. Sie wollte am Nachmittag zur ihrer Freundin Christine nach Ludwigsburg. Und morgen besuchte sie ihre Schwester Marlene, die zu Bekannten eingeladen worden war und sie um ihre Begleitung gebeten hatte. Eigentlich sollte Marlenes Mann mitkommen, aber Helmuth hatte sich entschuldigt, ihm stehe der Kopf gerade nicht nach Gesellschaft, auch gebe es im Geschäft noch einiges vorzubereiten. Seine Frau kannte die Geschichten mit dem Geschäft, am Samstag war für Helmuth Fußball angesagt. Marlene hatte also Anna eingeladen, allein wollte sie nicht erscheinen und beide hatten ohnehin noch einiges zu bereden. Heute wollte Anna sich mit Christine treffen, um über bestimmte berufliche Möglichkeiten zu sprechen. Christine war Heilpraktikerin und konnte Anna Hinweise für ihr künftiges Projekt geben. Anna war gespannt, was das Treffen ergeben würde. Vielleicht fuhr sie dann am Abend noch ins Zapata. Das hätte es vor einem Jahr nicht gegeben, als brave Familienmutter wäre sie am Wochenende daheim geblieben. Ja, die Zeiten wandelten sich, ab und zu ging sie jetzt aus. Sehen und gesehen werden, die männlichen Wesen ein wenig verwirren und – bei Bedarf – gekonnt abblitzen lassen; Anna Tierse hatte schnell dazu gelernt. Sie summte die Melodie im Autoradio mit, doch plötzlich ruckelte das Lenkrad, etwas knatterte, ein widerliches, krachendes Geräusch ertönte. Anna lenkte gegen, hielt den Wagen einigermaßen in der Spur. Sie nahm den Fuß vom Gas, bremste vorsichtig ab und schaltete die Warnblinkanlage ein. Das hässliche Knacken wurde stärker, das Fahrzeug ruckelte immer mehr, war kaum noch zu halten. Zum Glück war dort vorne eine Parkbucht, bis dahin musste sie es noch schaffen. Endlich – es schien ihr Stunden zu dauern – konnte sie in die Bucht einbiegen, der Wagen kam an der Seite zum Stehen. Sie stellte die Zündung ab, zog die Bremse an, öffnete die Beifahrertür und zwängte sich hinaus. Atmete tief durch, das war noch einmal gut gegangen. Sie drehte sich um, Anna hatte es geahnt, das rechte Vorderrad – eine Reifenpanne, das hatte ihr gerade gefehlt! Klar, selbst ist die Frau, Werkzeug und Ersatzreifen waren vorhanden. Aber in besserer Garderobe mit frisch lackierten Fingernägeln ...

Sie seufzte, zog eine Packung Zigaretten hervor, in Stresssituationen hatte sie sich das Rauchen angewöhnt, und zündete sich eine an. Sie sog den Rauch ein, rauchte hastig und nervös, beruhigte sich dann aber etwas. So, jetzt zum Kofferraum, sie öffnete. Wo waren denn das Werkzeug und der Ersatzreifen? Alles lag untendrunter, sehr geschickt. Sie blieb an einer Kante mit dem Ärmel hängen, etwas riss. So ein Mist! Mit großer Anstrengung hob sie schließlich das schwere, dreckige Rad hoch. Bekam es mit Mühen gerade über die Kante des Kofferraums aus dem Auto. Da kippte ihr der Reifen weg und rollte hinunter in den Schmutz. Nein! Anna reichte es, musste das sein? Sie war den Tränen nahe. Und jetzt fing es auch noch an zu regnen, ein kalter feuchter Nieselregen fiel.

Und der Regen fiel stärker. Eine hoch gewachsene Gestalt stand an einem der großen Fenster und blickte ruhig hinab auf die wogende Stadt im Talkessel. Der Asphalt glänzte und von den Blättern der Bäume rann es wie Tränen. Die Feuchte durchdrang die Luft und ließ da und dort dünne Nebel entstehen. Der Mann drehte sich langsam um, betrachtete den großen Raum und ließ seine Augen über die Personen vor sich wandern. Etwa ein Dutzend Männer und Frauen schlenderten im Raum umher, sparsam in der Bewegung und leise ins Gespräch vertieft.

Der Mann am Fenster hob die Hand und gab ein Zeichen. Ein anderer Mann fing das Signal auf und trat zu ihm in die Nische. „Ich habe die Unterlagen, die Sie mir brachten, genau gelesen. Gut." Der Mann am Fenster schwieg, der andere blickte ihn fragend an: „Sie haben in den Papieren etwas für uns Wichtiges gefunden?" Der andere nickte: „Ja, gewiss. Da gab es einige höchst interessante Dinge. Ich bin allerdings zur Überzeugung gelangt, dass unsere Tarnung weitgehend wieder hergestellt worden ist." Er schwieg, wartete einen Augenblick und fuhr dann fort: „Nun, ich denke, wir waren nie ernsthaft gefährdet, aber lieber gehe ich auf Nummer Sicher, selbst die kleinste Störung muss vermieden werden. Zu lange haben wir an diesem Projekt gearbeitet, um das Gelingen so kurz vor dem Ziel durch eine vermeidbare Unachtsamkeit zu gefährden." Sein Gegenüber wollte beim Wort „Unachtsamkeit" Einwände erheben, der große Mann hob erneut die Hand und fuhr fort: „Ich fasse mich kurz. Die Unterlagen, die mir gebracht wurden, weisen auf die Möglichkeit hin, dass noch einer weiteren Person Informationen über unser Vorhaben zugegangen sind. Einer Person, die möglicherweise gar nicht weiß, welches Wissen sie in der Hand hält. Vielleicht fehlt ihr auch das Vermögen zu verstehen. Wir werden auf jeden Fall kein Risiko eingehen. Das heißt, diese Person muss ebenfalls ausgeschaltet werden! Diese Aufgabe werde ich in Ihre Hände legen. Sie sind Leiter der dritten Sektion, Sie werden die entsprechenden Maßnahmen koordinieren und verantwortlich die Gesamtaktion leiten. Veranlassen Sie, was Sie für richtig halten und was getan werden muss. Wenn aus Gründen der Tarnung eine weitere Aktion notwendig sein sollte, gewähre ich Ihnen hierzu freie Hand. Weiteres finden Sie in den Unterlagen, die Ihnen auf dem üblichen Weg zugehen werden. Verstanden?" Der andere Mann nickte, kreuzte die Arme über der Brust und verneigte sich, dann drehte er sich um und ging. Der große Mann wandte sich abrupt ab. Er blickte wieder hinaus in den Regen und achtete nicht mehr auf die Geräusche hinter seinem Rücken, die sich langsam entfernten und schließlich verstummten.

Plötzlich ein Geräusch, Bremsen quietschten, ein Mittelklasse-Mercedes lenkte vor dem Twingo ein und hielt an. Die Wagentür öffnete sich, ein Mann stieg langsam aus. Anna Tierses Stimmung stieg etwas, scheinbar gab es doch noch hilfsbereite Menschen. Der Fremde trat auf sie zu, sagte zunächst nichts, schaute mit einem verständnisvollen Blick auf das Auto, den widerspenstigen Reifen und lächelte. Eine Ruhe ging von ihm aus, er wirkte irgendwie ansprechend, hatte jene gewisse Ausstrahlung, dieses Etwas. Anna rief sich zur Ordnung. Diese Überlegungen hatten nun wirklich nichts mit einer Pannenhilfe zu tun. Dennoch, sie hatte das Gefühl, dieses Gesicht schon einmal gesehen zu haben – doch wo?

Der Mann sprach sie an: „Guten Tag, Sie haben eine Panne, wie ich sehe." Und fuhr fort, ehe Anna etwas erwidern konnte. „Ich bin sicher, Sie kämen auch allein gut zurecht. Aber das Reifenwechseln ist ein schmutziges Geschäft, zumal bei Regen." Ihr Gegenüber schwieg wieder, sein Gesicht zeigte dieses nicht genau definierbare Lächeln. Und dann waren da seine Augen, die sie seltsam berührten und etwas gleichfalls Unbestimmtes zu fragen schienen. Ihr Mund antwortete wie von selbst: „Ja, danke, ich schaffe das schon, lassen Sie sich nicht aufhalten", aber ihre Gedanken sprachen anders, schade, wenn er jetzt führe ... „Ärgerlich, hier im Regen zu stehen. Sie wollten doch sicher zu einer Einladung oder einem Treffen. Und bis Sie mit dem Reifen fertig wären, das dauert eine Weile und der Tag wäre Ihnen verdorben."

„Denken Sie, Sie könnten den Reifen schneller und besser wechseln und dies ganz ohne Schmutz?", antwortete Anna Tierse etwas spitz und ließ ihren Blick über seinen hellgrauen Anzug gleiten. „Ihre Kleidung scheint mir für eine Pannenhilfe ungeeignet zu sein." „Da haben Sie Recht", er lachte, „doch das mit der fehlenden ‚Arbeitskleidung' trifft wohl auch für Sie zu. Und für derartigen Wechsel gibt es bekanntlich Profihelfer, zumal es regnet. Wissen Sie was, ich mache Ihnen einen Vorschlag. Wir lassen Ihren Wagen hier stehen. Sie steigen zu mir ein und ich fahre Sie, wohin Sie wollen, zu Ihrer Veranstaltung oder sonst wohin, schmutzlos, bequem und ohne Zeitverlust." „Ich kenne Sie doch gar nicht, wie komme ich dazu, einfach in ein fremdes Auto zu steigen und mit einem Unbekannten fortzufahren." „Auch da haben Sie Recht, ich habe mich ja noch gar nicht vorgestellt." Und er griff in sein Jackett, zog die Brieftasche hervor und überreichte ihr eine Visitenkarte.

Anna wollte die Karte eigentlich nicht nehmen, sie hatte das Gefühl, dies würde sie vorab zur Mitfahrt verpflichten. Aber es siegte die weibliche Neugier, das Interesse, was das für ein Mensch vor ihr sein mochte, der so plötzlich aus dem fallenden Mairegen aufgetaucht war. Sie las die Karte: Dr. Walther Stiller. „Ach", sagte sie spöttisch, „Sie sind eine Romanfigur von Frisch?" „Meinen Sie meinen Vor- oder Nachnamen? Nein, weder noch, ich heiße ja auch nicht Max oder Faber!" Er lachte wieder. „Aber nun steigen Sie ein, Sie werden ganz nass."

Der Regen war in der Tat heftiger geworden. Und ohne es erklären zu können, entschied sich Anna Tierse spontan, der Einladung zu folgen. Sie holte ihre Handtasche aus dem Wagen, schloss ab. Stiller hielt ihr die Beifahrertür offen, sie stieg ein. Er ging rasch ums Auto herum, setzte sich hinters Steuer. Er startete, fuhr an, blinkte und gab Gas. Anna vollzog unwillkürlich eine Bewegung, als wolle sie zuletzt doch noch aussteigen, aber da rollten sie bereits. Was ist denn los mit mir? dachte sie. Wie komme ich dazu, zu einem Unbekannten – mag er „Dichterfigur" sein oder nicht – in ein fremdes Fahrzeug einzusteigen? Und wenn jetzt was passiert. Nicht auszudenken, wie leichtsinnig sie war! Doch ihr Fahrer ließ ihr keine Zeit, sich in Mutmaßungen oder obskuren Gedanken zu verlieren. Im leichten Plauderton erzählte er ihr, er wolle heute Abend einmal ausspannen. In letzter Zeit sei er viel unterwegs gewesen, habe da eine Veranstaltung, dort eine Tagung besucht, das Übliche halt. Ja, und heute habe er in Sachen PC etwas in Heilbronn zu besorgen gehabt. Ein Absturz mit drohendem Datenverlust, das übliche, leidige Computerproblem. Ein guter Freund von ihm, ein Mathematiker, der in Heilbronn einen eigenen Computerhandel betreibe und ihm seit Jahren in solchen Situationen helfe, habe die Störung klären und seinen PC reparieren können.

Dann erzählte er von Reisen, Tagungen und mehr, die Zeit verging wie im Flug. Anna liebte es, gut unterhalten zu werden. Nichts war ihr mehr verhasst als Langweile und stupide Wiederholung. Sie erzählte Stiller dafür kurz von ihrem Leben. Von ihrer Eurythmistentätigkeit an einer Waldorfschule und dass sie die Schule verlassen und sich selbstständig machen wolle. Stiller konnte übrigens mit ihrem Beruf etwas anfangen, die meisten Leute mussten erst erklärt bekommen, was Eurythmie eigentlich war:

*„Eurythmie, eine von dem Begründer der anthroposophischen Pädagogik Rudolf Steiner entwickelte Form der Bewegungskunst und -therapie. Eurythmie will Sprache, Musik und andere Töne durch menschliche Bewegungen*

*sichtbar umsetzen. Hierbei sind den Lauten bestimmte körperliche Gesten zugeordnet.*"

Aber Stiller fragte nicht weiter nach, ihm schien dieser Bereich wohl vertraut. Vielleicht war dieses vertraute Wissen Ursache dafür, dass Anna Tierse mehr von sich erzählte, als sie es sonst gegenüber Fremden getan hätte.

Schon erreichten sie die Ausfahrt Ludwigsburg-Mitte und ihr Kavalier bestand darauf, Anna Tierse direkt bei ihrer Freundin Christine in der Tacitusstraße in Hoheneck abzusetzen. Anna bedankte sich für die freundliche Hilfe und stieg aus.

Sie blickte dem davonfahrenden Wagen nach. Ob sie Stiller einmal wieder sehen würde? Jedenfalls sollte keiner sagen, es gäbe nicht auch unerwartete Begegnungen der positiven Art! Sie klingelte an Christines Haustür.

Zieglers Leute konnten über den Ablauf der eigentlichen Begegnung des Opfers mit dem Täter noch keine konkreten Angaben machen. Der vielversprechende Fund, eine Zigarettenschachtel, erwies sich rasch als belanglos, Assistentin Julia Heine war in ihren Aussagen zu vorschnell gewesen. Akribisch suchte Zieglers Spürtrupp weiter das Seeufer ab; allein, es waren in den letzten Tagen zu viele Spaziergänger und Jogger um und am See unterwegs gewesen. Alle Spuren waren zertrampelt, außer dem üblichen Müll gab es weiter keine Fundstücke. Auch über die Leiche konnte bislang wenig gesagt werden. Es handelte sich nach Dr. Kugler um einen Mann etwa gegen Ende Vierzig, vielleicht auch Anfang Fünfzig. Der Zahnstand war gut, die Gesundheit für das Alter ausgezeichnet. Die Beinmuskulatur ließ auf regelmäßige Lauftätigkeit schließen. Der Mann war Nichtraucher, die Leber intakt, die Hände wiesen auf eine Schreibtischtätigkeit hin. Narben fanden sich keine – mehr gab es nicht an Informationen. Inspektor Ratmund hatte parallel die Vermisstenlisten studiert. Im Großraum Stuttgart war keine Person aufgeführt, die von der Beschreibung her dem Opfer entsprochen hätte. Kathrin Schröder spürte, an der Angelegenheit war mehr dran, als der routinebeflissene Maier wahrhaben mochte. Sie hatte es im Gefühl, das war ein echter Fall, dahinter steckte mehr. Ratmund, den sie darauf angesprochen hatte, nickte nur vielsagend, äußerte sich aber weiter nicht. Manchmal konnte sie sich über „Heinzi" schon aufregen. Der mit seinem Pensionstick. Ein schrecklicher Mensch. Obwohl, nett war er schon und wenn er ein wenig jünger und auch etwas schlanker gewesen wäre ... Ach was, Kathrin Schröder winkte innerlich ab. Sie hatte doch keinen Vaterkomplex.

Also gut, in Sachen Seeleiche gab es vorerst nichts Neues, das war der Stand vom Freitagabend. Und irgendwann hatte man sich sein Wochenende auch verdient. Sie ließ Leiche Leiche sein, verließ das Kommissariat und machte sich auf ins Grüne.

## SAMSTAG, 21. MAI – MORGENS

Dr. Alba saß im Gartengrün seines Hauses am Tisch und frühstückte. Während er sein Brötchen dick mit Marmelade bestrich – er liebte Süßes –, betrachtete Alba stirnrunzelnd das hoch gewachsene Gras. Die Frühlingsblumen waren unansehnlich geworden, allein die Pfingstrosen zeigten neue, frische Blüten. Aber der Rasen. Erst vor kurzem hatte er alles gemäht, doch der Garten glich schon wieder einem Dschungel. Ärgerlich runzelte er die Stirn, „Dschungel" gab es überall, ob hier im Garten oder in seiner Arbeitswelt – Albas Gedanken glitten weiter ...

Dr. Alba war Fachabteilungsleiter für den Bereich Stellenbesetzung und Fortbildung im Oberschulamt, seit Jahresbeginn eine Abteilung des Regierungspräsidiums. Begonnen hatte er nach seinen wilden Studienjahren als Gymnasiallehrer für die Sekundarstufe 1. Doch bald genügte Albas ehrgeizigen Ambitionen das Amt eines „Oberlehrers" nicht mehr. Er war überzeugt, zu Höherem geboren zu sein und schaute verächtlich auf die Masse seiner Kollegen und vor allem auf die Schüler. Indes im Gespräch gab sich Alba bescheiden. Junge Menschen ins Leben zu führen, so erklärte er, sei eben seine persönliche Berufung gewesen. Und im Freundes-, Bekannten-, Verwandten- sowie im Schulkreis galt Klaus Peter Alba als fähiger, engagierter und modern denkender Lehrer, als Kinderfreund und loyaler, hilfsbereiter Kollege. Was die wenigsten aber richtig mitbekamen, er fühlte sich mehr mit der Lehrergewerkschaft als mit der Schule verbunden und entfaltete im Philologenverband eine wirklich rege Tätigkeit. Alba hatte selbstverständlich für den Personalrat kandidiert – wer sonst außer ihm könnte eine so verantwortungsvolle Verpflichtung ausfüllen? Er war gewählt worden, auch in den Bezirks- und Landesrat. Vom Erfolg beflügelt, agierte Alba innerschulisch und öffentlich für den Verband, besuchte als Funktionär Seminare, Kurse, gewerkschaftliche Versammlungen und ständig eine Vielzahl regionaler Tagungen.

Vor Ort hielt sich Dr. Alba mit eigenständigen Beiträgen bemerkenswert zurück, war aber stets im Hintergrund dabei und geradezu penetrant prall präsent. Aussitzen trägt und führt weiter, so wurde er quasi automatisch Mitglied unterschiedlicher Gremien, Ausschüsse, Foren und Vorstände. Gab Frau Vizeminister artig die Hand, war der Mann hinten links auf dem Foto, führte dezent flüsternde Dialoge und verteilte die Protokolle der letzten Sitzung. Auf diese Weise gelang es ihm, eine gewisse Bedeutung zu erlangen und nebenbei die wöchentlichen Unterrichtsverpflichtungen auf ein Minimum zu reduzieren. Im Übrigen hoffte er natürlich, auf Dauer an wichtige und einflussreiche Leute heranzukommen und politische Karriere zu machen. Vorerst war er im Oberschulamt gelandet – aber er hatte seine Verbindungen.

Im Innern war Klaus Peter Alba ein durch und durch nüchterner, äußerst selbstbezogener Mensch. Zwar hatte er in seiner Studentenzeit kräftig über die Stränge geschlagen, aber seit er Beamter geworden war, hing er fest an Regeln und normativen Formen. Und er empfand jetzt jegliche Abweichung als krankhaften und amoralischen Verstoß gegen die von ihm verehrte Ordnung und lieb gewonnene Gewohnheit.

Er war in die Jahre gekommen, rund geworden und satt. Ähnlich rund und gleichförmig, sicher und überschaubar sollte auch alles andere für ihn ablaufen – Veränderungen lehnte er ab! Doch seit neuestem gab es etwas, das seine beruflichen Möglichkeiten, wie er glaubte, durchaus erweitern konnte. Durch einen Zufall war er an eine höchst interessante Information gelangt – wie er diese verwenden, was er mit seinem neuen Wissen anfangen könnte, darüber wollte Dr. Alba heute genauer und in Ruhe nachdenken.

Aus diesen Gedanken riss ihn eine Stimme: „Alba, komm her zu mir!" Er fuhr zusammen. Wer war da im Haus? Alba erhob sich verstört von seinem Liegestuhl. Er zögerte einen Augenblick, trat dann aber ins Haus. Er blickte sich spähend um, im Terrassenzimmer war niemand. Wieder rief es: „Alba!", die Stimme kam aus der oberen Etage. Alba öffnete vorsichtig die Tür zum Treppenhaus und stieg zögernd die Treppe nach oben – und hielt abrupt an.

Auf den oberen Stufen stand eine schwarze Gestalt. Das Gesicht der Person war hinter einer Maske verborgen, nur die Augen funkelten zwischen zwei schmalen Schlitzen hindurch und starrten ihn an. Alba wich zurück, der

Anblick verunsicherte ihn. Das Phantom stand regungslos da, hielt etwas in seiner Hand. Eine Waffe schien es nicht zu sein, eher eine Art Stock oder Stab. Dr. Alba löste sich aus seiner Erstarrung: „Wer sind Sie? Was machen Sie in meinem Haus? Was wollen Sie von mir?", fuhr er die Person an und stieg die Stufen hoch. Die schwarze Gestalt regte sich nicht. Etwas Lauerndes, dunkel Gefährliches ging von ihr aus. Alba zögerte, die Situation wirkte bizarr und unwirklich. Er verharrte in der Mitte der Treppe, blickte unverwandt auf die merkwürdige Person über ihm.

Die Gestalt hob gebieterisch die Hand: „Halt, bleib' stehen! Du bist Klaus Peter Alba?" „Unverschämtheit, mich zu duzen", knurrte Alba und fuhr kräftiger fort: „Verlassen Sie sofort mein Haus! Oder ich hole die Polizei."

Der Fremde, der Stimme nach ein Mann, war deutlich kleiner als er. Auch schien er allein zu sein und der Stock wirkte recht ungefährlich, entsprechend wuchs Albas Mut. Er stieg zwei weitere Stufen empor, erreichte den gleichen Absatz wie der Dunkle. Dieser zog sich langsam in den Flur zurück und Alba trat forsch auf den Maskierten zu. Der Mann war vielleicht noch einen Meter von ihm entfernt. Er hob langsam den merkwürdigen Stab und streckte ihn Alba entgegen. Unwillkür hielt Alba in der Bewegung inne, starrte wie gebannt auf die Spitze des Stabes. Diese bewegte sich, etwas knäuelte sich, schien dann einen spitzen Kopf zu bilden. Dieser Kopf oder vielmehr etwas Langes, Glattes, ja Dünnes fuhr jäh wie ein Blitz auf Albas Gesicht zu, sprang ihn an. Wie tausend Nadeln stach es ihn in den Hals und ein wilder, böser Schmerz ließ Alba aufschreien. Er griff mit den Händen in sein Gesicht, versuchte das Winden abzuwehren. Noch ein brennender Stich und noch einer. Alba taumelte rückwärts zur Treppe, stolperte, wollte sich am Geländer halten. Vergeblich, seine Hände verkrampften sich, eine zähe Lähmung erfasste sein rasendes Herz, ließ es eigenartig klopfen und sein Blut gerinnen. Ein beißender, feuriger Nebel hüllte seinen Kopf ein. Albas schwerer Körper rutschte zur Seite, glitt polternd die Stufen hinab – und dann versank die Welt um ihn herum im Nichts.

Am Samstagvormittag ging im Polizeirevier in Ludwigsburg in der Schloßstraße 29 eine Vermisstenanzeige ein. Der Vorgang war an sich nicht ungewöhnlich, doch passte er vom Inhalt zum Bericht über den Seeleichenfund. Daher leitete man die Anzeige direkt nach Stuttgart zur Kriminalinspektion 1 in der Hahnemannstraße weiter. Die örtliche Polizei hatte kürzlich die Stuttgarter wegen der internen Überlastung und der besseren Stuttgarter Ausstattung gebeten, die Angelegenheit mit dem Leichenfund auf der Monrepos-Insel zu übernehmen. Und die eingehende Vermisstenanzeige stand möglicherweise im Zusammenhang mit der „Leiche ohne Gesicht", wie der Fall bei den Ludwigsburgern hieß.

Inspektor Voller hatte heute Samstagsdienst und nahm den Anruf entgegen. Der Kollege aus Ludwigsburg stellte direkt durch: Vermisst wird Otmar Werner, 48 Jahre, wohnhaft in Ludwigsburg, Tacitusweg 53. Die Anzeige wurde fernmündlich von einer Bekannten Herrn Werners, einer Frau Gerber aufgegeben. Diese war einige Tage beruflich abwesend gewesen und wunderte sich, seit ihrer Rückkehr nicht von Herrn Werner zu hören. Auch bei ihm zu Hause war niemand, die Dame hat einen Schlüssel zu seiner Wohnung. Und die Nachbarn, bei denen Frau Gerber nachfragte, hatten Werner in den letzten Tagen ebenfalls nicht gesehen. Der Beamte aus Ludwigsburg gab an, er habe Frau Gerber beruhigt und versprochen, man werde sich der Angelegenheit annehmen. Der Tacitusweg läge gar nicht so weit entfernt vom Leichenfundort, zu Fuß brauche man etwa eine halbe Stunde. Und der vermisste Werner sei ein regelmäßiger Läufer. Da gebe es möglicherweise eine Verbindung. Ob der Stuttgarter Kollege nicht so freundlich sein wolle und die Sache überprüfen könne? Inspektor Voller bedankte sich für die Informationen und erklärte, seine Abteilung würde sich der Sache annehmen. Wenn nichts weiter dran wäre, bekäme Ludwigsburg am Montag oder Dienstag Bescheid. Ansonsten, nun, man werde sehen. Ob Frau Gerber erreichbar sei? So, sie sei bis zum Donnerstag unterwegs, habe aber bei den Nachbarn für alle Fälle den Schlüssel hinterlassen. Gut, bis zum Donnerstag sei sicher alles geklärt.

Voller legte auf und überlegte. Eigentlich müsste er Maier informieren, doch der würde sicher irgendetwas zu meckern haben. Maier ließ, seit er zum Leiter avanciert war, selten ein gutes Haar an ihm. Wahrscheinlich würde er eine Riesenhektik veranstalten und alle ins Präsidium beordern, ob dies nun sinnvoll war oder nicht. Vielleicht sollte er ihn einfach übergehen, er hatte ihn eben nicht erreichen können. Kathrin Schröder wollte er allerdings auch nicht anrufen, die gute Schröder sollte ihr Wochenende in Ruhe genießen. Blieben die Heine und Kollege Ratmund. Zur Heine hielt Voller lieber Abstand, er traute der Dame nicht recht. Ihr etwas erzählen, hieß, es gleich Maier persönlich zu stecken. Ratmund in seiner ruhigen Art dagegen würde wissen, was als erstes zu tun sei. Am besten er rief ihn an, dann könnte man weiter sehen. „Ratmund?" Inspektor Voller meldete sich und erzählte dem Kollegen von der Vermisstenanzeige. Ratmund zog sofort die Verbindung zum „Seeleichenfall": „Klar, die Wohnlage, ein Läufer, seit ein paar Tagen nicht zu sehen, dieser Werner, der ist unser Mann, bestimmt, ich habe das im Gefühl. Wissen Sie was, ich fahre nach Ludwigsburg und sondiere die Lage. Ich spreche zunächst mit den Nachbarn. Samstags sind die Leute zu Hause, da erfährt man einiges."

Dr. Stiller saß an seinem Schreibtisch und las:

*„Die Theosophische Gesellschaft ist eine weltweite Vereinigung, die sich der praktischen Verwirklichung der Einheit allen Lebens und der unabhängigen spirituellen Suche widmet. Sie wurde im Jahre 1875 in New York City von Helena Petrowna Blavatsky gegründet. Ihre Schriften und die ihrer Lehrer stellen die grundlegenden Gedanken dieser Philosophie dar. Blavatsky war gebürtige Russin und bereiste zwanzig Jahre lang Europa, Amerika, Asien und den Nahen Osten, um Mystik und Okkultismus zu studieren. Blavatsky lieferte vor allem mit ihren beiden Werken ‚Isis Unveiled' (1877) und ‚The Secret Doctrine' (1888) die theoretischen Grundlagen einer Lehre, die ihre Thesen aus sehr unterschiedlichen Quellen gewann. Neben dem Neuplatonismus standen Kabbala, Gnosis, Hinduismus, Buddhismus, Überlieferungen antiker Mysterienkulte, Pythagorismus, Spiritismus und französischer Okkultismus Pate, wobei den östlichen Denksystemen eine zentrale Stellung zukommt. Zur Biographin u.a.: ‚Helena Blavatsky, Founder of the Modern Theosophical Movement' von Sylvia Cranston (Adyar) und ‚H.P.Blavatsky und die Bewegung der Theosophen' von Otmar Werner (Europäische Hochschulschriften, Peter Lang)."*

Soweit war ihm der Sachverhalt in Sachen Blavatsky und Theosophen bereits geläufig, aber was es mit diesen angeblichen Theosophaniern oder Dyzianern auf sich hatte, war ihm noch recht unklar. Deutlich schien es ihm, dass sich diese Leute wohl von den Theosophen ableiteten. Es handelte sich somit schon vom Ursprung her um eine recht merkwürdige Gruppe, die alle möglichen religiösen und philosophischen Lehren bunt durcheinander würfelte. Bei seinen unterschiedlichen Studien war er immer wieder auf diese eigentümliche Mischung von Spiritismus, Okkultismus und religiösem Sendungsbewusstsein gestoßen. In der Regel wurden in diesen Verbindungen alle anderen, nicht gleichfalls erleuchteten Personen verdammt und

Aussteiger oft erbarmungslos verfolgt. Vor allem die modernen Varianten der verschiedensten fernöstlichen Gruppierungen waren hierin gefährlich und radikal. Die Sektenberichte der großen Kirchen waren in ihren Aussagen deutlich: Ob es die von Rajneesh Chandra Mohan gegründete Bhagwan-Bewegung mit ihrem Ashram in Poona war, die Gruppe um Sri Anandamurti, auch Ananda-Marga genannt oder die Anhänger Wai Dabas. Besonders Wai Daba trat gern als Wundertäter hervor, wobei seine Spezialität neben Heilungen mittels „Heiliger Asche" so genannte Materialisationen waren. Dabei zauberte er Gegenstände aus der Luft hervor, was jedoch in Einzelfällen bereits als Taschenspielertricks entlarvt wurde. Bei westlichen Besuchern erregte seine Praxis Befremden, mitunter durch eigenartige Berührungen seiner Schüler deren „niedere Chakren" zu reinigen. Alles in allem handelte es sich um recht zentrierte, auf einen Führer eingeschworene Gemeinschaften.

Stiller fiel auf der historischen Ebene dazu der Armanenorden des Heinrich Himmler ein, ein faschistischer Prototyp für das, was Stiller in seinen Untersuchungen „antidemokratische Machtzirkel" nannte. Ja, hier näher zu forschen, konnte lohnend und spannend sein. Jetzt aber zur Kernfrage:

Wer oder was waren diese Dyzianer?

In der Tacitusstraße entfaltete sich ein ganz normaler, beigefarben getönter Samstagvormittag. Die Anwohner, Familien mit Kindern, Paare oder Singles begaben sich über bekieste und gepflasterte Wege zu ihrem Autostellplatz, zum Carport oder zur Betongarage. Dort wurden Mittelklasse-Standardwagen der Marken VW, Opel oder auch Peugeot bestiegen, Einkaufstaschen und Kisten verstaut und die Wagen gestartet: Man fuhr zum samstäglichen Großeinkauf in die City davon, mitten in den schon ungeduldig wartenden Mittagsstau hinein.

In den Häusern brach unter den Daheimgebliebenen ebenfalls Geschäftigkeit aus. Maschinen surrten, man saugte, bohnerte, wachste, putzte und fegte. Diese Geschäftigkeit ließ sich nicht lange im häuslichen Innern bändigen. Bald öffneten sich die Türen erneut, und frisch gestylte Mütter begaben sich mit ihrem quirligen Nachwuchs nach draußen. Andere, gleichfalls mit Sorgfalt verschönte Damen bestiegen die Familien-Zweitkutsche meist älteren Baujahrs, um zu eigenen Einkäufen in die Innenstadt zu fahren. In der Zwischenzeit wurde das Haus gelüftet, frische Luft durchwogte die hell möblierten, äußerst adretten Räume. Alles war blitzblank sauber und rein, man hatte ja auch so viel Zeit und Weile, die durch derartige exakte Säuberungsaktivitäten gefüllt werden konnte. Im ersten Stock des Reihenmittelhauses Nr. 53 dagegen blieben heute, wie schon die Tage zuvor, die Vorhänge an den Fenstern zum Garten geschlossen.

Inspektor Ratmund fuhr die Bottwartalstraße entlang, bog an der Ampel beim „Pristel-Bäck" links in die Flattichstraße ab. Er folgte der Straße, die leicht nach oben führte. Hielt sich oben links und bog nach dem Trajanweg in den Tacitusweg ein. Er stoppte in der nächsten Querstraße, parkte seinen Wagen und lief den Weg wieder hoch. Er sah sich um. Oben lag der Waldrand, der Favoritepark. Rechts erstreckte sich ein Gewirr von Hochspannungsleitungen. Die schmalen Fassaden der Reihenhäuser stiegen über zwei Stockwerke in die Höhe. Sorgfältig gehegte Gewächse kaschierten die Enge. In den Gärten blätterte die Farbe von den Gartenzwergen; man erwartete, dass der Zahn der Zeit ihnen das verwitterte Aussehen von Antiquitäten verleihen werde. Vor dem Inspektor lag die Nummer 53, das Haus, in dem der vermisste Werner wohnte. Ratmund ging aber zunächst auf das Haus Nr. 51 zu. An der Tür stand der Name Tüchel. Ratmund klingelte. Eine Dame in den 50ern mit kurzem, blondierten Haar und einer Hornbrille öffnete. Der Kriminalinspektor zückte seinen Dienstausweis und stellte sich vor. Er wurde freundlich hereingebeten. Die Dame war sichtlich erfreut, einen Gesprächspartner und Zuhörer für ihre Vermutungen zum Geschehen im Nachbarhaus gewonnen zu haben. Sie führte ihn vier Stufen hoch ins Haus. Das Wohnzimmer öffnete sich zu einem Wintergarten. Durch das Zimmer strichen zwei Katzen, überhaupt gab es überall Katzenmotive und Katzenutensilien. Frau Tüchel bot Ratmund einen Platz an und entzündete eine Zigarette, nicht die erste, dem überquellenden Aschenbecher nach. Sie offerierte einen Kaffee, den Ratmund dankend annahm, einen Kaffee konnte er gerade gebrauchen. Das Angebot seiner Gastgeberin, einen Rotwein zu trinken, lehnte er allerdings ab.

Die Dame des Hauses brachte bald den Kaffee und einige Kekse, selbst gebacken, wie sie versicherte. Sie setzte sich, verkündete aber sofort, sie wisse eigentlich gar nichts über Dr. Werner, überhaupt sei sie nicht neugierig. Und es interessiere sie nicht, was in der Nachbarschaft passierte. Ihr Mann halte es genauso. Das Gespräch verlief dann aber doch recht ergiebig. Ratmund nahm ihren Hinweis, sie wisse nichts, sofort auf. Erklärte, er gehe auch von keiner anderen Situation aus. Aber gerade Zeugen, die nicht neugierig seien, wären oft die besseren Beobachter. Sie neigten einfach zu einer größeren Objektivität. In der Folge lieferte er nur noch die nötigen Stichworte, warf ab und zu eine Frage in den Gesprächsfluss der Frau Tüchel. Diese erzählte jetzt frisch von der Leber weg alles, was ihr über die Nachbarschaft, speziell über das Haus 53 bekannt war. Dr. Otmar Werner wohnte seit fünf Jahren im Nebenhaus. Seine erste Ehe war gleich im ersten Jahr geschieden worden. Seit rund drei Jahren lebte Werner nun mit Frau Anita Gerber zusammen. Die neue Partnerin besaß wohl noch eine eigene Wohnung, obwohl sie sich häufig auch für längere Zeit im Nachbarhaus aufhielt. Die Gerber sei eine wirklich gut aussehende Frau, schlank, Sonnenstudio

gebräunt und offenbar gut situiert, immer modisch gekleidet. „In letzter Zeit haben die beiden sich aber häufig
gestritten. Die Wände sind hellhörig, wenn es mal lauter
zugeht, hört man jedes Wort!" Worum es denn gegangen
sei?, fragte Ratmund. Das habe sie nicht recht verstanden,
antwortete Frau Tüchel, sie achte auf solche Szenen auch
nicht, sie sei nicht neugierig! Auf Nachfrage Ratmunds
bestätigte sie, Werner sei regelmäßig morgens durch den
Favoritepark zum See hinunter und wieder zurück gelaufen. Nein, Sport sei nichts für sie. Absolut mörderisch, solche Joggereien! Sie griff zur Zigarette.

Womöglich hat die Dame in diesem speziellen Fall
Recht, dachte Ratmund. Er fragte nach dem Schlüssel, ob
Frau Gerber ihn bei Frau Tüchel hinterlegt habe. „Ach ja,
den habe ich ganz vergessen, warten Sie, ich hole ihn
gleich." Sie stand auf, drückte die Zigarette aus und ging in
die Küche nebenan. Dort hörte Ratmund, wie eine Schublade aufgezogen wurde, es klapperte. Dann kehrte Frau
Tüchel zurück und überreichte ihm einen Schlüsselbund.
„Werfen Sie den Schlüssel, wenn Sie im Haus fertig sind,
einfach in den Briefkasten!" Ratmund dankte, wandte sich
zum Gehen, blieb an der Tür noch einmal stehen. Dem
Inspektor war noch etwas eingefallen. „Wann haben Sie
Herrn Werner zuletzt gesehen?", fragte er. „Gute Frage,
gesehen ..., es muss am späten Mittwochabend gewesen
sein. Also, eigentlich habe ich ihn nicht gesehen, vielmehr
gehört. Es rauschte in der Wand, wohl aus dem Bad. Halt,
das war schon viel später, in der Nacht eher, ich war auf-
gestanden, um mir ein Glas Wasser zu holen. Gegen ein
Uhr muss es gewesen sein." Inspektor Ratmund dankte
noch einmal und verließ das Haus Nr. 51.

Der alte Mann hob die Augen von seinem Buch. Da waren sie wieder, diese dreisten Lügen über den Meister, den Gründer der reinen Lehre, die Kaste der Dyzianer, Joseph Englert.

Der alte Mann seufzte, legte das Werk beiseite. Dann straffte sich seine Gestalt. Er stand auf, durchquerte den Raum und trat an ein großes Terrarium, welche die ganze linke Ecke ausfüllte. Er blickte hinein in die Landschaft aus Felsbrocken, kahlen Baumstümpfen und weißem Sand. Im Schatten eines der Steine war ein dunkles Winden erkennbar. Ein schwarzer spitzer Kopf züngelte lidlos in die rote Hitzesonne der Seitenbeleuchtung. Der Mann drehte sich um und wandte sich einem Regal zu. Er blickte die Reihen der braunen Lederbände entlang. Fand schließlich das Buch, welches er suchte und begab sich wieder an seinen Schreibtisch. Er blätterte die Seiten des Werkes durch, hielt auf der Seite 310 inne:

*Occulte Aphorismen. XXVII. Das letzte darf niemals mit Worten oder Rede erwähnt werden, damit es nicht etwas von unserer geistigen Kraft hinwegnehme, welche nach seinem Zustande streben, welche immer vorwärts nach IHM geistig gravitieren, wie das körperliche Weltall nach Seinem geoffenbarten Centrum kosmisch gravitiert.*"

Die Veränderung war offenbart, die Zeit war reif. Sie würden bald die Dinge korrigieren, die nicht im rechten Lot waren. Alles war dazu bereit, die richtigen Persönlichkeiten hatten ihre Startpositionen erreicht. Nun mussten sie nur noch einige kleine, ja fast zu vernachlässigende

Schwierigkeiten überwinden, bis sie zum Endspurt übergehen konnten. Eine kleine Verzögerung hatte sich allerdings eingeschlichen. Zu früh durfte man auf sie nicht aufmerksam werden. Also hatte er, obwohl er solche Taten verabscheute, dem vom obersten Meister gegebenen Befehl zur Entfernung der Störung zustimmen müssen. Aber eine andere Lösung gab es nicht, er durfte nicht zaudern und zögern, musste sich der Notwendigkeit beugen. Die Zeit war jetzt reif. Über 50 Jahre nach dem Tod des Meisters sollte seine Lehre endlich in die Tat umgesetzt werden. Der Alte legte das Buch beiseite, öffnete eine Schublade und entnahm ihr eine Liste. Er hatte sie zusammen mit seinem Obmann, seinem Vertreter und Nachfolger ausgearbeitet. Alles war berücksichtigt, jeder einzelne Schritt minutiös geplant. Sie konnten beginnen. Er erhob sich und öffnete langsam die Tür.

Inspektor Ratmund schloss die Eingangstür auf. Er trat in das Reihenhaus und begann seine Untersuchung. Eigentlich schaute er sich nur um, denn einen Grund zur genauen Untersuchung gab es offiziell noch nicht. Wohnzimmer, Flure, Arbeitsräume, die Bäder, Schlafzimmer im zweiten Stock. Na ja, geschmacklich waren die Menschen verschieden. Trotzdem, die Wohnung hatte was. Ratmund betrat endlich das Arbeitszimmer und „fühlte" es gleich: Das war der Raum, in dem er möglicherweise etwas finden würde. Die Aktenordner versprachen einiges. Nach einer Stunde hatte sich Ratmund durch die Papiere gearbeitet. Neben den normalen Unterlagen einer bürgerlichen Existenz konnte er nichts Auffälliges entdecken. Und die Ordner mit wissenschaftlichem Inhalt sagten ihm wenig, mit den Fachtexten wusste er nichts anzufangen. Deutlich wurde ihm lediglich, Dr. Werner musste sich mit diversen Kultformen und religiös-spirituellen Vereinigungen befasst haben. Da musste er Peter Voller fragen, der kannte sich etwas mit diesen Dingen aus, Ratmund selbst war dieses

Metier ein Buch mit sieben Siegeln. Er hielt sich lieber an handfeste Tatsachen, als seine Zeit mit Spekulationen über Sein und Nichtsein zu vertun. Gerade in seinem Beruf gab es da klare und deutliche Trennlinien. Jemand besaß ein Sein: Wie er lebte, wen er kannte, welche Beweggründe sein Tun beeinflussten, was ihn motivierte. Schlicht kriminalistisch: Welche Motive dieser Jemand für seine vielfältigen Taten hatte! Oder jemand war tot, d.h. wenn Ratmund und seine Kollegen sich mit ihm beschäftigten, kam dieser Tod durch Gewalt und vor der üblichen Zeit zur jeweiligen Person. Aus dem Dasein wurde ein Nichtsein, aus dem Lebenden eine Leiche, ein Mordopfer.

Während Ratmund derart gedanklich vor sich hin philosophierte, war er nicht müßig geblieben. Er durchsuchte mit der ihm eigenen Systematik sämtliche Räume inklusive Schränke und Regale sowie Kommoden und welche potenziellen Verstecke es auch geben mochte. Klar war, Herr Werner besaß eine Mitbewohnerin, wohl diese Frau Gerber. Dafür sprachen die vielfältigen weiblichen Utensilien, die sich vor allem auf das Bad im ersten Stock konzentrierten, und eine gewisse angenehme Ordnung wie auch die geschmackvolle Einrichtung. Ratmund, den seine Frau im letzten Jahr verlassen hatte, kannte aus eigener Erfahrung die Schwierigkeit, die männliche Wesen mit diesen Dingen hatten. Hier wirkte eindeutig das positive Wesen des weiblichen Schönheitssinnes. Er suchte weiter, doch er konnte nichts entdecken. Allein, ihm fiel auf, jemand anderes musste vor gar nicht so langer Zeit die gleiche, gründliche Tätigkeit ausgeübt haben. Es gab solche kleine, für den Fachmann untrügliche Hinweise, Elemente, die auf eine Veränderung hindeuteten.

Und schließlich, als Inspektor Ratmund schon aufgeben wollte – auch der Keller war recht unergiebig –, entdeckte er, als er die Holztür, die zum Garten führte, öffnete, an der Treppe nach draußen einen Schuhabdruck im Staub. Er bückte sich, betrachtete den Abdruck genauer.

Dieser war gut erkennbar, er hatte Glück. Ratmund zog einen kleinen Zollstock aus der Tasche und nahm Maß. 26 cm, diese Länge entsprach der Schuhgröße 43 oder 44. Das angedeutete Profil wies eine eigenartige Rundung auf, offenbar eine Art von Sportschuh. Ratmund überlegte, dann griff er in seine Innentasche und holte sein Fotohandy hervor. Er machte rasch vier Aufnahmen, das musste genügen. Wahrscheinlich entsprach die Schuhgröße der des Opfers, aber man konnte nie wissen. Ratmund kehrte um, ging durch den Keller zurück nach vorne. Richtig, am Aufgang nach oben standen Schuhe unter der Treppe. Ratmund hob ein Paar hoch: Größe 46! Unwahrscheinlich, dass der Eigentümer sich in kleinere Sportschuhe gezwängt hatte, die Sache wurde interessant. Im Badezimmer nahm Ratmund aus einem Kamm noch eine Haarprobe, damit würde eine eventuelle Identität des unbekannten Mordopfers mit dem Hausbewohner rasch zu klären sein. Mit seiner Tätigkeit zufrieden, verließ der Inspektor das Haus Nr. 53, der Nachmittag versprach schön zu werden.

Am gleichen Samstagnachmittag saß Anna bei ihrer Schwester Marlene im Wohnzimmer. Die Einladung, zu der sie Marlene begleiten sollte, war verschoben worden. So blieben die beiden Schwestern in trauter Runde und unterhielten sich über Annas Pläne für die Zukunft. Anna erzählte von ihrem gestrigen Besuch bei ihrer Freundin Christine. Diese hatte mit Marlene und Anna verschiedene Kurse besucht und führte eine Praxis als Heilpraktikerin. Sie hatte Anna auf die Idee gebracht, sich mit ihrer Eurythmie ebenfalls selbstständig zu machen. Anfangs noch parallel zur Schule, später dann ausschließlich. Marlene wollte mittun, die beiden Schwestern planten, in einer Gemeinschaftspraxis zusammenzuarbeiten. Entsprechende Räumlichkeiten waren bereits gefunden, über die genaue Zeitfolge mussten sie sich noch einigen.

Das Gespräch wandte sich anderen Themen zu. „Weißt du, wen ich kürzlich in der Stadt getroffen habe?", fragte Marlene Anna. „Die Bekannte von dir, Kathrin Schröder. Du hast sie mir doch im letzten Jahr vorgestellt, als diese ganzen aufregenden Geschichten passierten." „Ach ja, ich habe sie seit einiger Zeit nicht mehr gesehen. Schade eigentlich, wir haben viel miteinander erlebt. Aber es ist immer so viel zu tun, man will anrufen und dann ..." „Na ja, das geht mir oft auch so. Jedenfalls lässt sie dich schön grüßen und meint, ihr könntet doch mal wieder etwas unternehmen." „Vielleicht einen Damenausflug, du kommst auch mit!", schlug Anna ihrer Schwester vor. „Dein Helmuth kann sich auch mal um die Familie kümmern, das wird er einen Tag alleine schaffen."

Marlene war damit durchaus einverstanden, ein Tag müsste ihr Mann verkraften können. Nur, sie wusste, wie Helmuth im Haushalt wüten würde. Wenn er kochte, sah die Küche wie nach einem Bombenanschlag aus. Trotzdem, einmal müsste auch Helmuth die Dinge einigermaßen hinbekommen.

Nachdem Marlene derart ihrem Unmut über Helmuth Luft verschafft hatte, konnte es sich Anna nicht verkneifen, von ihrem Erlebnis auf der Autobahn zu berichten. Irgendwie geriet ihr dabei die Darstellung eine Idee zu positiv, denn Marlene blickte sie nur groß an und bemerkte, sie kenne ihre Schwester gut. Was denn an dem Herrn so Besonderes dran wäre, er habe ihr geholfen, ja und? Anna habe sich wohl etwas in diesen „Kavalier" verschaut? Anna wehrte ab, konnte aber nicht verhindern, dass sie, wenn auch nur leicht, errötete.

Die Damen beließen es dabei, zumal die Tür aufging und Helmuth zurückkam. Er stapfte grußlos in den Raum, nickte kurz, ging nach hinten in sein Arbeitszimmer und knallte die Tür hinter sich zu. Helmuth hatte eine Stinklaune: 1:3! Sein VFB war mit Pauken und Trompeten gegen die Bajuwaren untergegangen.

Kathrin Schröder, von der beim Treffen die Rede gewesen war, verbrachte ein angenehm ereignisloses Wochenende. Sie saß auf ihrem kleinen Balkon, trank Tee, blickte ins Grüne und las einen spannenden Kriminalroman. Gerade hatte der Held durch eine schier unglaubliche geistige Akrobatik herausgefunden, dass eine Vereinigung von Dunkelmännern unter dem Deckmantel einer religiösen Bewegung politische und wirtschaftliche Macht anstrebte. Natürlich erforderte das Erreichen des Ziels verschiedene Mordtaten, die alle mehr oder minder phantastisch waren. Und der Held der Geschichte sah sich plötzlich selbst unter Verdacht und ..., da klingelte ihr Telefon.

Es war ihr Kollege Heinz Ratmund, der ihr von seinen Nachforschungen in Sachen Seeleiche berichten wollte. Die Wirklichkeit schreibt oft bessere Bücher und Kathrin Schröder war neugierig, was der gute Ratmund Neues entdeckt haben mochte. Sie lud ihn spontan zu sich auf den Balkon ein und der Inspektor versprach gleich zu kommen.

Es dauerte allerdings etwas länger. Der Spiegel zeigte ihm ein zerknittertes Äußeres, Ratmund musste sich eingestehen, dass er sich in letzter Zeit etwas hatte gehen lassen. Also rasierte er sich und zog sich rasch um. Noch einmal fuhr er mit dem Kamm durch die Haare, ein kräftiger Schuss Rasierwasser komplettierte seine gereifte Persönlichkeit, fertig. Auf dem Weg zu Kathrin Schröder besorgte Ratmund bei einer Tankstelle noch Blumen.

Kathrin Schröder wohnte in der Barchetstraße, einer kleinen Straße am Ortsrand von Stuttgart-Vaihingen. Als er ankam, winkte ihm Kathrin schon vom Balkon zu. „Ich dachte schon, du kämst nicht mehr oder hättest dich verfahren." Ratmund lachte gutmütig zu der Neckerei. Er überreichte galant die Blumen und wurde dafür zum Dank umarmt. Das Wochenende gewann für den Inspektor immer mehr an Qualität. Bald saßen sie auf dem Balkon und Ratmund erzählte ausführlich von seiner Exkursion zum Haus des Dr. Werner und dem Gespräch mit der Nachbarin.

## Montag, 23. Mai

An einem 23. Mai kam es in Prag im Jahre 1618 mal wieder zu einem Fenstersturz. Dieses in Böhmen übliche Brauchtum, mit politischen Gegnern abzurechnen, führte in der Folge zu einem 30 Jahre dauernden Krieg, der erst am 24. Oktober 1648 beendet wurde. Auch an einem folgenden 24. Oktober sollte noch so manches geschehen. Am 23. Mai 1949 jedenfalls gab sich die Bundesrepublik Deutschland das Grundgesetz, eine Verfassung, die – für die deutsche Geschichte überraschend – sogar mehr als ein halbes Jahrhundert hielt und weiter Bestand hatte! Natürlich war der Mai auch von privaten Daten erfüllt, ob 20., 23. oder der 31. Mai, stets war irgendwo etwas für Menschen Wichtiges oder Bestimmendes passiert, Geburtstage, Hochzeitstage und anderes.

Für die Damen und Herren der Kriminalinspektion 1 in der Hahnemannstraße schien sich dieser Maitag gleichfalls positiv und damit möglicherweise die gesamte Woche erfolgreich zu entwickeln. Zwar hatte Kommissar Günther Maier die Alleingänge seiner Inspektoren Voller und Ratmund zunächst recht brummig kommentiert und sich alles haarklein berichten lassen, wobei er nicht mit kritischen Anmerkungen sparte. Am Nachmittag rief jedoch Dr. Kugler aus dem gerichtsmedizinischen Labor an und teilte mit, dass die von seinem Inspektor mitgebrachte Haarprobe in der DNA-Analyse die Identität der Seeleiche mit dem vermissten Otmar Werner bestätigt habe. Maier war jetzt voller Lob und beurteilte die Aktion als Beweis für die rasche Effizienz seiner Abteilung und seines vorbildlichen Führungsstils. Was er nicht ahnte war, dass sein Lob und Tadel Ratmund kalt ließen. Der Inspektor und seine Kollegin waren seit dem Sonntag, als Ratmund Kathrin Schröder informiert hatte, bereits aktiv auf der realen Spurensuche. Es lag eindeutig ein Mord vor, die Todesursache, der Herzschuss, ließ keinen Zweifel zu. Die Leiche war identifiziert, jetzt ging es darum, so viel wie möglich an Informationen über den Toten, sein Umfeld, über etwaige Motive und mutmaßliche Täter zu sammeln. Ratmunds Samstagsbefragung war nur der Anfang der üblichen, langatmigen und quälenden Routinearbeit gewesen. Wie immer ging das Team von den nahe liegenden Zusammenhängen aus. In einer Paarbeziehung gab es offenbar eine Krisen- oder Streitsituation. Im Affekt oder mit Berechnung brachte der eine Partner, hier die Partnerin, den anderen um. Nur, warum hatte dann die Frau das Opfer so früh als vermisst gemeldet? Und was sollte die Unkenntlichmachung des Gesichts? Wo war die Tatwaffe? Es gab viel zu klären und die einzelnen Puzzleteile passten auf den ersten Blick nicht richtig zusammen.

Zwei Tage später, am Mittwoch, den 25. Mai war der Optimismus des Wochenbeginns etwas verflogen. Die Ermittlungen kamen einfach nicht voran. Der Verdacht, der sich auf die Partnerin des Toten, auf Frau Anita Gerber gerichtet hatte, erfuhr vorerst keine Bestätigung, mehr noch, er wurde durch die Faktenlage widerlegt. Nach der Autopsie war die Tatzeit auf etwa Mittwochmorgen zwischen 5 und 7 Uhr festgelegt worden. Für diesen Zeitraum hatte Frau Gerber ein wasserdichtes Alibi. Sie war in Frankfurt auf einer beruflichen Fortbildung gewesen und saß um 7:30 Uhr nachweislich im Hotelspeiseraum und frühstückte mit einer Kollegin. Eine Sackgasse, der einfache, fast „normale Partnerschaftsmord" war es nicht. Es sei denn, Frau Gerber hatte einen Mörder engagiert. Doch dafür gab es bislang keine Hinweise. Auch von der Tatwaffe fehlte jegliche Spur. Und Motive, warum Dr. Werner zum Opfer wurde, konnten die Ermittler bislang nicht entdecken. Otmar Werner war ein auf seinem Fachgebiet renommierter Wissenschaftler gewesen. Er lebte davon, im Zweijahresrhythmus gekonnt recherchierte und populär verfasste Sachbücher über religiöse und spirituelle Themen zu veröffentlichen, die meist erfreuliche Auflagen erzielten und ihm ein gutes Auskommen ermöglichten.

Dazu schrieb Dr. Werner zahlreiche Fachaufsätze, hielt Vorträge und ab und zu ein Seminar. Es gab keine noch lebenden Verwandten, der Bekannten- und Freundeskreis bestand gänzlich aus Persönlichkeiten aus dem universitären Bereich und war über die ganze Republik verstreut. Warum von diesen Menschen einer Werner töten sollte, war auf den ersten Blick nicht ersichtlich. Also musste man tiefer graben und genauer in die Biographie und das Umfeld des Toten eindringen. Langatmige, quälende Routinearbeit eben.

Die fehlende Routine indes war es, die den Nachbarn der Löwenstraße 121 am Abend des Fronleichnamtages auffiel. Der Tag war sehr heiß gewesen, das Thermometer hatte sich der 28°-Grenze genähert. Die Menschen genossen Fahrradtouren, Schwimm- und Sonnenbäder. Am Abend wurden überall eifrig die Schläuche betätigt und der Rasen kräftig besprengt bzw. die Blumenbeete gegossen.

Die Bewohnerin von 123, Frau Simmer, stand auch in ihrem Garten und wässerte ihre Rosenstöcke. Sie war am Abend zuvor aus ihrer Ferienresidenz in Menorca zurückgekommen und hatte den Tag damit verbracht, in ihrem Garten Unkraut zu jäten, verblühte Blumen abzuschneiden und alles wieder etwas herzurichten. Den ziemlich in die Höhe geschossenen Rasen würde ihr Mann morgen mähen. Sie schaute beim Gießen zufällig über den Zaun und stellte verwundert fest, dass ihr Nachbar, Dr. Alba, nicht den Garten goss. War er verreist? Aber das konnte sie sich nicht vorstellen. Wann immer Alba wegfuhr, sagte er ihr Bescheid und bat darum, nach dem Haus zu sehen und nötigenfalls auch zu gießen. Und ein spontaner Entschluss passte nicht zu Alba. Zwar war sie selbst auf Reisen gewesen, aber er hatte sie bislang immer über seine Abwesenheit informiert. Sie nahm sich vor, nachher einmal bei ihm zu klingeln.

Da fiel ihr Blick auf die Terrasse. Die Tür zum Hause Alba stand weit offen und auf einem Tisch schien sich Geschirr zu befinden. Also war er doch zu Hause, sie würde gleich einmal hinübergehen und ihn begrüßen. Eine viertel Stunde später läutete sie an der Tür, doch niemand öffnete. Frau Simmer nahm die Seitenpforte und lief außen um das Haus herum. Sicher war ihr Nachbar im Garten und hatte daher das Klingeln an der Haustür nicht gehört. Aber auf der Terrasse war niemand. Frau Simmer sah jedoch mit einem Blick: Etwas war nicht in Ordnung. Die Speisereste auf dem Tisch wirkten äußerst unansehnlich und rochen nach Verfall. Der Kaffee in der Tasse war eingetrocknet, das Frühstück, soweit noch erkennbar, musste seit mehreren Tagen hier stehen. Da stimmte etwas nicht, diese Art von Unordnung entsprach nicht Albas Persönlichkeit.

Sie drehte sich zur Terrassentür und spähte mit Unbehangen in das dämmrige Innere des Hauses. Und es schien ihr, als käme dieser ungute Geruch nicht allein von den Resten des Frühstücks. Frau Simmer beschloss, ihren Mann zu Hilfe zu holen.

Eine dreiviertel Stunde später waren die Inspektoren Voller und Ratmund sowie die Spurensicherung unter der Leitung von Herrn Ziegler vor Ort und begann routiniert die übliche Untersuchung. Im Inneren des Gebäudes war es bemerkenswert kühl, dennoch hatte die Zeit gewirkt. Das ganze Haus stank nach Tod und Verwesung. Die Leiche Dr. Klaus Peter Albas war von Herrn Simmer auf dem Treppenabsatz zum zweiten Stock entdeckt worden. Simmer erzählte umständlich, wie ihn seine Frau bewogen habe, ins Haus zu gehen. Schon unten fiel ihm der Geruch auf. Als niemand auf sein Rufen reagierte, sei er durchs Haus gegangen und habe in der zweiten Etage die „Bescherung" entdeckt und sofort die Polizei informiert. Nein, nur die Türklinken, sonst habe er nichts angefasst, auch nichts verändert. Voller dankte dem Mann und entließ ihn vorerst.

Der Leichnam lag auf dem Gesicht halb schräg auf den Treppen. Mit der linken Hand hatte sich der Tote im Fallen ans Geländer geklammert. Eine Verletzung war zunächst nicht zu erkennen. Direkte Spuren wies der Fundort nicht auf. Unten im Haus kam Unruhe auf, jetzt traf auch Dr. Kugler ein. Er wurde von einem Polizisten nach oben geleitet. Kugler sah den Toten und pfiff durch die Zähne. Dann beugte er sich nieder und untersuchte die Leiche. Die beiden Inspektoren warteten geduldig. Nach fünf Minuten richtete Kugler sich auf und sah erst Ratmund, dann Voller an: „Ich schätze, der Tod trat vor etwa 4–5 Tagen ein, maximal vor einer Woche. Genaueres wird die Obduktion ergeben. Zur Todesursache kann ich noch nichts sagen. Aber sehen Sie ...", er drehte den Toten leicht zu Seite und hob den Kopf, „da, direkt unter dem Kinn, sehen Sie, da, am Halsansatz." Inspektor Ratmund bückte sich vor und starrte angestrengt auf die gezeigte Stelle.

Dr. Walther Stiller verbrachte den restlichen Teil seiner Pfingstferien mit der Korrektur von Deutschaufsätzen der Klasse 12. Sie hatten eine Klausur mit einer Aufgabe zu Goethes „Novelle" zu bearbeiten gehabt. Darüber konnte man allerlei schreiben, Positives, Negatives. Doch es war mitunter schon ein hartes Brot, die Arbeiten zu lesen und zu korrigieren: *„Zwischen beiden liegen keinerlei persönliche Aversionen, sondern vielmehr das Beil des Standes, das Honorio nun zu brechen versuchte."* Verrutschte Metaphern auf Zeugmabasis, Stiller blätterte rasch weiter: *„Die glühenden Wangen des Jünglings sind ein Zeichen für seine*

*Betroffenheit des Gesagten.*" Eindeutig, für die Schüler bestand keine Verbindung mehr zwischen ihrem Alltag und der Welt eines Geheimrats von Goethe und seiner literarischen Produktion. Stiller warf das Arbeitsheft missmutig auf den Schreibtisch und lehnte sich zurück. Es reichte ihm erst einmal. So etwas zu lesen entsprach einer psychischen Folter! Lieber beschäftigte er sich mit seinem wissenschaftlichen Auftrag, Informationen über die Theosophanier oder Dyzianer zu finden.

Einige interessante Hinweise hatte er schon entdeckt. Um 1920 gründete ein gewisser Joseph Englert, der zusammen mit dem Vater der Anthroposophie, Rudolf Steiner, am kultisch-geistigen Zentrum der Bewegung in Dornach gebaut hatte, eine eigene philosophische Gruppe. Er wandte sich der ursprünglichen Theosophie zu, gestaltete die Lehren Frau Blavatskys um und entwickelte eine eigene Richtung, die der Dyzianer. Stiller hatte allerdings bislang keinen konkreten Beleg über diese Veränderung gefunden. Auch über Inhalte dieser Richtung wusste er noch nicht Bescheid. Miers „Lexikon des Geheimwissens" verzeichnete lediglich den Begriff „Dzyan", ein Buch aus der Geheimlehre der Frau Blavatsky und dazu eine Rudolf-Steiner-Aussage von 1910: *„So sind die Dzyan-Strophen Teile, die noch lange nicht voll verstanden sind, an denen noch lange zu zehren ist, Teile, die zu den größten Offenbarungen innerhalb der Menschheitsentwicklung gehören"* und kommentierte: *„Dieser Satz ist in der heutigen anthroposophischen Literatur nicht mehr zu finden!"* Ob also Dyzian oder Dzyian, der Hintergrund schien dunkel und geheimnisvoll. Und zu Englert und seiner Bewegung gab es ab etwa 1925 in den Bibliotheks- und Archivverzeichnissen, in die er bislang über das Internet Einsicht genommen hatte, keine direkten Quellen- und Literaturangaben.

Nur ein kleiner Hinweis, eine Randnotiz sozusagen, war ihm aufgefallen: Es gab einen Briefwechsel Englerts mit Hermann Hesse zu Anfang der 20er Jahre. Englert hatte Hesse in einer Ehekrise geholfen und diesem einiges über seine neue mystische Bewegung mitgeteilt. Soweit die Informationen, die Stiller aufgetan hatte. Aber da endeten schon die Aussagen der Quelle zum Thema des Briefwechsels. Mehr wusste er bislang nicht, auch der Inhalt der Briefe an Hesse war ihm bisher unbekannt. Vielleicht sollte er nach Calw ins Hesse-Museum fahren, möglicherweise würde er dort neue Hinweise entdecken. Ja, das war wohl notwendig, sonst kam er jedenfalls nicht weiter. Und seufzend nahm sich Stiller ein neues Heft vor: *„Honorio merkte, dass es mit der Fürstin keinen Sinn hatte und suchte nun mit dem Urlaub einen Pfad aus der Hängigkeit von der Fürstin, in der er steckte, zu finden. Denn wirklich, die Schichten der beiden und ihre Kreise, in denen sie Verkehr hatten, waren zu groß!"*

Ganz richtig, groß, zu groß war auch die Not der deutschen Sprache und manche Aufsätze ein regelrechter Aufruf zum Totschlag derselben!

Der Obduktionsbericht Dr. Kuglers vom Freitag, dem 27. Mai vermeldete keinen Totschlag, sondern eine ganz andere, höchst merkwürdige Todesart. Die Leiche Albas wies keine nennenswerten äußerlichen Verletzungen auf. Zwar hatte sich Alba beim Sturz auf der Treppe einen Knöchel gebrochen und das Handgelenk aufgeschürft. Doch diese Wunden entstanden nach seinem Exitus, waren postmortale Folgen des Treppensturzes aufgrund der Todesagonie. Neben dem allgemeinen körperlichen Zustand, den Kugler immer als erstes diagnostizierte – der Tote wäre wohl früher oder später an einer coronalen Adipositas, einer Herzverfettung verstorben –, untersuchte er den Toten auf andere, anormale Indizien. Am Hals, unterhalb des Kinnes fielen ihm schon bei der ersten Betrachtung der Leiche vier winzige, jeweils paarweise nebeneinander liegende rote Punkte auf. Es schien sich dabei um Einstiche oder möglicherweise Bissstellen zu handeln. Die Möglichkeit einer

Mehrfachinjektion so nah beieinander schied Kugler aus. Es blieb die Variante einer tierischen Bisswunde. Da kamen, neben Insekten, eigentlich nur Schlangen in Frage. Und wirklich, die Durchführung eigener Laborversuche bestätigte diese Überlegung. Die Blutwerte des toten Alba wiesen fremde Eiweißpartikel mit einem extrem toxischen Bestand auf. Dieser Befund entsprach seiner ersten Vermutung. Das Opfer war aufgrund von Gifteinwirkung gestorben, genauer gesagt durch die Zufuhr von Schlangengift entweder durch direkte Einwirkung, sprich Biss, oder in anderer Form. Wie dies erfolgt sein sollte, konnte nur spekuliert werden. Dies fiel nicht in Kuglers Zuständigkeit. Wobei er persönlich die „natürliche" Variante für plausibel hielt. Doch darüber sollten sich andere den Kopf zerbrechen. Kugler wollte jetzt erst einmal Genaueres über das Gift und damit über die Schlangenart erfahren. Er setzte sich an seinen Schreibtisch und wählte die Nummer des Tübinger Tropeninstituts in der dortigen Keplerstraße. Die Kollegen in Tübingen kannten sich mit exotischen Giften und Krankheiten aus. Am besten, er schickte ihnen eine Blutprobe per Kurier hinüber. Kugler hatte Glück und wurde am Telefon zu einem ehemaligen Kommilitonen durchgestellt, der seit einigen Jahren bei Professor Duszernko, der im Physiologisch-chemischen Institut in der Hoppe-Seyler-Straße mit Schlangengiften experimentierte, tätig war. Bereits drei Stunden später bekam Kugler das Resultat – zunächst fernmündlich. Das Gift war in der Tat ein Schlangengift und zwar das der südamerikanischen schwarzen Hornviper, innerhalb von Sekunden wirkte es tödlich!

Kommissar Maier blickte in die Runde seiner versammelten Mitarbeiter. Kathrin Schröder, seine persönliche Assistentin Julia Heine, die Inspektoren Ratmund und Voller sowie der seiner Abteilung neu zugeordnete Inspektor in Ausbildung Kurt Schöpfel. Die Truppe war komplett zur

Sonderbesprechung erschienen. Maier rückte seine grüne Sitzungsmappe zurecht, eine Geste, die er sich, ohne es zu wissen, von seinem Vorgänger Schmoller abgeschaut hatte, und ergriff das Wort: „Liebe Kolleginnen und Kollegen! Der Autopsiebericht von Dr. Kugler liegt Ihnen allen in Kopie vor. Zieglers Bericht der Spurensicherung wird noch etwas dauern, er gab mir mündlich schon eine vorläufige Zusammenfassung. Im Hause des Opfers fehlte nichts, einen Raubmord können wir daher ausschließen, dagegen spricht schon die Todesursache. Allerdings wurden der Arbeitsbereich und sämtliche Schränke systematisch durchsucht. Wie es aussieht, waren Profis am Werk. Was die allerdings suchten und ob sie etwas gefunden haben, wissen wir nicht." Maier machte eine Pause. „Gibt es Fingerabdrücke?", meldete sich der Inspektor in Ausbildung Schöpfel aufgeregt zu Wort. Maier lächelte milde, von Schöpfel hielt er wenig: „Ich sagte schon, es handelte sich bei den Tätern um Profis. Die trugen natürlich Handschuhe und haben auch sonst keine Spuren hinterlassen. Nun, wir werden früher oder später schon etwas entdecken. Jetzt wollen wir erst einmal das weitere Vorgehen festlegen." Er drehte sich den Inspektoren Ratmund und Voller zu. „Wie weit sind Sie mit der ‚Seeleiche'?"

Voller gab kurz eine Zusammenfassung der Befragungsaktionen der letzten Tage. Weitere Nachbarn waren aufgesucht und vernommen worden. Auch mit Anita Gerber hatte Ratmund sich ausgiebig unterhalten. Bislang gab es aber keine irgendwie verwertbaren Hinweise auf einen Täter und etwaige Motive. Werners Privatpapiere und seine Arbeitsunterlagen hatten die Inspektoren abholen lassen. Sie wurden derzeit von Heinz Ratmund Blatt für Blatt durchforstet. Voller seinerseits überprüfte sämtliche Adressen- und Personenangaben, die sich aus Dr. Werners Notiz- und Adressbüchern, seinem Telefonverzeichnis und den sonstigen Unterlagen ergaben. Eine Riesenarbeit, die irgendwann, so hoffte Voller, zu einem Ergebnis führen musste. Maier hörte dem Bericht stirnrunzelnd zu. Er blickte, während Voller sprach, seine Assistentin Heine an und zog die Augenbrauen hoch. Typisch Voller und Ratmund, in Papierarbeit versinken, statt produktiv nachzuforschen und durch geistige Aktivität die Probleme erfolgreich und lösungsorientiert anzugehen. Maier schüttelte demonstrativ den Kopf: „Ja, gut, aber ich verstehe Sie doch richtig, ein Ergebnis oder einen Täter können Sie mir noch nicht bieten?" Voller erklärte, das sei wohl richtig, aber nur ein Frage der Zeit, bis sie etwas fänden. Das sei Routinearbeit, doch wichtig, und bekanntlich ließen sich damit 90% der Fälle lösen. Das sei keine Frage, meinte Maier, nur während einer so brisanten Situation wie im aktuellen Fall Alba könne er für diese Dinge nicht zwei hoch bezahlte Inspektoren abstellen. Das müsse einer allein erledigen, im äußersten Notfall wäre noch der Inspektor in Ausbildung Schöpfel als Hilfskraft mit einsetzbar. Kurz, Maier bräuchte Voller jetzt beim neuen Fall. Diese Routinearbeit, wie er sagte, könnte Inspektor Ratmund wohl allein bzw. mit der Assistenz von Herrn Schöpfel erledigen. „So, das wäre geklärt, wir wollen uns jetzt auf die aktuelle Situation konzentrieren, Herr Ratmund, ich brauche Sie dazu nicht, Sie können schon gehen und sich weiter um den Fall Werner kümmern. Herr Schöpfel bleibt noch in der Sitzung und wird Sie nötigenfalls auf dem Laufenden halten." Inspektor Ratmund sagte nichts, er stand ruhig auf, nickte Kathrin Schröder und Peter Voller kurz zu und verließ den Raum.

Die zurückgebliebenen Kollegen schwiegen indigniert. Dass Maier Ratmund nicht besonders schätzte, hatte man längst gemerkt. Aber ihn derart bloßzustellen und geradezu abzuschieben – und dies in Gegenwart eines Neulings wie Schöpfel – war schon ein starkes Stück. Na, ob du Heinz Ratmund nicht unterschätzt?, dachte Kathrin Schröder. Und Peter Voller stellte innerlich einige wenig schmeichelhafte Vergleiche Maiers mit dem vorherigen

Chef Hauptkommissar Schmoller an. Der junge Schöpfel blinzelte gleichfalls etwas verwundert, aber eher, weil er bleiben musste und Ratmund schon gehen durfte. Einzig Julia Heine war gedanklich schon im Wochenende und beim neuen Bikini, den sie sich am Mittwoch gekauft hatte. Die nötige, passende Bräune hatte sie längst im Sonnenstudio erworben. Wenn das bei Harald nicht wirkte … In Erwartung ihres künftigen Sieges lächelte sie. Maier bezog das auf sein überzeugendes Auftreten, die Sitzung ging weiter.

Die drei Männer trafen sich auf der Terrasse eines Hauses in bester Stuttgarter Halbhöhenlage. Auf einem Holztisch standen Mineralwasserflaschen und drei Gläser. Die Männer schauten von ihrem hohen Terrassensitz auf den dampfenden Talkessel in der Tiefe hinab. Bei den herrschenden Temperaturen mussten die Anwohner dort unten im Schweiß und Dunst ertrinken und ersticken. Der eine der Männer, groß und schlank mit einem scharfkantigen Profil und etwas schütterem, an den Schläfen leicht ergrautem Haar, griff zu einem Glas und trank einen Schluck: „30° soll es heute werden, bei dieser Hitze fühlt sich nur eine Sandviper wohl." Der Mann links von ihm, deutlich älter, gleichfalls von großer, schlanker Gestalt, ein Gesicht im klassischen griechisch-römischen Schnitt, machte eine verweisende Handbewegung: „Lassen wir das, wir befassen uns besser mit dem aktuellen Geschehen. Ich halte fest, unsere Leute haben im Hause des Liquidenten nichts Wichtiges entdeckt. Keine Hinweise, keine schriftlichen Aufzeichnungen zum Thema. Es bleibt demnach unbestätigt, ob diese Person genauere Informationen, über die Bekanntschaft mit Objekt W hinaus, besessen hat." Der Mann schwieg kurz, fuhr dann in seinen Überlegungen fort: „Dass wir dies nicht exakt wissen, ist äußerst ärgerlich. Denn diese Nichtkenntnis möglicher Verbindungen und/oder weiterer Kommunikationsstränge ist in dieser

Phase unserer Operationen bedenklich." „Ach, das ist doch Gerede, das bringt uns jetzt auch nicht weiter", unterbrach ihn der Dritte, der bislang an seinem Glas nippend den anderen beiden schweigend zugehört hatte. „Wir sollten uns auf die Fakten beschränken, Spekulationen sind kontraproduktiv, wir müssen die Realitäten betrachten, sonst nichts. Also: Objekt 1, von Ihnen", er wandte sich dem zweiten Sprecher zu, „Objekt W genannt, eine Bezeichnung, die wir künftig vermeiden sollten, trifft Objekt 2 auf einer Tagung. Man sitzt nebeneinander, kommt ins Gespräch. Diese Tatsachen wurden beobachtet, sind also bestätigt. Ob dieses Treffen ein Zufall war oder geplant, dies ist offen, korrekt, meine Herren?" Er blickte seine Gefährten an, wartete aber nicht auf eine Bestätigung, sondern fuhr in seinen Darlegungen fort: „Gehen wir vom geplanten Kontakt aus, dann müssten Querverweise existieren. Was wir haben, ist eine Telefonnummernotiz im Terminkalender von Objekt 1, weiter nichts. Sonst gibt es zwischen Objekt 1 und Objekt 2 keine irgendwie plausible Verbindung." Der Mann endete.

Die Männer schwiegen eine Weile, dann ergriff der erste Sprecher noch einmal das Wort: „Das, was Sie sagten, mag alles richtig sein. Ich glaube aber trotzdem, dass Objekt 2 von Objekt 1 einen Hinweis bekam, wobei Objekt 1 unter Umständen gar nicht wusste, wie wertvoll seine Information für Objekt 2 war. Wir sollten daher im Dienstbereich von Objekt 2 Recherchen anstellen, ich bin sicher, wir werden dort Dinge sicherstellen können." Die anderen Herren überdachten kurz das Gesagte und stimmten ihm dann zu. „Gut, ich werde das Nötige sofort veranlassen."

„Meine Damen und Herren, wir müssen umgehend tätig werden! Dieser Fall Alba beinhaltet ganz eigene Dimensionen, das sagt mir meine langjährige Berufserfahrung." Kommissar Maier blickte, Zustimmung erwartend, in der

Runde von einem zum anderem. Inspektor Vollers Gesicht blieb unbewegt, er dachte sich seinen Teil und was er dachte, war kaum als positiv zu bezeichnen. Kathrin Schröder fand Kommissar Maier nur widerlich. Der junge Inspektor in Ausbildung Kurt Schöpfel gab sich äußerlich tief beeindruckt, innerlich wartete er auf den Feierabend.

Einzig Julia Heine äußerte mit einem kräftigen Nicken und breitem Lächeln ihre völlige Übereinkunft mit den Worten des Kommissars – ihre Gedanken drehten sich allerdings immer noch um jenen Harald. „Also, ich gebe zunächst einen Überblick: Dr. Klaus P. Alba, Bezirkspersonalrat und örtlicher Vorsitzender des Philologenverbandes, Referatsleiter im Oberschulamt wird gestern Abend von einem besorgten Nachbarehepaar tot aufgefunden. Sein Exitus trat, nach Dr. Kugler, zwischen dem letzten Samstagabend und dem folgenden Sonntagmorgen ein, wobei Kugler den Samstag für wahrscheinlicher hält. Zu den Spuren habe ich Ihnen Zieglers Informationen bereits mitgeteilt. Das Wichtigste erscheint mir die Aussage zur Todesart: Mortus durch das Gift einer schwarzen, südamerikanischen Hornviper! Ich habe durch Frau Schröder sofort einen Suchtrupp in Schutzanzügen durch Haus und Garten schicken lassen. Wenn Sie bitte kurz berichten!" Maier nickte Kathrin Schröder zu. „Der Befund war negativ, keine Hornviper, keine Spur einer Schlange weit und breit! Ein derartiges Reptil wird auch nirgends vermisst, weder in der Wilhelma noch in einer Zoohandlung. Es besteht außerdem bei Giftschlangen dieses Gefährlichkeitsgrades eine Registrierungs- und Meldepflicht. Auch seitens privater Tierliebhaber wurde keine Schlange als verloren oder entflohen gemeldet." Frau Schröder endete. „Ja, danke. Zu diesen Tatsachen kommt noch die Art der Giftzuführung. Es handelt sich um einen Biss in den Hals, nicht in den Fuß oder ins Bein, was von Schlangen zu erwarten wäre. Dieser Alba war zudem 1,90 m groß, der Schlangenangriff kann nur von oben erfolgt sein." „Das bedeutet, Chef, jemand hat dem

Opfer diese Viper ins Gesicht geworfen oder gestoßen",
Frau Heine war aus ihren Tagträumen aufgewacht. „Sehr
gut", lobte Maier und ließ seinen Blick anerkennend über
die Figur seiner Assistentin gleiten, „klar kombiniert!" Jetzt
zieht er sie wieder mit den Augen aus, der Kerl ist unmöglich, dachte Inspektor Voller. Laut sagte er: „Gut, das ist
eine exotische Angelegenheit und wird uns möglicherweise
weiterhelfen. Nur über die Hintergründe des Geschehens
wissen wir damit noch nichts." „Genau und das wird unsere Aufgabe in den nächsten Tagen sein", antwortete Kommissar Maier. „Ich selbst werde mich um das Oberschulamt
kümmern. Frau Heine, Sie begleiten mich. Voller, Sie tragen
alles zusammen, was Sie über diesen Alba finden können.
Und Sie, Frau Schröder nehmen sich die Nachbarschaft vor.
Irgendjemand wird schon etwas beobachtet haben, das uns
weiterhilft." Maier hustete kurz. „Noch Fragen? Dann an
die Arbeit, wir treffen uns zu einer Zwischenbilanz am
Montagabend um 18 Uhr. Ich danke für Ihre Aufmerksamkeit." Maier schloss seine Aktenunterlagen und erhob sich.

## SAMSTAG, 28. MAI

Am Samstag saß Walther Stiller beim Frühstück und
blätterte in der Stuttgarter Zeitung. Politik, Kultur, Wirtschaft und Stellenanzeigen – nun, er war versorgt. Stiller
schenkte sich einen Tee ein und biss in einen Apfel. Den
Vormittag verbrachte er damit, Kommentare unter die
korrigierten Aufsätze zu schreiben und den Notenspiegel
zu aktualisieren. Mittags kaufte er einige Kleinigkeiten für
den Sonntag ein.
Später setzte er sich in den zum Haus gehörenden
Garten. Dort boten mehrere Obstbäume Schatten. Stiller

suchte sich einen Platz unter dem großen Pflaumenbaum. Er blätterte in verschiedenen Fachaufsätzen, aber es war zu heiß, um sich konzentrieren zu können. In der Nachbarschaft brummte irgendwo ein Rasenmäher, die putzfreudige Dame aus dem Nebenhaus schüttelte ihr Staubtuch aus, andere Menschen saßen draußen und lachten. Eine Amsel flog vorüber, landete und begann eifrig nach Würmern zu picken. Es war das Männchen, es beäugte hellwach die Umgebung, während der Grasboden eifrig auf Nahrung durchsucht wurde. Ein Warnruf ließ den Vogel aufsteigen und zur Dachkante des nächsten Hauses fliegen. Von dort beschimpfte er lautstark eine kleine, schwarze Katze, die unbeirrt durch die Büsche streifte. Stiller fühlte sich wohlig müde, schloss die Augen und versank in einen dämmrigen Halbschlaf.

Kathrin Schröder fühlte eine bleierne Müdigkeit. Sie hatte das Gefühl, als ob sie gänzlich in Wasser getaucht sei. Die Kleider klebten am Leib, sie fühlte sich verschwitzt und unwohl. So ein herrliches Sommer- und Sonnenwetter. Jetzt könnte sie sich auf dem Balkon im Bikini bräunen, Eiskaffee dazu schlürfen und einfach die Seele baumeln lassen. Etwas lesen, Musik hören oder nur in der Hitze vor sich hin dösen. Nein, stattdessen lief sie hier in Degerloch in der Löwenstraße umher, störte die Leute in ihrem Wochenende und wurde mit wenig Verständnis und noch weniger Interesse für die polizeiliche Ermittlungsarbeit empfangen.

Keiner hatte etwas gesehen oder gehört. Niemand konnte oder mochte sich erinnern. Oder die Erinnerungen waren vage bis ungenau. Eine ältere Dame, bei der Frau Schröder läutete, meinte, sie habe Dr. Alba zuletzt wohl vor einer Woche gesehen, es konnte aber auch vorgestern gewesen sein; die Zeugin wusste es so genau nicht mehr. Von dieser Dame bekam Kathrin Schröder wenigstens einen weiterführenden Hinweis. Sie empfahl der Inspektorin, sie solle bei der Bäckerei nachfragen. Sie habe Herrn Alba dort ab und zu samstags beim Brötchenholen getroffen. Möglicherweise wüssten die Verkäuferinnen im Laden etwas zu berichten. Dann erzählte sie Frau Schröder ausgiebig von ihren Enkeln und belegte ihre Geschichten mit zahlreichen Fotos. „Noch eine Tasse Kaffee? Oder ein Stück Kuchen? Greifen Sie zu, Kindchen, Sie sind noch jung und schlank, da darf man ruhig mal schlemmen." Nur mit Mühe gelang es der Inspektorin, sich von der gastfreundlichen Oma loszueisen.

Inspektor Ratmund trank währenddessen seinen Kaffee daheim. Zusammen mit dem Inspektor in Ausbildung Schöpfel hatte er den ganzen Mittag mit der Durchforstung der Papiere von Dr. Otmar Werner verbracht. Gegen Drei schickte Ratmund Schöpfel entnervt heim. Der Bursche zeigte ein geradezu bemerkenswertes Talent, die Ordnung zu verwirren und Negativsystematiken zu entwickeln. Und er war offenbar weder mit Geistesgaben noch mit Fleiß besonders gesegnet. Schöpfel ging also, der Inspektor blieb. Mühsam um Konzentration ringend, arbeitete sich Ratmund Blatt für Blatt durch die Unterlagen. Das ein oder andere nahm dabei Kontur an.

In letzter Zeit hatte sich das Interesse des Toten offenbar auf eine Gruppe, die sich Dyzianer nannte, konzentriert. Es handelte sich, soweit Ratmund verstand, um eine dieser vielen Sekten, die in ihren Texten eine für Außenstehende verwirrende Weltordnung beschrieben und mystische Zusammenkünfte pflegten, bei denen sie Schriften lasen und irgendwelche Zeremonien zelebrierten. In den Augen des Inspektors harmlose Spinner, so etwas schien ihm für die weiteren Ermittlungen kaum von Bedeutung zu sein.

Das hier wirkte interessanter. Es handelte sich um ein einzelnes Blatt, beidseitig bedruckt, das Programm einer Tagung über die Sektengefahr in Deutschland, die in

Würzburg im April dieses Jahres stattgefunden hatte. Werner war Teilnehmer gewesen. Hatte er dort jemanden getroffen oder kennen gelernt, der mit dem Mordfall in Verbindung gebracht werden konnte? Es musste eine Teilnehmerliste gegeben haben, das konnte ein Ansatz sein. Inspektor Ratmund steckte das Blatt in eine mitgebrachte Sichthülle und legte es beiseite.

Kathrin Schröder war es gelungen, die Privatadresse des Inhabers der Bäckerei, eines Herrn Müller, herauszufinden und suchte diesen zu Hause auf. Herr Müller öffnete persönlich die Tür. Er trug ein graues Unterhemd, grün gestreifte Hosenträger und eine am Bauch spannende braune Bundfaltenhose. Der Besuch störte ihn sichtlich. Auf Frau Schröders Frage nach Dr. Alba brummelte er nur etwas Unbestimmtes. Er wisse nicht um was es gehe, könne sich ja nicht jedes Gesicht merken und in seiner Backstube sei jedenfalls kein Herr Albert gewesen. Und jetzt müsse er in den Garten und sich um seine Rosen kümmern. Damit ließ er die Inspektorin im Flur stehen und verschwand.

Frau Müller zeigte sich dafür gesprächsfreudiger. Im besten Schwäbisch erklärte sie Frau Schröder, ihr Mann sei halt schon immer so eine Bruddelsupp gewesen, ein Querschädel, das dürfe sie nicht ernst nehmen. Sie selbst tue dies schon lange nicht mehr. Und sie lud die Inspektorin in das Haus ein und bot ihr erst einmal einen Apfelsaft an, aus eigener Ernte selbst gekeltert. Ein Gespräch ergab sich von allein, die Basis bildete natürlich das Geschäft und wie schlecht die Zeiten seien. Die Bäckermeisterin redete sich ihre Sorgen vom Herzen. Es sei schrecklich, immer weniger würden die Leute ausgegeben, noch weniger kaufen. Auch beim Brot und vor allem bei den Kuchen, den süßen Stückle und den Brötchen spüre sie als Bäckersfrau diese Kaufzurückhaltung. Und die Mehlpreise, die Billigkonkurrenz der Großbackbetriebe. Alles natürlich keine Qualität, ohne Gefühl gebacken. Und dann gebe es heute vor allem Laufkundschaft, nicht mehr die Stammkunden wie früher. Der Dr. Alba? Ja, der Herr Doktor, ein regelmäßiger Kunde. Vor allem Kirschtorte liebe er. Ob das wahr sei, mit seinem Unfall? Man munkle da so einiges.

Die Inspektorin bestätigte vage, Herr Alba habe einen Unfall erlitten, sie müsse daher einiges überprüfen. Frau Müller war ganz voll Mitgefühl, der arme Mann. Am letzten Samstag müsse es gewesen sein, da habe Dr. Alba morgens, eher am Vormittag seine Brötchen geholt. Nein, zur Uhrzeit könne sie nichts sagen. Nach 9 Uhr sei es auf jeden Fall gewesen ...

Die Einladung bei der stellvertretenden Verlagsleiterin Frau Schering war eine Überraschung für Stiller. Er kam gegen halb Neun, erwartete das übliche steife Gepräge eines öffentlichen Empfangs. So wie damals bei Ullstein Propyläen in Berlin im Springerhochhaus, als Stiller mit dem Kollegen Kröner den Großband über Potsdam vorstellte. Rund 100 Leute waren anwesend, natürlich auch die Presse. Reden wurden gehalten und diverse Schnittchen verzehrt. Gut, das war eine öffentliche Präsentation. Aber der Privatteil, der folgte, blieb gleichfalls eher öffentlich. Stiller traf hier die unterschiedlichsten Persönlichkeiten. An Weiblichkeit war zum Beispiel kein Mangel. Meist hatten die Damen dekorative Funktionen, was dem Betrachter entsprechend geschnittene Abendkleider und der dezent auffällige Schmuck verdeutlichten. Dazwischen gab es Frauen wie die sehr agile Abteilungsleiterin Luchs, klar, belesen und karrierebewusst. Und zu Stillers Erstaunen Hannelore Schafferl, die Freiburger Germanistikprofessorin, die es aus irgendeinem unerfindlichen Grund zu der Veranstaltung verschlagen hatte.

Seitens der Herrenwelt präsentierten sich jede Menge gewichtig auftretende Vorstandsmitglieder und sich wichtig nehmende Jungmanager, Anzugträger mit bewegt gemusterter Krawatte, für die ein Buch nichts weiter als gebundener Profit war.

Doch dies hier war ein gänzlich anderes Ambiente. Stiller parkte in der Werastraße und lief die Nikolausstraße zum Stöckach runter. Er klingelte an der Haustür, unten rechts war eine Kneipe, gegenüber eine Apotheke. Die Gegend erinnerte ihn gleichfalls an Berlin, aber weniger an den Potsdamer Platz, als vielmehr an das studentische Kreuzberg. Drei Stockwerke stieg er hoch, Frau Schering öffnete. Eine erste Überraschung für ihn war darauf der Ort des kleinen Essens, man lud direkt in die Küche ein. Verleger Wacker war bereits vor Ort. Und die für Stiller wichtigste Persönlichkeit des Abends, der Fachressortleiter Gerhard Schwingler.

Schwingler war Ende vierzig, trug halbschulterlanges Haar und eine Lederjacke. Er hatte Kunst studiert und war zunächst Schriftsetzer geworden. Seine intensive Beschäftigung mit der Malerei, Fotografie und Musik und sein Einsatz für kultische sowie mystische Projekte ließ ihn schließlich zum Ressortleiter dieser Spezialabteilung werden. Mit der Herausgabe bzw. der Betreuung von Veröffentlichungen solcher Bestseller wie „Nacht über dem Temple de Bois", „die Baudelisten" und „der Gauklerkönig Mehmed" hatte sich Schwingler einen Namen und der Verlag gutes Geld gemacht.

Der Abend verlief unterhaltsam. Die Stiller zunächst etwas befremdende Umgebung bot Atmosphäre, die Gespräche verliefen amüsant und freundlich, das Essen schmeckte und der Rotwein war ausgezeichnet. Als später weitere Gäste kamen, die alle irgendwie einen Platz in der Küche fanden, ergab sich für Stiller und Schwingler endlich die Gelegenheit, allein über das Projekt zu sprechen.

Sie zogen sich in das angrenzende Arbeitszimmer Schwinglers zurück, ein mit Büchern und Bildern überfüllter Raum, der einem Schreibtisch und zwei Stühlen gerade noch Platz bot. Schwingler goss beiden einen weiteren Rotwein ein und begann die Hintergründe für das Dyzianer-Projekt zu erläutern. In den nächsten Stunden blieben die anderen Gäste außen vor. Was Schwingler mitteilte, faszinierte und beunruhigte Stiller gleichermaßen. Die Dyzianer waren nicht die übliche Sektierergruppe mit Endzeitprophezeiungen und strenger Hierarchieform. Sie versuchten offenbar ihre Vorstellungen umzusetzen, indem sie sich aktiv bemühten, für sie interessante Positionen in Politik, Kultur, Wissenschaft und Wirtschaft mit eigenen Anhängern zu besetzen. Stiller zweifelte, ob dies so einfach möglich sei, eine solche Infiltration hätten schon andere Gruppierungen versucht. Ihm fiel dazu sofort die Scientology-Sekte des Ronald Lafayette Hubbard ein. Diese Gruppierung besitzt immerhin sechs Millionen Mitglieder in der ganzen Welt mit einer Weltzentrale in California, USA und der deutschen Zentrale in München. „Ja", meinte Schwingler, „der Vergleich ist nicht so abwegig. Die Dyzianer wie die Scientology verbindet, dass beide Gruppen vor psychologischem Druck und Gehirnwäsche nicht zurückschrecken. Die Dyzianer sind aber weitaus älter als die Scientology. Joseph Englert, ihr Gründer wurde 1874 geboren und starb 1957, Hubbard dagegen lebte von 1911 bis 1986. Allerdings soll es zwischen beiden ‚Meistern' zu direkten Kontakten gekommen sein. Von Hubbard wird erzählt, er sei 1946 mit einer schwarzmagischen Geheimorganisation, dem Ordo Templi Orientis in Berührung gekommen. Ähnliches wird für das gleiche Jahr von Englert berichtet, wobei der Name der Organisation nicht überliefert ist. Soweit die Hinweise, die Sie bei O. Werner wie auch bei P. C. Martens und Miers finden können."

Schwingler sah Stiller eindringlich an. „Und jetzt wird es wirklich spannend. Dr. Werner war im Frühjahr auf einer Tagung, die sich mit verschiedenen Vorgehensweisen gegen die Einflussnahme der unterschiedlichen Jugendsekten in Deutschland beschäftigte. Dabei traf er jemanden, mit dem er ins Gespräch kam und dem er von seiner Arbeit erzählte. Dieser muss Werner auf eine reale Situation verwiesen haben, wo Mitglieder der Dyzianer schon erfolgreich in Führungspositionen vorgestoßen sind." „Aber warum arbeitet Werner nicht selbst an dem Projekt weiter, wenn er bereits so tief in die Materie eingedrungen ist?", konnte sich Stiller nicht enthalten, Schwingler zu fragen. „Ja, die Antwort ist einfach und doch nicht einfach. Zum einen sind die Arbeiten Werners höchst wissenschaftlich und in der Diktion und im Stil trocken, ja bisweilen hölzern. Das liest keiner, das verkauft sich nicht! Und zweitens steckt Werner mitten in einem Projekt fest, weswegen er für eine gewisse Zeit ins Ausland muss. Ich bin mir nicht sicher, ob er nicht bereits unterwegs ist. Da gab es im Privatbereich noch Klärungsbedarf, ansonsten saß Werner auf gepackten Koffern."

„Hat er irgendwelche Unterlagen zurückgelassen?", fragte Stiller. „Hinweise zu seinen besonderen Entdeckungen?" „Ich glaube, es gibt da ein, zwei Skizzen zum Projekt. Die müssen im Büro sein, wir haben uns aber zunächst mehr mündlich über die Thematik ausgetauscht. Und jedenfalls hatte Werner nichts dagegen, als ich ihn fragte, ob – wenn er zeitlich so eingebunden sei – nicht ein anderer Fachmann das Projekt übernehmen könne. Sie könnten notfalls mit ihm über E-Mail Kontakt aufnehmen, wir haben im Verlag, glaube ich, die Adresse." Stiller überlegte. Eigentlich war es ihm nicht recht, als Lückenbüßer ein Projekt zu erben. Andererseits schien Werner das Thema bislang mehr allgemein umrissen zu haben. Einige dieser ominösen Informationen gab es zum Beispiel nur vom Hörensagen. An vertiefender Forschungsarbeit würde es ihm bei dem Projekt nicht fehlen. Bis er ins eigentliche Schreiben käme, könnten noch Monate vergehen. Dennoch, das Thema hatte seinen Reiz. Dyzianisten, die so genannte „Church of Scientology Creed", Magie und Macht, alles Themen, die einem Autor reichlich Stoff boten. Bis zum Herbst würde er mindestens beschäftigt sein.

Am Vormittag des 30. Mai herrschte auf den Fluren des Referats 75 „Allgemein bildende Gymnasien Oberschulamt Stuttgart" oder wie es neuerdings hieß „Regierungspräsidium Stuttgart, Abteilung 7 für Schule und Bildung" eine für die sonst eher ruhige Stille dieser Abteilung ungewöhnliche Betriebsamkeit.

Es war die Zeit für die Dienstbesprechung zum Wochenanfang. Doch statt an der Sitzung teilzunehmen liefen einige der Beamten und Angestellten nervös in den Gängen umher und suchten offenbar jemanden. Frau Regierungsschuldirektorin Grethe Jongk klopfte höchstpersönlich an verschiedene Türen: „Haben Sie Dr. Alba gesehen? Er müsste doch aus seinem Urlaub zurück sein? Er sollte jedenfalls um halb Elf die Abteilungsbesprechung leiten. Jetzt ist es kurz vor halb Zwölf und er ist nicht aufzufinden!" Sie rückte nervös ihre Brille zurecht. „Ich verstehe das nicht, Alba ist doch sonst die Pünktlichkeit in Person." „Vielleicht ist er erkrankt? Hat schon jemand bei ihm zu Hause angerufen?", schlug ihr Kollege Dr. Hufmaier vor. „Ja, Frau Köck hat es schon versucht, aber da meldet sich niemand."

„Ist Dr. Alba nicht drüben im Maybach-Gymnasium in Bad Cannstatt? Dort übernimmt er doch im neuen Schuljahr die Leitung, oder?", meinte der Regierungsamtmann Bardel, der den Prüfungsbereich Abitur betreute. „Nein, dort ist er auch nicht, ich habe das sofort überprüft", meldete die Sekretärin Frau Köck. Dr. Hufmaier runzelte die Stirn: „Da ist jedenfalls terminlich etwas schief gelaufen, das muss künftig besser koordiniert werden. Die ganze Umstellung der Abteilungen ist einfach noch nicht abgeschlossen". „Soll das eine grundsätzliche Kritik an der Referatsführung bedeuten? Ich muss schon bitten, lieber Herr Kollege, wir sollten doch sachlich bleiben. Gewiss gibt es da und dort strukturelle Probleme, die, ich will und muss das nachdrücklich unterstreichen, natürlich mit Personalfragen verknüpft sind. Wer wollte dies leugnen?", warf Frau Leuchtenträger, die eigentlich direkt dem Kultusministerium zugeteilt war, in die Diskussion.

Zurzeit sollte sie sich ein Bild über die neuen Verwaltungsstrukturen und die Effizienz der Organisation im Bildungssektor, speziell im Hinblick auf Ausbildung, Fortbildung und Führung der rund 38.000 Lehrerinnen und Lehrer im Lande verschaffen. Aufgrund der knappen Kassen des Landes musste man mit weiteren Kürzungen im Bildungssektor rechnen, sogar im Verwaltungsbereich. Nach der Umstellung vom eigenständigen Oberschulamt auf eine Abteilung unter der Führung des Regierungspräsidiums standen jetzt auf der Personalebene weitere Straffungen ins Haus. Und das konnte unter Umständen für einige der Studiendirektorinnen und -direktoren einen Wechsel zurück in den harten Schulalltag bedeuten. Einen Alltag, den man, abgesehen von einige Stippvisiten, bei denen man zumeist jüngere Kollegen bzw. Kandidaten für die Beamtung oder den weiteren Aufstieg in ihrem Unterricht kritisch beobachten und entsprechend belehren durfte, sonst nicht mehr so genau kannte. Diese schöne Zeit der kontrollierenden Betrachtung könnte schneller als man dachte vorbei sein und man plötzlich selbst vorne vor pubertären Jungen und Mädchen stehen.

Noch allerdings war nicht aller Tage Abend, möglicherweise konnte Frau Dr. Leuchtenträger von den Qualitäten des Referats und der eigenen Person überzeugt werden, und man blieb in seiner Verwaltungsarbeit relativ ungeschoren.

Wie auch immer, länger konnte man auf Dr. Alba nicht warten, die Mittagszeit näherte sich, Zeit die örtlichen Lokalitäten aufzusuchen. Geist und Bauch mussten miteinander versöhnt sein, sonst war an ein effektives und erfolgreiches Arbeiten nicht zu denken.

In diese Überlegungen hinein schrillte im Zimmer von Frau Köck das Telefon. Die Sekretärin nahm den Hörer ab, meldete sich und hörte auf das, was der Anrufer zu sagen hatte. Sie stutzte, schluckte: „Was, das ist doch nicht möglich ... sind Sie sicher?" Sie wartete, lauschte gebannt der Stimme. „Ja, natürlich, kommen Sie vorbei. Jetzt gleich? Aber, wir haben doch Mittag ... Ja, gut, wenn es nicht anders geht. Ich werde die Damen und Herren sofort informieren." Sie legte auf, starrte einen Moment in die Ecke, stand dann rasch auf und klopfte an die Tür zum Zimmer 318.

Sie öffnete, trat hinein: „Herr Dr. Bari ich muss Sie stören, es ist etwas Schreckliches passiert!" Dr. Bari hatte sich erhoben und seinen Schal umgelegt – er war bei jedem Wetter erkältet – und wollte gerade in die Mittagspause gehen. „Was gibt es, Frau Köck, Sie wissen doch, ich bin bis 14 Uhr nicht mehr zu sprechen!" „Dr. Alba ist tot, ein Herr von der Kripo hat soeben angerufen. Er will in einer halben Stunde vorbeikommen und mit allen Damen und Herren sprechen, die mit Dr. Alba zu tun hatten." „Was, Alba ist tot? Wieso das? Was ist passiert? Und warum ruft jemand von der Kriminalpolizei an?" „Der Mann von der Kripo sprach von ‚Mord'!" „Mord? Wieso Mord?" „Der Herr Maier, so heißt er, sagte, er müsse bei einem Mord sofort aktiv werden. Und er wollte alle Kollegen und Kolleginnen umgehend sprechen!" „Mord", wiederholte Dr. Bari bestürzt, „unmöglich!" Frau Köck erwiderte fast genüsslich: „Doch, es handelt sich um Mord. Dr. Albas Leiche sei gestern Mittag in seinem Haus gefunden worden, sagte der Kommissar, ‚offenbar getötet'." „Es war also kein Unfall?" „Nein, der Polizist sprach von einer gezielten Tötung." „Dr. Alba ist tot, wieso, wie ist das passiert? Warum? Ich verstehe nicht."

Bari hielt inne, starrte nachdenklich an die Wand. „Nun", Dr. Bari zögerte nur kurz, straffte sich dann und gab Frau Köck eine klare Anweisung: „Informieren Sie bitte die Kollegen und Kolleginnen, wir treffen uns in 20 Minuten im Besprechungsraum!" Nachdrücklich schüttelte Dr. Bari den Kopf: „Ein Mord in unserem Referat, einfach unglaublich!"

Gegen 14 Uhr traf die Mannschaft von Kommissar Maier ein und begann mit der Befragung der Mitarbeiter des Referats 75. Maier selbst ließ sich von der Sekretärin Frau Köck Dr. Albas Zimmer zeigen. Das Zimmer 317 war ein Standardraum mit einem größeren Schreibtisch, drei Rollaktenschränken, einem Besuchertisch und einem Gummibaum.

Maier setzte sich zunächst an den Schreibtisch, die Schlüssel steckten, und öffnete eine Schublade nach der anderen. So führte er innerhalb einer Stunde eine erste, noch grobe Bestandsaufnahme der Akten sowie eine Sichtung der vorhandenen Unterlagen durch. Es handelte sich primär um Personalunterlagen zu verschiedenen Stellenbewerbungen, Tätigkeitsbeschreibungen und -berichte sowie Beurteilungsnotizen unterschiedlicher Provenienz. Es dauerte gewiss einige Zeit, bis alle diese Akten geordnet, sortiert und gesichtet waren. Ob dabei viel herauskommen würde, ließ sich auf Anhieb nicht erkennen. Kommissar Maier grinste und entschloss sich, die Aktensichtung Inspektor Ratmund zu übertragen. Er verließ den Raum und schloss ab, steckte den Schlüssel ein. Morgen oder übermorgen sollte Ratmund sich das Ganze anschauen und am besten gleich mitnehmen. Mochte er sich mit Stellenbeschreibungen vergnügen, dann war er ihm wenigstens aus dem Weg und konnte sich nicht wieder unaufgefordert in die Ermittlungen einmischen, wie er das bei Schmoller getan hatte.

Währendessen bemühten sich Inspektor Voller, Kathrin Schröder und Frau Heine sowie der Inspektor in Ausbildung Schöpfel um die Mitarbeiter Albas im Referat. Aber vergebens, keiner hatte etwas gesehen oder gehört. Niemand konnte Näheres sagen und wusste über Dr. Alba und sein Tun Bescheid. Es war geradezu gespenstisch und es schien, als habe Dr. Alba nie im Hause gearbeitet!

Nach zwei Wochen der Ruhe fing für Walther Stiller die Schule wieder an. An diesem Montag fiel ihm der Start schwerer als sonst, obwohl die Ferien Abwechslung und neue Perspektiven geboten hatten. Doch irgendwie war seine Motivation an diesem Morgen nicht so deutlich ausgeprägt, wie er sich das erhofft hatte.

Schon auf dem Hinweg fühlte er sich gestresst. Der Verkehr schien dichter zu sein, die Ampeln wechselten häufiger auf Rot, Lkws versperrten Sicht und Weg. Endlich kam er an und fuhr auf den großen Parkplatz. Stiller stieg aus seinem Wagen und sah vor sich das Kaiserin-Auguste-Gymnasium, eine graue, hässliche Betonburg im Stile der 60er oder 70er Jahre.

Er betrat das Gebäude, stieg die Stufen nach oben in den ersten Stock. Passierte den Hauptschulteil und steuerte an der Portraitwand vorbei auf das Lehrerzimmer zu. Stiller öffnete die Tür, warf einen Blick auf das geschäftige Tun. Drüben diskutierten die Kolleginnen der spanischen Fraktion. In der Sofaecke bastelten zwei Mathematiker an unlösbaren Kurvengleichungen für die elfte Klasse. Die Herren Klohse und Mahlenbrand unterhielten sich über einen Artikel aus Le Monde, und Dr. Vleming füllte freudig Deutschhefte mit fetter roter Tinte. Stiller begrüßte seine Tischnachbarin, Frau Tamme, tauschte sich dann kurz mit dem Kollegen Acker über eine Klausur aus. Schon sprang der Zeiger der Uhr auf dreiviertel, die Schulglocke schnarrte und der Raum leerte sich.

Der Tag selbst brachte Stiller einige müde Stunden bei den Dreizehnern und muntere bei der 10. Klasse. Dort führten die Schülerinnen eine Präsentation zur Jugendkultur der 60er Jahre vor. Stiller wurde durch ihren Auftritt etwas mit dem Tag versöhnt und geizte nicht mit seinem Lob. Die große Pause folgte, Gespräche da und dort, der Ausstand einer jungen Kollegin, die sich in die Babypause verabschiedete. Die vierte Stunde schloss sich mit der Rückgabe und der intensiven Besprechung der in den Ferien korrigierten Klausur der zwölften Klasse an. Zum Ende des Vormittags ein Einstieg in moderne Lyrik mit Ingeborg Bachmann:

*Es kommen härtere Tage.*
*Die auf Widerruf gestundete Zeit*
*wird sichtbar am Horizont.*
*Bald musst du den Schuh schnüren*
*und die Hunde zurückjagen in die Marschhöfe.*
*Denn die Eingeweide der Fische*
*sind kalt geworden im Wind.*
*Ärmlich brennt das Licht der Lupinen.*
*Dein Blick spurt im Nebel:*
*die auf Widerruf gestundete Zeit*
*wird sichtbar am Horizont*

Ja, wohl wahr, die Zeit floh dahin, wie immer man sich wendete. Wie man den Blick richtete, der Widerruf blieb sichtbar.

Alles im Nebel, keine Lösung war am Horizont sichtbar. Die Befragung der Damen und Herren im Oberschulamt hatte nichts außer einer Fülle von Vermutungen und Spekulationen erbracht. Der Blick der meisten war auf das Fortkommen im Haus gerichtet. Man achtete kaum aufeinander und selbst die „Gerüchteküche" der Sekretärinnen, sonst meist gut informiert, konnte über Dr. Alba und sein Privatleben nichts Erhellendes beitragen. Kommissar Maier war mit dieser Entwicklung unzufrieden. Auch Kathrin Schröders Informationen über die wohl letzten Aktivitäten Albas am Samstag, der Brötchenkauf zwischen 9 und 10 Uhr, erhellten seine Stimmung nicht. Ob wenigstens im Fall Werner neue Erkenntnisse vorlägen?, wollte er von Inspektor Ratmund wissen. Heinz Ratmund zog die Sichthülle mit dem einzelnen, beidseitig bedruckten Blatt hervor: „Das ist ein Programm einer Tagung über die Sektengefahren in Deutschland, die in Würzburg im April dieses Jahres stattfand. Werner war dort, wie ich von seiner Lebensgefährtin Frau Gerber erfahren habe, Teilnehmer. Eine Liste der Anmeldungen habe ich beim Veranstalter, dem Land Bayern, im Amtshilfeverfahren angefordert", berichtete Ratmund.

„Gut, gut", musste Kommissar Maier widerwillig anerkennen. „Was wird uns die Liste Ihrer Meinung nach verdeutlichen?" „Es könnte ein Ansatz sein, um das personelle Umfeld zu klären. Ich frage mich, hat Werner dort jemanden getroffen oder kennen gelernt oder etwas mitgeteilt, was uns weiterhelfen könnte?" „Richtig", unterbrach ihn Maier, „möglicherweise wäre dieser ‚Jemand' sogar mit dem Mordfall direkt in Verbindung zu bringen."

Er schwieg, dachte kurz nach. Man sah es ihm an, dass Maier überlegte, ob er Inspektor Ratmund die Angelegenheit nicht einfach entziehen und ihn dafür mit der unerfreulichen Arbeit der Sichtung von Albas Papieren beauftragen sollte. Ehe er aber zu einem Ergebnis kam, wurde er durch den Eintritt von Peter Voller unterbrochen. Der Inspektor war voller Eifer: „Ich glaube, ich habe etwas gefunden", rief er und schwenkte eine Sammlung einzelner Papiere in der rechten Hand. Er nahm sich einen Stuhl und setzte sich zum Kollegenkreis, schaute in die Runde – und schwieg. „Nun spannen Sie uns nicht auf die Folter und berichten Sie schon, was es Neues gibt!", forderte ihn Maier auf. Voller nahm Maiers Anweisungen gelassen auf, er würde das erzählen, was er für richtig hielt: „Ich habe mir die Biographie des Herrn Alba gründlich angeschaut. Dr. Klaus Peter Alba war nicht immer im Oberschulamt. Zunächst wurde er Personalrat, später auch Bezirks- und Landesrat und engagierte sich überaus aktiv im Philologenverband. In dieser Funktion besuchte er häufig Seminare, Kurse, vor allem gewerkschaftliche Versammlungen und eine Vielzahl regionaler Tagungen. Durch seine stete Präsenz vor Ort wurde er automatisch Mitglied der unterschiedlichsten Gremien, Ausschüsse, Foren und Vorstände." Voller hielt kurz inne, Maier nutzte die Pause um einen Einwand anzubringen: „Das ist ja alles schön und gut, aber wie bringen uns diese Erkenntnisse weiter? Glauben Sie etwa, ein Konkurrent aus dem Verband hat Alba ausgeschaltet? Das klingt abstrus ..."

Voller ließ sich durch Maiers Worte nicht irritieren und fuhr in seiner Darlegung fort: „Nein, es geht nicht um eine Verbandskonkurrenz, zumindest nicht primär. Alba kam jedenfalls in seinen unterschiedlichen Funktionen mit politisch wichtigen und auf ihrer Ebene durchaus einflussreichen Leuten zusammen. Sein Arbeitsplatz Oberschulamt wäre sicher nur eine Zwischenstation gewesen. Er hatte offenbar höhere Ambitionen – und damit meine ich nicht die Leitung des Maybach-Gymnasiums in Bad Cannstatt."

Kommissar Maier wirkte überrascht und verärgert, über Albas Ziele hatte ihn im Oberschulamt niemand informiert. Er blickte fragend seine Assistentin Heine an. Diese schlug gerade ihre langen, sehr ansehnlichen Beine übereinander – und lächelte, wobei sie sich scheinbar um die Korrektur ihres nicht gerade üppigen Rockes nach unten bemühte, aber rein zufällig dabei erfolglos blieb. Kommissar Maier, der normalerweise dieses Tun mit Aufmerksamkeit verfolgte, wandte fast zornig den Blick von Julia Heines Oberschenkeln ab. Wenn ihn etwas aufregte, ärgerte oder ihm Störmanöver, ja Blockaden bewusst wurden, konnten ihn auch die attraktivsten weiblichen Finessen nicht beruhigen oder ködern. Da dachte er primär mit dem Kopf. Und in diesen Situationen zeigte sich, Maier verfügte sehr wohl über eine gewisse Kombinationsgabe, wenn diese meist auch durch egomane Eitelkeiten oder sein Machogehabe verdeckt wurde.

Voller sprach inzwischen weiter: „Es gibt Hinweise auf Kontakte Dr. Albas zu Personen im Umkreis des neuen Ministerpräsidenten, vielleicht sogar zu diesem selbst. Alba war u.a. bei dem letzten Neujahrsempfang in Ludwigsburg eingeladen, ich zitiere aus einem Zeitungsausschnitt, den ich in Albas Papieren entdeckte:

*,Neben Ministerpräsident a. D. Prof. Dr. Lothar Späth und dem Vorsitzenden der CDU-Landtagsfraktion Günther H. Oettinger fanden trotz schwieriger Witterung auch Ministerin a. D. Annemarie Griesinger, der Markgröninger Bürgermeister Rudolf Kürner, die Herren Oberbürgermeister Heinz Kälberer aus Vaihingen, Ulrich Rommelfanger aus Kornwestheim, Frank Nopper aus Backnang, der Ludwigsburger Ex-OB Hans-Jochen Henke, sowie der Landesrat des Philologenverbandes Dr. Klaus Peter Alba*

*den Weg in die Stadthalle Markgröningen zur ersten Ver-*
*anstaltung der CDU im Neuen Jahr im Kreis Ludwigs-*
*burg...' "*

„Ja und?", meinte Maier, „was soll dieser Artikel
beweisen? Vereins- bzw. Verbandsvorsitzende treten doch
häufig als Festredner auf. Man grüßt, entbietet seine besten
Wünsche, lobt und pflegt Kontakte, das normale politische
Gehabe, ich sehe darin nichts Außergewöhnliches." „Warten Sie, Herr Kommissar", entgegnete Voller, „da gibt es
eine weitere Notiz Albas: ‚Dr. Eisele anrufen'. Und ein
anderer Eintrag lautet: ‚Susann.Eisele@stm.bwl.de'. Ich
habe die Angelegenheit überprüft, es handelt sich um die
persönliche Referentin unseres neuen Ministerpräsidenten." „Na ja, auch das lässt sich erklären. Alba in seiner
Funktion als Philologenverband-Landesrat hat zu aktuellen Bildungsfragen Antworten und Kontakte gesucht,
auch dies ist normal und absolut unproblematisch. Sie
wollen doch nicht etwa eine Verbindung Albas zum Ministerpräsidenten unterstellen, ziemlich phantastisch, finden
Sie nicht, Herr Voller?" Voller ließ sich nicht beirren: „Ich
habe noch eine weitere Notiz gefunden, Herr Kommissar:
‚Dienstag, 24.05. Anruf bei Andreas Stahlhofer'. Dieser
Herr ist ebenfalls einer der persönlichen Referenten im
Staatsministerium. Es wäre jedenfalls interessant zu wissen, um was es bei diesen Kontakten ging, finden Sie
nicht?" „Sehen Sie, Voller", antwortete Maier und ließ seinem Triumph freien Raum, das ist doch Unfug. Am 24.
Mai war Dr. Alba definitiv tot. Wie um alles in der Welt
soll der Mann da Kontakt zu einem Stahlhofer, zu Eisele
oder zum Ministerpräsidenten persönlich gehabt haben,
das ist völliger Blödsinn."

Anna Tierse hatte vom Tag genug. Die ersten Schultage nach den Ferien waren immer die anstrengendsten. Zu Hause quengelte Rüdiger, der wieder einmal nicht begreifen wollte, dass ihre Beziehung am Ende war. „Ich verstehe nicht, was du hast. Man kann doch über die Dinge sprechen – könnten wir nicht ...?" Nein, sie wollte nicht mehr sprechen, diskutieren. Sie hatte auf all das keine Lust mehr und jetzt musste Anna einfach raus. Sie verließ das Haus, stieg in ihr Auto und fuhr in die Stadt.

Im Theater im Westen wurde „Engel" von Marco Baliani, „All jenen gewidmet, die niemals aufhören zu fliegen, wenn die Welt schwerer wird vor lauter Ärger", aufgeführt. Ein Stück, von dem die Kritik geschrieben hatte, es sei in der gezeigten Verzweiflung schrill, die Wirklichkeit bedrückend und verzaubernd in Phantasie, übermütig in Träumen. Wohl selten werde in einer solch traurigen Geschichte so befreiend gelacht. Nun, der Inhalt mochte sein wie er wollte, phantastisch, zufällig, übermütig. Was Anna im Theater erwartete, war eine ganz andere Überraschung! Sie kam etwas verspätet, hatte nur mit Mühe einen Parkplatz in der Silberburgstraße gefunden, und schlüpfte gerade noch hinein, als das Licht erlosch. Drückte sich entschuldigend durch die Reihen. Setzte sich und schaute nach vorn zum Geschehen auf der Bühne. Neben ihr räusperte sich jemand. Wahrscheinlich einer, der sein Missfallen an meinem Zuspätkommen zeigen möchte, darauf gehe ich gar nicht ein, dachte Anna. Erst in der Pause blickte sie demonstrativ in die Richtung des Räusperns – und merkte, wie ihr Herz plötzlich einen Sprung tat. Da saß ihr „Kavalier" von neulich, dieser Dr. Stiller und nickte ihr zu.

„Nett, dass Sie mich doch noch wahrnehmen! Ja, sagen Sie nichts, keine Entschuldigungen. Warten Sie, aber nicht weglaufen, ich hole uns etwas zu trinken. Auf diese unerwartete Begegnung sollten wir anstoßen!" Und schon hatte er für sie beide ein Glas Sekt besorgt. Sie stießen an und plauderten dann wie alte Bekannte ganz zwanglos von den Ereignissen der letzten Zeit.

Und es wurde ein ganz eigener, ein besonderer Abend. Später, im zweiten Teil der Aufführung, hatte Anna das Gefühl, als ob sie das Geschehen irgendwie ähnlich erlebten. Ein Erspüren, Betrachten, ein stilles Genießen, ein Erleben, als ob ihr Begleiter genau um ihre eigene Befindlichkeit wisse, ohne dass beide ein Wort verloren. Anna genoss die eigentümliche, nicht rationell erklärbare Nähe und fühlte sich so glücklich wie schon lange nicht mehr.

Als Dr. Stiller sie nach der Aufführung in ein kleines elegantes, aber nicht zu extravagantes Restaurant, das „Felix" im Boschareal einlud, sagte sie nicht nein. Sein Wagen stand direkt vorm Theater, also fuhren beide dort hinüber, parkten direkt an der Liederhalle. Das Lokal war wirklich nett, bot Atmosphäre und eine angenehm dezente Bedienung. Sie aßen eine Kleinigkeit: Entradas, einen Teller mit gefüllten Jalapenos mit Cheddar- und Frischkäse, Nachos und gebackene Mozzarellastangen, tranken dazu einen leichten italienischen Wein. Walther Stiller und Anna Tierse saßen vielleicht noch eine Stunde zusammen. Sie sprachen über Kulturelles, über Literatur, über interessante Persönlichkeiten. Stiller berichtete im lockeren, amüsanten Ton ein wenig von sich, von seiner Arbeit, von seinen Reisen. „Reisen, oh ja, jeder Mensch sollte reisen, sich in der Welt umsehen, Dinge, Menschen, Kulturen erleben und kennen lernen und nicht in der Ecke hocken, abgestellt wie ein ausrangiertes Hochzeitsgeschenk", meinte Anna Tierse. Auch sie war früher gern und viel gereist.

Anderes klang an, beide hatten viel gelesen, und entdeckten, wie ähnlich zum Teil ihr Geschmack war. Stiller zeichnete ein leichtes, humoriges Bild seines Stuttgarter Lebens. Anna gefiel seine Art zu erzählen, wie er bunte Sprachtupfer setzte, Ereignisse und Geschehnisse anschaulich werden ließ.

Die Zeit „verplauderte sich", es wurde spät, später als Anna geplant hatte. Sie musste heim in die Österfeldstraße, ihrem Noch-Zuhause, da half nichts. Stiller winkte dem Ober, zahlte trotz ihres Widerstrebens. Half ihr galant in den Mantel, der Kellner öffnete ihnen die Tür. Sie gingen am „M eins" vorbei die Breitscheidstraße entlang, er bestand darauf, sie zu ihrem Parkplatz zu begleiten.

In der Silberburgstraße beim Auto reichte Stiller ihr zum Abschied die Hand, bedankte sich für den Abend und wartete, bis sie eingestiegen und abgefahren war.

Anna war müde, glücklich, aber auch etwas enttäuscht. Er hatte sie nicht gefragt, ob und wann sie sich wiedersehen würden. Na ja, besser so, das gäbe nur Komplikationen. Anna hatte derzeit auch genug am Hals. Aber die Handynummer hätte er ihr schon nennen können, auf der Visitenkarte war diese nicht abgedruckt. Wo war eigentlich ihr Handy? Sie legte es doch immer auf den Beifahrersitz. Ein Blick zur Seite zeigte ihr, dort war es nicht. Anna bremste, fuhr zur Seite und stellte den Motor ab.

Sie drehte sich um und holte ihre Handtasche von der Rückbank. Geldbeutel, Schlüsseletui, Terminkalender, Adressbuch, Deo, Bürste, Lippenstift, Lidschatten, Rouge, „Fishermen", Taschentücher, Kugelschreiber, Notizblock, Nylons, alles, nur nicht ihr Handy. Sie musste es im Lokal oder vielleicht schon früher in Stillers Wagen vergessen haben, wahrscheinlich war es aus ihrer Manteltasche gefallen. Jedenfalls erinnerte sie sich daran, ihr Handy beim Verlassen des Theaters wieder eingeschaltet zu haben, sie hatte es demnach zu diesem Zeitpunkt noch gehabt. Noch einmal zurück zum Lokal wollte sie nicht, es war einfach zu spät. Morgen konnte sie dort anrufen und ihr Handy, wenn es dort war, abholen. Und wenn es aber in Stillers Wagen war ...

Im Augenblick konnte sie nichts unternehmen, er war sicher mit seinem Fahrzeug auf dem Heimweg. Auch ihn konnte sie morgen anrufen, wenn aber Stiller bei ihr zu Hause anrief? Rüdiger würde durchdrehen, gerade in der letzten Zeit ließ er seiner Eifersucht ungebremsten Lauf. Komplikationen, wie sie das hasste. Diesen Stress konnte sie zurzeit überhaupt nicht brauchen. Andererseits, so meldete sich Stiller wenigstens wieder. Vielleicht aber war ihr Handy doch im Lokal? Verloren gehen würde es jedenfalls nicht, sie hatte extra hinten einen Adressaufkleber mit ihrer Anschrift befestigt. Also, sie fuhr am besten heim. Gerade, als sie sich mit dem Wagen wieder in den Verkehr einfädeln wollte, schoss ein Streifenwagen mit Blaulicht und heulendem Martinshorn an ihr vorbei. Ein Unfall oder Überfall? Annas Augen folgten dem blauen Blinken.

Dr. Stiller schaute dem dunklen Twingo nach. Ein netter Abend, eine interessante Frau, ein launiger Zufall. Er seufzte. Wahrscheinlich blieb es dabei, obwohl, einer erneuten Begegnung wäre er nicht abgeneigt. Er rief sich zur Ordnung, er wusste doch, mit Frauen hatte er wenig Glück. Konnte aber nicht verhindern, dass sein Denken sich intensiver mit Anna Tierse beschäftigte. Er sah sie vor sich: Ihre großen, in sich strahlenden, träumerisch-wachen grünblauen Augen. Das volle, dunkle Haare, ihre burgundischen Wangen, die feine, feste Linie der Nasenflügel, die schmalen, zartgliedrigen Hände und – soweit er das wahrgenommen hatte – besaß sie dazu ein Paar ausnehmend hübsche Beine.

Ja, eine anziehende Dame, er seufzte wieder, lief weiter die Silberburgstraße entlang, bis zur Kreuzung mit der Breitscheidstraße. Bevor er nach rechts abbog, schaute er nach drüben zum Oberschulamt. Dort brannte noch

Licht! Ungewöhnlich, um diese Zeit arbeitete doch von den Leuten im Haus keiner mehr. Stiller überquerte die Straße nach links, etwas stimmte dort nicht und er wollte schauen, was da los war.

Herr Regierungsschuldirektor Rolf Clippert saß am Schreibtisch, es war heute sehr spät geworden. Aber er hatte unbedingt etwas überprüfen müssen. Und dann musste er eingenickt sein. Das war ihm noch nie passiert, mitten in der Nacht wachte er an einem Schreibtisch im Amt auf. Das kam sicher von der Aufregung der letzten Tage. Der Tod von Peter Alba, dieser schreckliche, unverständliche Mord.

Clippert schauderte es. Warum wurde Peter ermordet? Wieso er? Was steckte dahinter? Er machte sich nichts vor. Ihre Tätigkeit im Amt war pure Verwaltung, sicher nützlich, strukturell im System angelegt. Aber so wichtig, dass jemand deswegen ermordet wurde? Nein, Albas Tod musste einen anderen Hintergrund haben. Nichts Privates im üblichen Sinne. Dr. Alba hatte kein Privatleben, zumindest keines von dem man im Amt wusste. Und hier wusste man viel, der Tratsch blühte in Verwaltungen. Nein, da steckte etwas völlig anderes dahinter. Und er hatte da einen Verdacht. Deswegen war er heute länger geblieben, hatte gewartet, bis alle fort und auch die Putzfrauen mit ihrer Arbeit fertig und gegangen waren.

Das Büro des Toten war zwar von der Kripo verschlossen, aber nicht versiegelt worden. Und in Rolf Clipperts Besitz war ein Zweitschlüssel, den ihm Alba einmal zur Aufbewahrung anvertraut hatte; er pflegte seinen oft zu verlegen oder zu vergessen. Er öffnete vorsichtig die Tür und trat leise in das Zimmer. Dann untersuchte er den Schreibtisch des Toten und seinen Inhalt gründlich und genau. Er wusste, Alba hatte sich mit einer Angelegenheit beschäftigt, die höchst interessant schien. Jedoch stand das Ganze außerhalb des gängigen Geschäftsbetriebes, hatte mit dem Amt nichts zu tun, sondern war Teil ihrer gemeinsamen, so fernen Vergangenheit. Diese merkwürdige alte und jetzt scheinbar wieder aktuelle Geschichte.

Rolf Clippert arbeitete sich durch die verschiedenen Akten und Vorgänge. Bislang ohne Ergebnis. Möglicherweise waren auch Unterlagen durch Dr. Alba anderswohin, nach Hause oder bereits in seine künftige Arbeitsstätte gebracht worden.

Das Warten und die ganze Sucherei waren ermüdend gewesen, er musste eingenickt sein. Jetzt war es spät am Abend oder mitten in der Nacht. Rolf Clippert gähnte, heute würde er das Problem sicher nicht mehr lösen. Es war höchste Zeit, nach Hause zu gehen. In den nächsten Tagen könnte er den Aktenverlauf überprüfen, vielleicht fand er dort, was er suchte. Clippert stand auf, trat hinter dem Schreibtisch Dr. Albas hervor und griff schon nach der Türklinke, als die Tür langsam aufschwang.

Der Mann hielt mitten in seiner Bewegung inne und starrte wie gebannt auf das dunkle, drohende Viereck der sich öffnenden Tür. Eine schwarz gekleidete Gestalt trat mit lautloser Geschmeidigkeit in sein Zimmer, schien, als sie den Mann gewahr wurde, kurz zu zögern. Näherte sich ihm dann aber, ohne ein Wort zu sagen, in einem bedrohlichen, lautlosen Schleichen. Der Regierungsschuldirektor wich zum Schreibtisch zurück, Angst stieg in ihm auf. Er wollte schreien, doch er brachte keinen einzigen Laut hervor, der Mund war völlig trocken, seine Stimme versagte. Er tastete sich rückwärts an der Tischkante entlang, wich ans Fenster zurück, stieß heftig mit dem rechten Ellbogen gegen die Scheibe.

Stiller blieb vor dem Haus stehen. Die Tür des Gebäudes Nr. 42 in der Breitscheidstraße, der Eingang zum Oberschulamt, normalerweise von Pförtnern im Glaskasten bewacht, stand sperrangelweit offen. Und er hörte ein Geräusch, erst undeutlich, dann stärker. Es kam von oben, vom dritten Stock. Von dort, wo das Fenster erleuchtet war. Ein Zimmer mit Licht und das, obwohl es auf Mitternacht zuging. Im Gegenlicht einer Lampe sah er undeutlich zwei schattenhafte Schemen. Der eine Schatten schien den anderen zu bedrängen, nach ihm zu schlagen. Da, es klang wie ein erstickter Schrei, ein Hilferuf. Etwas stimmte nicht, war entschieden nicht in Ordnung. Hier musste er eingreifen, helfen. Und ohne zu zögern rannte Stiller in das dunkle Gebäude hinein, drückte die innere Glaspforte auf und folgte der lichtlosen Treppenflucht nach oben.

Der schwarze Schatten stand direkt vor ihm, hob bedrohlich seinen Arm. Eine Hand fuhr vor, kam direkt auf sein Gesicht zu. Ein schriller, hässlicher Angstschrei gellte auf. Und da erlosch die Lampe im Raum, es wurde rabenschwarz im Zimmer. Etwas Schweres schlug hart auf den Kopf des Mannes. Alles zersprang in rotem Schmerz und Grauen, er sackte leblos zu Boden und riss dabei vom Tisch die dort stehende Lampe mit in die Tiefe.

Stiller hastete nach oben, der erste Stock war erreicht. Er machte eine Wende nach links, eilte weiter hoch in das zweite Geschoss. Sein Atem keuchte, das Herz schlug wie rasend. Noch drei Stufen, jetzt war er in der dritten Etage. Geradeaus durch, nach links oder rechts? Walther Stiller zögerte kurz, suchte sich die Lage des Fensters zu vergegenwärtigen. Seine Überlegungen wurden durch ein klirrendes Geräusch unterbrochen – das kam von der linken Seite!

Er rannte in die Richtung, aus der das Klirren gekommen war. Der Gang war dunkel, verflixt, er wusste nicht, wo die Lichtschalter waren. Rechts war eine Öffnung, dieser Raum musste es sein, er sprang regelrecht ins Zimmer. Da stieß er im Dunkel an etwas Festes, an eine Kante oder so. Stiller stolperte, etwas krachte gegen seinen Kopf und ihm wurde schwarz vor den Augen. Er nahm nicht mehr wahr, wie ihn eine dunkle Gestalt packte und völlig hineinzog. Stiller wurde zum Fenster geschleift und neben dem menschlichen Bündel dort fallengelassen. Dann ließ der Dunkle von ihm ab und verschwand eilig im Treppenhaus und aus dem Gebäude hinaus in die Schwärze der Nacht.

Mit blinkendem Licht und heulender Sirene kamen zwei Streifenwagen aus Richtung Bahnhof angefahren und stoppten vor dem Regierungspräsidium Stuttgart Abt. VII, dem ehemaligen Oberschulamt in der Breitscheidstraße 42. Die Glastür vorn stand weit offen. Vorsichtig, nach allen Seiten sichernd, betraten die Polizisten das Innere des Gebäudes. Drinnen herrschte tiefe Nacht, eine schier undurchdringliche Dunkelheit. Die Strahlen der Stablampen schickten ihre Kegel durch den weiten Raum, doch links und rechts versanken für die geblendeten Augen die Dinge noch stärker in Schwärze und Düsternis. Hallende Schrittfolgen, Wechsel von Schatten und Lichtsplitter an den Wänden, gedämpft gegebene Kommandos: „Wir müssen hoch, der Anrufer sprach vom dritten Stock. Los, Männer, ran. Aber Vorsicht!" Die Männer stiegen langsam nach oben, sicherten sich gegenseitig, stießen Türen auf, kontrollierten die leeren Räume. Ab und zu unterbrachen sie ihr Vorgehen, standen kurz still und lauschten, überquerten dann plötzlich die Flure im Sprung und spähten wieder vorsichtig, die Waffe erhoben und entsichert, voller Anspannung um Rahmen, Ecken und Kanten.

Im dritten Stock schließlich durchsuchte der Trupp vorsichtig und noch immer rundum sichernd die einzelnen Diensträume. Und links, am Ende des Ganges, im Zimmer 315 entdeckte die Mannschaft endlich jemanden. Zwei Gestalten barg der Raum. An der Fensterseite, direkt am Schreibtisch, Körper und Arme grotesk verwinkelt, lag die Leiche eines älteren Mannes. Der Kopf war blutig und seltsam eingedellt. Der Schädel offenbar mit einem größeren Gegenstand, von schwerem Gewicht und flacher Form, eingeschlagen. Rechts von der Leiche, den Kopf an der Kante eines Tisches liegend, ruhte der Körper eines anderen Mannes. Er schien noch zu leben. Am Hinterkopf hatte er eine ziemlich üble, stark blutende Platzwunde, ob durch Fremdgewalt oder einen Unfall, war nicht ersichtlich. Seine rechte Hand lag auf einem blutverschmierten, breiten Aktenordner, womöglich die Tatwaffe. Was noch mehr im Raum zu finden war, wollten und konnten die Polizisten jetzt nicht überprüfen, das überstieg ihren Kompetenz- und Einsatzbereich. Es handelte sich jedenfalls um einen Tatort, entsprechend behutsam war ihr Auftreten.

Die Beamten bewegten sich nur mit äußerster Vorsicht im Raum und mieden den direkten Tatbereich. Der leitende Streifenführer gab eine entsprechende Nachricht an die Zentrale und forderte neben einem Krankenwagen die Spurensicherung an.

Bis diese eintraf, ließ Polizeihauptmeister Siegfried Müller den Bereich absichern und der liegenden, männlichen Person Erste Hilfe leisten.

MITTWOCH, 1. JUNI

Anna Tierse erlebte den ersten Juni wie einen Alptraum. Nach der Schule war sie wie immer heimgefahren. Heute wollte sie endlich damit beginnen, ihre persönlichen Dinge zu sichten und unnötigen Ballast auszusortieren. Immerhin plante sie zum Ende des Monats umzuziehen, auch wenn es Rüdiger nicht glauben konnte. Spät am Nachmittag erschien er dann, kochend vor Wut. Riss beim Eintreten fast die Haustür aus den Angeln, stürmte wie ein wild gewordener Stier ins Wohnzimmer und legte los: Er wolle sofort wissen, was da los sei, was sie mit diesem Mann von gestern Abend habe und wer das überhaupt wäre? Der sei wohl ihr Lover, das würde er schnellstens unterbinden. Soweit käme es noch, da wäre sie bei ihm an den Falschen geraten. Er würde eingreifen, direkt intervenieren, so etwas ließe sich unter Männern lösen, diese Affäre hätte er gleich beendet. Sie glaube doch nicht, er, Rüdiger Tierse, ließe sich seine, ihm allein gehörende Frau ausspannen. Dieses ständige Weggehen, ihre Herumtreibereien, das Vagabundieren, ihre Verweigerungen, damit sei jetzt Schluss.

Schluss und aus. Und dieses Umziehen, auch das könne Anna vergessen, so etwas komme nicht Frage, dass sie ihn und die drei Kinder hier sitzen lasse. Eine Rabenmutter sei sie, dass Anna es nur wisse! Und er habe sich jahrelang bemüht, ihr ein schönes Heim zu schaffen, ihr alles geboten, jeden Wunsch von den Augen abgelesen. Und dann müsse er von dritter Seite erfahren, wie sie ihn hintergehe.

Der Kollege Matthias hatte Rüdiger mittags in der Stadt getroffen und ganz scheinheilig gefragt, ob der Herr gestern Abend, der seine Frau ins Theater begleitete, Rüdigers Bruder oder ein guter Freund des Hauses sei. Rüdiger hatte etwas Unverbindliches gemurmelt und sich dumm gestellt, innerlich aber geschaltet. Er fragte nach und erfuhr von dem mitteilsamen Kollegen weitere Details. Dieser berichtete, er habe das Paar aus dem Theater im Westen kommen sehen. Die beiden hätten sich angeregt unterhalten und seien dann in einen Mercedes eingestiegen. Und wie der Zufall so spiele, Anna und ihr Begleiter seien ihm später gegen Mitternacht nochmals in der Silberburgstraße begegnet. Er wolle ja nicht tratschen, meinte Matthias, aber er glaube doch, Tierse informieren zu müssen. Nicht dass dieser falsch verstehe oder Falsches glaube. Er wolle ja nicht Anna anschwärzen. Das sei ihm fremd, aber ... Tierse hörte sichtlich interessiert zu, bedankte sich anschließend für den freundlichen Hinweis. Sagte ganz ruhig, an der ganze Geschichte sei nichts weiter dran, ein kleiner Ausflug seiner Frau, er wisse darüber Bescheid, völlig unproblematisch. Er sei ja modern und offen für alles. Verabschiedete sich – und fuhr schnurstracks nach Hause. Hier aber verlor er seine vorgetäuschte Gelassenheit. Er tobte, brüllte und gestikulierte wild umher. Anna erlebte einen ihr bis dahin völlig unbekannten Rüdiger. Sie sah diesen schreienden Menschen, blieb selbst jedoch ruhig, legte innerlich eine goldene Hülle um sich und ließ sich auf Rüdigers Emotionen nicht im Geringsten ein. Als er einmal Luft holte, in seinem Redeschwall pausieren musste, entgegnete sie nur, sie habe ihm bereits vor einem halben Jahr mitgeteilt, dass es mit ihnen vorbei sei. Er habe dies mitbekommen, zu mindestens akustisch. Der Herr von gestern spiele dabei keine Rolle. Und was sie mache oder auch nicht, sei ihre Angelegenheit. Daraufhin griff Rüdiger eine Vase, die er Anna vor einigen Jahren von einer seiner Tagungstouren mitgebracht hatte, und warf das Gefäß voller Wut an die Wand, dass die Splitter im ganzen Raum umher flogen.

Auch dieses war nun zu Bruch gegangen. Er starrte auf die Scherben, drehte sich abrupt zu ihr um. Trat dann ganz dicht an sie heran, sein rechter Finger stieß auf sie zu. Sein Gesicht verkrampfte sich, er fauchte: Bis heute Abend wolle und werde er alles wissen, dann könne sie sich auf etwas gefasst machen.

Anna schwieg, schaute Rüdiger nur an, erwiderte nichts auf seine Drohungen. Was wollte dieser Mann denn noch von ihr? Wusste er nicht mehr, was er sich alles geleistet hatte? Sie blieb also ruhig, schob ihn beiseite, verließ den Raum, stieg die Stufen hinauf und ging in ihr Zimmer.

Dort läutete das Telefon, am Apparat meldete sich Kathrin Schröder. Und jetzt wurde der Tag erst richtig problematisch.

„Hallo Anna, ich bin es Kathrin. Dir geht es gut? Mir auch. Ja, wir haben lange nichts von einander gehört. Ich will dich auch nicht aufhalten, ich hab da nur eine Frage ... Kennst du einen Dr. Stiller?" Anna Tierse wurde von dieser Frage vollständig überrascht. Bei allem Respekt vor Kathrin Schröders detektivischer Fähigkeit. Wie kam sie auf Stiller? War Kathrin eine Art von Matthias? Natürlich war das Unfug, aber wieso wusste sie von Stiller und vor allem, was sollte diese Frage? Es handelte sich nur um Sekundenbruchteile, dass Anna Tierse diese Gedanken durch den Kopf schossen. Aber jedenfalls war sie verwirrt und sie antwortete nicht gleich auf die Fragen der Inspektorin.

„Hallo? Anna, bist du noch da?" Und als Anna Tierse fast zögerlich mit „Ja" antwortete, stellte Kathrin Schröder nochmals ihre Frage nach Dr. Stiller: „Kennst du nun diesen Stiller oder nicht? Ich habe ernsthafte Gründe danach zu fragen, aber mein Anruf ist nicht offiziell, hörst du, Anna?" „Warum?", kam jetzt Annas Antwort, „warum fragst du mich?" Sie legte eine kurze Pause ein, forschte dann weiter nach den Beweggründen Kathrin Schröders. „Du rufst mich an und fragst mich nach Personen", sie korrigierte sich „nach einer Person. Ganz ohne eine Einleitung, ohne Erklärung, kaum, dass du mich grüßt." Anna Tierse zögerte kurz, fuhr dann fort: „Du, Kathrin, ich habe gelernt, die Dinge anzusprechen, ich lasse mir nichts mehr vormachen. Von dir erwarte ich eindeutige Aussagen. Worum geht es? Warum rufst du an? Warum meinst du, ich könnte dir Auskunft geben?" Ein kurze Pause entstand, dann kam Kathrin Schröders Antwort, präzise und hart: „Dein Handy, Anna, ist im Auto von Dr. Stiller gefunden worden. Stiller selbst haben wir heute Nacht in der Breitscheidstraße im Gebäude des Oberschulamts festgenommen. Dort wurde einer der leitenden Herren, ein Regierungsschuldirektor Rolf Clippert ermordet. Stiller selbst griff man am Tatort auf. Genügt das an Klarheit?

Also, noch einmal, kennst du einen Dr. Stiller? Seit wann, wie intensiv und was weißt du über diesen Mann?"

Die Polizeiinspektorin Kathrin Schröder hielt inne und wartete auf eine Antwort Anna Tierses. Nach einem Moment der Stille brachte Anna nur einen Satz hervor: „Kannst du kommen, Kathrin, mir ist einfach wahnsinnig schlecht, bitte komm!"

Völlig benommen wachte Stiller in einem fremden Bett und in einem ihm unbekannten Raum auf. Alles leuchtete in sterilem Weiß, er musste in einem Krankenhauszimmer sein. Der Kopf schmerzte stark, ihm war übel und insgesamt irgendwie seltsam zumute. Was war nur passiert? Er konnte kaum einen klaren Gedanken fassen, sich an nichts erinnern und wusste nicht, wie er hierher gekommen war. Eindeutig, soweit gelang es ihm, einen Gedanken zu fassen, ihm musste etwas passiert sein, ein Unfall? Ja, ein Unfall, bestimmt war er mit dem Wagen verunglückt. Wenn dieses Stechen in den Schläfen und im Hinterkopf nicht wäre! Stiller bemühte sich krampfhaft, den Schmerz zu überwinden und sich zu erinnern, was eigentlich geschehen war.

Da ging die Tür auf, eine Krankenschwester kam herein. „Oh, gut. Sie sind erwacht, dann werde ich gleich Dr. Neumann informieren. Wie geht es Ihnen? Sicher besser, es wird schon. Und da ist auch schon jemand für Sie." Die Schwester eilte, ohne dass er zu Worte gekommen wäre, aus dem Zimmer. Die Tür blieb offen und zwei Männer traten herein.

Der eine, ein jüngerer, ging geradewegs auf Stillers Bett zu, zog ohne ein Wort der Begrüßung einen Stuhl heran und setzte sich zu ihm. Der andere Mann, ein hagerer, schmaler Typ blieb irgendwo im Hintergrund am Rande des Blickfeldes von Walther Stiller.

„Guten Tag, Herr Dr. Stiller. Meine Name ist Maier, Kommissar Maier, von der Kripo Stuttgart und dies dort", er wies auf den anderen Mann, „ist mein Kollege Inspektor Voller. Sie wissen sicher, warum wir hier sind?" Er machte eine Pause und blickte Stiller prüfend an. Stiller starrte die Kripobeamten an, was wollten die beiden Männer von ihm? Kommissar Maier fuhr fort: „Sie wissen nicht Bescheid? Verstehen angeblich nichts? Nun, dann wollen wir Ihnen das einmal erklären, Ihrer Erinnerung auf die Sprünge helfen. Herr Voller, wenn Sie so freundlich sein wollen!" Inspektor Voller kam zum Krankenbett, zog einen Block hervor und begann mit monotoner Stimme vorzulesen: „In der Nacht vom 31. Mai auf den 1. Juni 2005 fiel im Regierungspräsidium Stuttgart, Abteilung 7, dem ehemaligen Oberschulamt in der Breitscheidstraße 42 einer der leitenden Herren, der Regierungsschuldirektor Rolf Clippert, einem Gewaltverbrechen zum Opfer. Er wurde von den Besatzungen zweier Streifenwagen, die aufgrund eines anonymen Hinweises zum Gebäude gefahren waren, gegen 0:10 Uhr mit schweren Kopfverletzungen (Schädelbasisbruch) tot im 3. Stock des Hauses im Raum 315, dem Zimmer des vor etwa einer Woche ermordeten Klaus Peter Alba aufgefunden.

Am Tatort entdeckten die Beamten ferner Dr. Walther Stiller, der leblos am Boden neben einem blutverschmierten Aktenordner lag. Fingerabdrücke seiner rechten Hand konnten auf dem Ordnerrücken festgestellt werden." Voller beendete die Lesung des Protokolls und trat in den Hintergrund zurück.

„Also", bohrte Kommissar Maier nach, „warum haben Sie Herrn Clippert erschlagen? Sind Sie auch für Dr. Albas Tod verantwortlich? Reden Sie, Mann! Am besten, Sie gestehen umgehend, dann haben Sie es hinter sich!" Weiter kam Maier nicht, denn in diesem Augenblick wurde die Tür aufgerissen und der Stationsarzt Dr. Neumann stürzte herein. „Also das geht nicht, meine Herren, der Mann ist schwer am Kopf verletzt und hat eine starke Gehirnerschütterung erlitten. Ganz gleich, für was Sie ihn halten!

Ob er ein Straftäter ist oder nicht, der Mann braucht unbedingt Ruhe. Bitte gehen Sie jetzt!"

Kommissar Maier erhob sich brummend, murmelte etwas von, er sei gerade fast am Ziel gewesen und verließ zögerlich mit Inspektor Voller den Raum. An der Tür drehte er sich noch einmal um: „Ich komme wieder", prophezeite er Stiller, „und dann sehen wir weiter!"

Walther Stiller wurde es schwindlig, er ließ sich zurück in die Kissen sinken und schloss die Augen.

Kathrin Schröder kam bei Anna Tierse in der Österfeldstraße an. Anna öffnete – und fiel Kathrin in die Arme. Sie hatte geweint, wirkte aufgewühlt, ja verunsichert. So hatte Kathrin ihre Freundin noch nie erlebt. Sie hielt sie einfach fest, langsam gelang es ihr, Anna zu beruhigen.

Anna fasste sich wieder und löste sich aus der Umarmung. Sie ging in die Küche, kochte erst einmal einen Kaffee für Kathrin und sich. Das gab ihr etwas Zeit, bevor sie mit Kathrin sprechen musste und mit der unvorstellbaren Wahrheit, Stiller sei ein Mörder, konfrontiert werden würde.

Aber dann saßen sie beide an dem kleinen Kaffeetisch einander gegenüber. Jetzt gab es kein Ausweichen mehr, Anna hatte sich den Tatsachen zu stellen. Zunächst sprach Kathrin Schröder: „Ich habe dir am Telefon kurz erklärt, um was es geht, dir eigentlich mehr verraten, als ich durfte. Jetzt solltest du mir erzählen, was du von der Angelegenheit weißt, vor allem aber auch, was dich so betroffen macht. Also?" Anna trank einen Schluck Kaffee, holte tief Luft und schilderte der Inspektorin dann alles, was mit Stiller zusammenhing – oder fast alles, denn über ihre wahren Gefühle schwieg sie. Sie erzählte von ihrer ersten Begegnung mit Dr. Stiller bei ihrer Reifenpanne, von seiner großen Hilfsbereitschaft. Berichtete vom gestrigen Zufall des gemeinsamen Theaterbesuchs. Und dass er sie noch eingeladen und zum Schluss ganz galant zu ihrem Auto gebracht habe.

Wann das gewesen sei?, wollte Kathrin Schröder wissen. „Es war sicher Mitternacht, ich kam gegen ein Uhr zu Hause an, habe aber vorher noch kurz gehalten, weil ich mein Handy vermisste." „Ach ja, das Handy – in diesem Fall wohl kein Beweisstück. Ich habe es dir mitgebracht", Kathrin Schröder legte Annas Handy auf den Tisch. „Also, du meinst, es wäre Mitternacht gewesen, wann genau? Als Stiller sich verabschiedete oder als du wegfuhrst oder zu dem Zeitpunkt, an dem du dein Handy suchtest?" Frau Schröder zog einen Block hervor und blickte Anna Tierse erwartungsvoll an. Die Zeitangabe Mitternacht schien ihr von großer Bedeutung zu sein, wenn Anna die Wahrheit sagte, woran Kathrin Schröder nicht zweifelte, konnte dies für Stiller eine Entlastung darstellen. Aber nur, wenn Anna sich nicht irrte, was allerdings auch möglich war. Obwohl natürlich Stillers Fingerabdrücke an der Tatwaffe nicht wegzudiskutieren waren. Anna hatte sich inzwischen ganz auf ihre zeitliche Erinnerung konzentriert: „Wir verließen sieben Minuten vor Mitternacht das Lokal, es war das ‚Felix' im Boschareal. Die Uhrzeit weiß ich genau, weil ich beim Hinausgehen eine Uhr gesehen habe. Ich glaube, die Uhr hing über der Theke, ich bin mir aber nicht ganz sicher. Jedenfalls zeigte sie sieben Minuten vor Zwölf. Wir sind dann erst im normalen, dann leicht zügigen Tempo zur Silberburgstraße gelaufen. Ich denke, das dauerte rund zehn Minuten, sicher nicht mehr, aber auch nicht viel weniger."

Anna schwieg und sah die Inspektorin an, die eifrig mitschrieb. „Schon seltsam, kaum treffe ich dich, schon bin ich wieder in einen Mordfall verwickelt." Sie trank einen weiteren Schluck Kaffee. „Ich kenne natürlich Dr. Stiller kaum, aber er wirkte so Vertrauen erweckend und niveauvoll, da muss ein Irrtum vorliegen. Selbst nach diesen kurzen zwei Begegnungen kann ich einfach nicht glauben, dass er ein Mörder ist. Wie soll sich das alles überhaupt zugetragen haben? Da müsste es doch Anzeichen oder Hinweise, irgendetwas Merkwürdiges in Stillers Verhalten gegeben haben?" Anna schüttelte den Kopf. „Über was habt ihr euch unterhalten?", forschte Kathrin Schröder nach. „Die Gespräche drehten sich um Reisen und um Kulturelles – und natürlich tauschten wir uns über das erlebte Theaterstück aus. Auch auf dem Weg zum Auto blieben wir im Gespräch. Es ging über einige Bücher, die wir beide gelesen hatten, und um Literatur allgemein. Undenkbar, er wäre sofort, nachdem er mich zum Auto brachte, losgerannt, wäre in ein Haus eingedrungen und hätte jemanden brutal ermordet." Anna schauderte, sah dann Kathrin Schröder fragend an: „Oder glaubst du, dieser Stiller hat das alles vorher geplant? Und mich eiskalt als eine Art Alibi benutzt?"

Die Inspektorin überlegte, fragte dann zurück: „Du warst mit ihm verabredet?" „Nein, das sagte ich doch. Ein völliger Zufall, ich habe mich erst gestern Nachmittag für einen Theaterbesuch entschieden. Das konnte er nicht wissen." „Und er hat nichts dabei gehabt, keinen Stock, keinen Schirm, keine schwere Tasche oder etwas anderes?", forschte Kathrin Schröder, ohne genau die Tatwaffe zu benennen. „Nein, nichts. Und wenn du weiter fragst, auch in seinem Wagen war nichts dergleichen." „Ja, gut, du hast mir und vielleicht Dr. Stiller mit deiner Aussage ziemlich geholfen. Natürlich müsste das mit der Uhr im Lokal überprüft werden. Sollte diese stimmen, denke ich, dass die Angelegenheit für unseren Verdächtigen weitaus besser aussieht, soweit ich das beurteilen kann. Wiewohl manches mir schon noch seltsam vorkommt."

Rüdiger Tierse, der in diesem Augenblick zur Tür hereinkam, beendete mit seinem Eintreten das Gespräch der Frauen. Er grüßte Kathrin Schröder sehr knapp. Seit der Geschichte um Sonja Braun war er auf die Polizei weniger gut zu sprechen. Und der aktuelle Konflikt mit Anna ließ ihn auch nicht gerade freundlicher auftreten. Demonstrativ setzte sich Tierse auf einen Sessel, nahm vom Beistelltisch die Tageszeitung und begann zu lesen. Der Rest der Unterhaltung zwischen Anna Tierse und Kathrin Schröder drehte sich um belanglosere Themen. Frau Schröder stand bald auf, verabschiedete sich und fuhr zum Boschareal.

## DONNERSTAG, 2. JUNI

Der Besuch von Kathrin Schröder im Boschareal hatte Anna Tierses Aussage über eine Uhr im „Felix" bestätigt. Die Uhr war ein Präzisionsfunkwecker, auch ihre Zeitangabe war somit korrekt. Rein routinemäßig fragte die Inspektorin nach den Gästen des Dienstagabends. Einer der Kellner erinnerte sich noch gut an die beiden, den hoch gewachsenen Herrn mit der gut aussehenden Dame. Da war etwas Kork im Wein gewesen und der Begleiter der Dame hatte die Reklamation derart dezent gestaltet, dass sie den fälligen Umtausch gar nicht bemerkte. Und mit dem Trinkgeld hatte der Herr auch nicht gegeizt.

Genaue Angaben zum Zeitpunkt des Gehens der Gäste konnte der Kellner allerdings nicht machen. Aber es gab auf der Rechnung einen Datierungsaufdruck. Der Inhaber, der täglich die Bons zur Abrechnung mitnahm, würde darüber sicher Auskunft geben. Man musste nur wissen, was verzehrt worden war. Kathrin Schröder notierte sich Angaben, Namen und die Telefonnummer des Lokals für spätere Rückfragen. Anna würde ihr sicher sagen können, was sie gespeist hatten. Damit war ihr Tagesprogramm beendet.

Der nächste Morgen begann voller Sonne, der Tag versprach warm zu werden. In der Kriminalinspektion 1 in der Hahnemannstraße erreichten die innenbetrieblichen Temperaturen schon morgens die 30°-Grenze. Kathrin Schröder berichtete Kommissar Maier gleich von ihren Recherchen des Vortages. Mit Anna hatte sie bereits noch am Abend telefonisch die Bestellungen vom Dienstag abgeklärt: Entradas, Nachos und Mozzarella-Stangen, das musste zu verifizieren sein. Sie wollte anschließend im Café Felix anrufen. Ab neun Uhr morgens bis nachts um ein Uhr war das Lokal geöffnet.

Maier hörte sich ihre Ausführungen an, runzelte bei der Zeitangabe „Mitternacht" zweifelnd die Stirn. „Und wie stellen Sie sich dann die ganze Angelegenheit vor? Der Anruf erreichte unsere Einsatzzentrale um 0:04 Uhr, gegen 0:10 Uhr waren zwei Streifenwagen vor Ort. Und oben direkt neben der Ermordeten finden unsere Leute Stiller. Neben ihm die mögliche Tatwaffe, einen schwerer Aktenordner, auf dem nur seine Fingerabdrücke sind. Wie soll das vor sich gegangen sein? Nach der Aussage Ihrer Frau Tierse hätte Stiller von der Silberburgstraße in vier Minuten in der Breitscheidstraße 42 und dort im dritten Stock sein müssen und den Mord erledigt haben? Das erscheint mir geradezu unmöglich, da muss sich Ihre Frau Tierse mit der Zeitangabe geirrt haben. Oder sie steckt mit diesem Dr. Stiller unter einer Decke. Wahrscheinlich ab und zu sogar wortwörtlich!"

Kathrin protestierte, aber Maier winkte ab. „Sagen Sie nichts, warum geht man denn sonst ins Theater und nachher gemeinsam essen. Ich wette, das Pärchen kennt sich schon länger." Kommissar Maier schüttelte den Kopf: „Nein, Sie sind einfach zu gutgläubig. Gerade in unserem Beruf müssten Sie, Frau Schröder, da ein wenig wacher sein! Ich für meinen Teil habe dieser Frau Tierse schon bei diesem Mord im letzten Herbst nicht getraut. Der gute Schmoller mag sich ja hinsichtlich des Herrn Tierse geirrt habe, doch bei seiner Frau … Wer weiß, ob nicht Anna Tierse in Wirklichkeit Sonja Braun auf dem Gewissen hat? Überlegen Sie einmal, dieser so genannte Eurythmiestabmord! Die Tat wurde mit ihrem hauseigenen ‚Werkzeug‘ verübt, Frau Tierse ist doch Eurythmistin, also!"

Kathrin Schröder verwies Kommissar Maier auf die Unmöglichkeit, dass Anna Tierse in irgendeiner Weise mit den damaligen Morden in Verbindung gebracht werden konnte. Das sei doch alles längst geklärt und bewiesen, wer der Täter gewesen sei. Maier winkte ab: „Ja, die Frau ist eben geschickt. Und selbst wenn sie mit den anderen Morden nichts zu tun hatte, sie wusste diese jedenfalls zur Tarnung ihrer eigenen Handlung zu nutzen." „Herr Kollege Maier", widersprach Kathrin Schröder jetzt mit Nachdruck. „Sie wissen, doch, dass die damalige Aktenlage und Indizien sowie Spuren eindeutig den wahren Täter entlarvten. Anna Tierse wäre beinah sein Opfer geworden. Sie als unentdeckt gebliebene Mörderin zu bezeichnen, stellt die Tatsachen auf den Kopf!"

Kommissar Maier schüttelte den Kopf: „Ich sehe schon, Sie sind der Dame auf den Leim gegangen. Sicher, beweisen kann ich nichts. Aber mein kriminalistischer Instinkt, der irrt sich höchst selten."

Maier nickte seiner Assistentin Frau Heine zu: „Die Unterlagen bitte! Ja, danke. So, Frau Kollegin Schröder, jetzt hören Sie mal zu, was wir da entdeckt haben." Und der Kommissar las mit lauter, betonter Stimme einige Blätter vor, die Inspektor Voller aus dem Oberschulamt besorgt hatte. Aus diesen Unterlagen ging deutlich hervor, zwischen Dr. Stiller einerseits und Regierungsschuldirektor Clippert sowie Dr. Alba anderseits gab es eine deutliche Verbindung.

Vor etwas mehr als vier Jahren schrieb das Oberschulamt die Fachleiterstelle Geschichte am Seminar für die Lehramtsausbildung aus. Stiller war von verschiedenen Seiten eine Bewerbung empfohlen worden. Seine Qualifikation als Historiker und seine Beurteilungen sprachen für ihn. Die Bewerbungskommission, bestehend aus Dr. Alba, Clippert und Dr. Bari, hatte Stiller allerdings abgelehnt. Zwar attestierte das Trio ihm eine gewisse Eignung, die Stelle wurde aber durch einen anderen Kandidaten besetzt.

Kommissar Maier legte eine Kunstpause ein und schaute bedeutungsvoll von einem zum anderen: „Geben Sie Acht, jetzt kommt der springende Punkt. Die folgende Information bekam ich sozusagen unter der Hand und streng vertraulich mitgeteilt; mein Informant will nicht genannt werden. Also, die schließlich erfolgte Stellenbesetzung stand schon vorher fest, Dr. Alba, Herr Clippert und Dr. Bari hatten von höherer Stelle eine entsprechende Anweisung erhalten. Damit das Verfahren dennoch den rechtlichen Vorschriften Genüge tat, förderte man Stillers Bewerbung und die einer weiteren Persönlichkeit. Beiden wurden recht gute Chancen in Aussicht gestellt, wider besseres Wissen der Auswahlkommission, wie es sich später zeigte. Stiller selbst erhielt am Ende des Bewerbungsverfahrens nicht einmal eine Absage!"

Dass man sich über solche Abläufe ärgere, sei menschlich und verständlich, resümierte Maier. Dr. Stiller aber habe seinen Zorn und seinen Unmut offenbar in sich vergraben und unterdrückt. Aus einer Initialsituation heraus, die noch zu klären wäre, seien die Vorgänge plötzlich mit aller Macht zu Tage getreten und habe ihn sozusagen vollständig absorbiert. Deswegen sei der Mann völlig unerwartet ausgerastet und zum Mörder geworden. Möglicherweise habe er diesen Ausbruch gar nicht bewusst erlebt, nicht gewusst, was er tat und seine Nachtseite vollständig aus seinem Bewusstsein verdrängt.

„Ein Dr. Stiller und neuer Mr. Hyde gleichermaßen", scherzte Maier. „Nun, jedenfalls erwacht er nach der Tat plötzlich wie aus einer Trance, sieht den toten Clippert, gerät in Panik und bricht zusammen, wobei er mit dem Kopf auf eine Kante schlägt. Dies ist faktisch eine Art von

Ersatzhandlung, eine Selbstbestrafung durch den Fall auf die Kante, der unbewusste Sühneakt für die begangene Mordtat." Maier beendete seine Ausführung, trank einen Schluck Kaffee und schaute triumphierend in die Runde. Seine Assistentin strahlte ihn himmelblau an und klatschte begeistert in die Hände. Der ewig müde Inspektor in Ausbildung Schöpfel erwachte davon aus seinem Tagtraum und nickte mehrfach eifrig. Inspektor Voller sagte nichts, nur Kathrin Schröder erhob Einwände gegen Maiers Theorien.

„Und wer rief Ihrer Meinung nach die Polizei an? Wie war das bei Dr. Alba, woher hatte Stiller die passende Giftschlange? Wurde überhaupt sein Alibi für den Samstag, an dem Alba starb, überprüft?" „Ja", meinte Maier. „Sehr gut, Frau Kollegin, das sind genau die richtigen Fragen, die wir schleunigst klären sollten. Dies alles zu überprüfen und die Antworten zu finden, das werden Ihre heutigen Aufgaben sein. Ich kann mich schließlich nicht um alles kümmern, habe auch noch anderes zu tun."

Er wandte sich dem Inspektor zu. „Und Sie, Herr Voller, begeben sich meinetwegen nochmals ins Boschareal und prüfen, damit die werte Kollegin Schröder zufrieden ist, dieses Scheinalibi, das Frau Tierse ihrem Bekannten Stiller so freundlich zuschustern will. Meine Damen und Herren, ich beende hiermit die Sitzung." Kommissar Maier schloss demonstrativ seinen Aktenordner, stand auf und verließ zusammen mit seiner Assistentin den Besprechungsraum. Der Inspektor auf Probe folgte ihnen.

Kathrin Schröder und Inspektor Voller blieben noch kurz im Zimmer. „Das geht ja fast so zu wie früher beim alten Schmoller. Fakten, Daten, alles ohne Interesse für unseren Kommissar. Und der Umgang mit den Mitarbeitern ist einfach vorbildhaft. So erzeugt man Teamgeist, das ist echte Führungsarbeit!", Voller schüttelte den Kopf. „Apropos ‚Teamgeist', wo ist eigentlich der Kollege Ratmund?", fragte Frau Schröder. „Mich würde interessieren, was die Angelegenheit Werner macht. Wie ich Ratmund kenne, ist der schon ein gutes Stück weitergekommen. Der ‚Seeleichenfall‘ ist sicher bald gelöst!"

Die Gruppe der dunkel gekleideten Männer traf sich erneut an jenem See, an dem sie sich erstmals der sie bedrohenden Gefahr angenommen hatten. Es war später Abend und sie warteten, bis die Nacht endgültig heraufzog. In der Dämmerung gab es noch genügend Licht, um alles zu erkunden und die Umgebung in Ruhe abzusichern.

Mit der Dunkelheit kam die Kälte und das Seeufer lag verlassen da, niemand war mehr unterwegs, der See gehörte der Gruppe allein. Leer schien auch der Raum drüben vor dem Schloss, kein Licht fiel aus den Fenstern. Und nur wenige Laute drangen vom Hotel weit drüben her zu der Insel, wo man zusammengekommen war.

Die Männer saßen im Steinkreis der grauen Kirche, durch die Büsche vor Sicht geschützt, die dunklen Mäntel eng gegen die Kühle der Nacht um sich gehüllt. Sie warteten, es konnte noch dauern, bis endlich ihr Leiter käme. Über dem Wasser lagerten sich die Schatten jetzt dichter, ein leichter Wind kräuselte die Oberfläche, zog Wellen und Streifen. Man schwieg, keiner sprach, niemand sagte ein Wort. Stille. Von der Ferne der Ruf eines Nachtvogels, schrill und seltsam widrig. Die Ruhe lastete. Es schien fast, als ob sich der Schlaf in die Köpfe der Leute schliche. Nur leise das Rauschen der Bäume.

In diese unwirkliche Stille trat eine hohe, in schwarzes Tuch gekleidete Gestalt, auf der Brust das weiße Runenzeichen, das Gesicht durch eine Maske verhüllt. Nichts war um sie, nur die öde dunkle Nacht. Und plötzlich frischte der Wind auf, zwei Wolken flogen auseinander – der helle Mond lag wie eine Silberkugel einem weißen Wolkengebirge im Schoß, und der lange Strom wand sich erleuchtet hinab und fand seinen Widerschein im Wasser. Die Gestalt und ihre Silhouette zeichneten sich, vom

Mondlicht übergossen, deutlich von der nächtlichen Umgebung ab. Die Männer erhoben sich, begrüßten die Ankunft ihres „Führers" mit steil empor gestreckter Rechter und leisem Gemurmel. Die Gestalt im Mondlicht vollzog eine knappe Geste und alles verstummte schlagartig. Der Dunkle trat vor, bedeutete den anderen, sich zu setzen und begann dann mit fester, tragender Stimme eine seltsam eintönig klingende Ansprache:

*„Wurde uns allen, die wir hier sind, nicht wieder und wieder gesagt, dass wir allein unser Gewissen befragen müssen, bevor wir die Dinge in ihrem jetzigen Sosein akzeptieren? Um das zu tun, müssen wir denken. Wir wissen auch, dass, wenn wir bei einer solchen Vorgehensweise durch unsere Blindheit oder Unfähigkeit eine dargebotene Wahrheit ablehnen, wir nichtsdestoweniger das Richtige getan haben, denn wir waren unserem Gewissen und uns selbst gegenüber treu! Versteht, wir handelten und wir handeln richtig, unser innerer Mensch versteht, und in ergebenen Herzen wird die Wahrheit mit der Zeit zur vollen Stärke erwachen!"*

„Und", die Gestalt änderte die Haltung und Sprache, „wir stehen kurz davor unser Ziel zu erreichen. Unser Orden wird, ganz im Geist der Dyzianer, aber voller frischer, neuer Kraft, die Stellen der Macht besetzen. Nichts und niemand wird uns aufhalten, Blut fließt, ist geflossen und mag fließen – Blut reinigt und dient unserer Sache. Nichts ist der Einzelne, das Wir ist alles! Und wir siegen! Doch bis es soweit ist, wollen wir die öffentlichen Zusammenkünfte beenden und uns nur noch in den Zellen treffen. Allein, die aktuelle Lage hat noch einmal ein Treffen der Großgrade heute Nacht erforderlich gemacht." Die Gestalt hielt inne, musterte die sie umgebenden zwölf dunklen Figuren, dann ließ sie die Stimme zu einem scharfen Zischen zerfließen und sprach in eisiger Kälte: „Ordensbrüder, es muss eine weitere Befreiungstat vollzogen werden ..."

„Sie bleiben also dabei, Herr Dr. Stiller, Sie hätten mit der Ermordung von Herrn Clippert und Herrn Dr. Alba nichts zu tun?" Kommissar Maier saß mit seiner Assistentin Heine im Verhörraum an einem großen Tisch, ihm gegenüber Walther Stiller. „Sie behaupten sogar, Sie hätten, nur weil Sie Geräusche hörten und vermeintlich kämpfende Schatten sahen, das Gebäude betreten, einzig um in den Kampf einzugreifen und zu helfen?"

„Ja", antworte Stiller knapp und kurz. „Also, das können Sie mir nicht erzählen. Sie sind doch Akademiker, Lehrer, Theoretiker also, ein Mann des Wortes, nicht der Tat. Was wollten Sie da verhindern? Und wie? Warum haben Sie nicht gleich die Polizei gerufen?"

Kommissar Maier sah seine Assistentin an und schüttelte dann demonstrativ den Kopf: „Nein, mein Lieber, damit kommen Sie bei mir nicht durch, ich habe mit diesen Geschichten meine Erfahrungen." Er hielt inne, schien nachzudenken.

Stiller betrachtete währenddessen den Jüngeren vor ihm mit einem Gemisch von Ärger über dessen Ansprache und Belustigung über sein Bemühen als erfahrener Kommissar aufzutreten. Der Knabe dürfte höchstens um die Dreißig sein und gibt sich wie Kommissar Maigret persönlich, dachte er.

Kommissar Maier setzte seine Rede fort: „Nein, das glaube ich alles nicht. Ich werde Ihnen jetzt sagen, wie es wirklich war. Frau Heine, bitte!" Julia Heine reichte ihm den grünen Ordner. Kommissar Maier öffnete diesen bedächtig, blätterte hin und her. Hielt inne und schaute dann wieder zu Dr. Stiller. Maier referierte den Inhalt: „Vor etwas mehr als vier Jahren schrieb das Oberschulamt eine Fachleiterstelle am Seminar für die Lehramtsausbildung aus. Ihnen, Dr. Stiller, als Historiker wurde seitens Ihrer Schulleitung eine Bewerbung wärmstens empfohlen. Die Beurteilungen Ihres damaligen Vorgesetzten waren entsprechend. Es kam zu Unterrichtsbesuchen, zu einem

Bewerbungsgespräch. Für Sie schien alles positiv zu laufen. Doch dann entschied sich die Bewerbungskommission, Herr Clippert, Dr. Alba und Dr. Bari, gegen Sie. Zwar attestierte man Ihnen eine gewisse Eignung, die Stelle wurde aber fremd besetzt. Und Sie gewannen daher den Eindruck, das Ergebnis habe schon vorher festgestanden. Man habe, um dem Ausschreibungsverfahren einen korrekten Anstrich zu geben, Ihre Bewerbung gefördert und Ihnen gute Erfolgschancen in Aussicht gestellt. Doch in Wahrheit habe es sich um eine fiktive Ausschreibung gehandelt, alles sei längst entschieden gewesen. Und die Krönung, Herr Dr. Stiller: Sie erhielten nicht einmal eine schriftliche Mitteilung über die Entscheidung oder eine konkrete Absage. So ein Vorgehen ist sehr ärgerlich, das habe ich selbst auch schon erlebt, da kann man sich wirklich darüber aufregen."

Kommissar Maier betonte sein Verständnis. „Sie übten sich dann in scheinbarem Gleichmut, zeigten Ihren Ärger nicht, sondern vergruben Zorn und Unmut in Ihrem Innern."

Maier machte eine Kunstpause, dann hob er die Stimme: „Und dann sind Sie neulich Nacht zufällig am Dienstgebäude des Oberschulamts vorbeigekommen. Sie blieben stehen, stutzten, die Tür war offen! Und da sahen Sie Herrn Clippert, der gerade die Treppe herunter lief. Die Dunkelheit, der getrunkene Alkohol, die emotionale Aufregung, die das Treffen mit Ihrer Geliebten Frau Tierse verursacht hat, die günstige Gelegenheit, alles kam zusammen. Und da sind Sie völlig ausgerastet, haben sich auf den Mann gestürzt, der für Sie all die erlebten Ungerechtigkeiten verkörperte. Verfolgten den in Panik Flüchtenden bis in den dritten Stock. Hier suchte Rolf Clippert Schutz in dem Raum, der zum Tatort wurde. Und dort schlugen Sie, Herr Dr. Stiller, mit dem was Ihnen gerade zur Hand kam, mit einem schweren Ordner zu. Immer wieder, mit voller Kraft, voller Wut, voller Hass! Dort sind Sie zum Mörder geworden, Herr Dr. Stiller!" Kommissar Maier schwieg.

Stiller saß wie erstarrt, so ein hanebüchener Unsinn, was reimte sich dieser aufgeblasene Oberermittler da zusammen?

Der Kommissar deutete Stillers Schweigen als Eingeständnis und setzte seine „Rekonstruktion" fort: „Möglicherweise haben Sie diesen Ausbruch gar nicht bewusst erlebt, haben Ihre Nachtseite sozusagen verdrängt. Waren einerseits Dr. Stiller und zum anderen Mr. Hyde gleichermaßen", wiederholte Maier seinen Scherz aus der Besprechung. „Nun, jedenfalls, Sie sind nach der Tat plötzlich erwacht, haben Herrn Clippert, tot, blutüberströmt vor sich auf dem Boden liegen sehen. Ihnen wurde Ihre Schuld schlagartig klar, die Erkenntnis Ihrer Tat traf Sie wie ein Blitz. Sie wurden ohnmächtig, schlugen, während Sie fielen, mit Ihrem Kopf auf eine Kante und straften sich sozusagen unbewusst selbst. In dieser Ersatzhandlung sühnten Sie Ihre Mordtat, haben somit Ihre Schuld geklärt und die Erinnerung an das Geschehen verdrängt. Und daher", Maier schloss seine Handakte und schlug mit der rechten Hand auf den Tisch, „wissen Sie auch nichts mehr vom Geschehen!"

Er lehnte sich zufrieden zurück, blickte im stolzen Gefühl seines Sieges auf Frau Heine und dann auf Dr. Stiller. Vor seinem Scharfsinn musste dieser Akademiker doch kapitulieren und seine Niederlage eingestehen. Er war durchschaut, nahezu alles hatte er, Maier, geklärt. Das Geständnis dieses Herrn Stiller war nur noch eine Formsache. Maier wartete.

Dr. Walther Stiller schaute den Kommissar etwa eine Minute an – und fing dann an aus vollem Halse zu lachen: „Das ist der größte Schwachsinn, den ich seit langem gehört habe. Ich denke, Herr Maier, Sie sollten nicht den Psychiater spielen, sondern baldmöglichst einen aufsuchen. Überlegen Sie doch einmal, jeder, der sich irgendwo bewirbt, muss damit rechnen, abgelehnt zu werden. Deswegen bringt keiner jemanden nach über vier Jahren

‚spontan' um!" Stiller wartete kurz und fuhr dann fort: „Ich merke, Sie haben sich in Ihre Theorie verbissen. Beenden wir daher jetzt diese Farce – Ihre Verhörmethoden, bester Kommissar, missfallen mir. Ich darf Sie bitten, mir umgehend den Kontakt mit meinem Anwalt zu ermöglichen!"

## FREITAG, 3. JUNI

Über Nacht war es kalt geworden. Und es regnete in Strömen. Inspektor Ratmund saß in seinem Büro und sichtete Akten. Es handelte sich um die Unterlagen des ermordeten Dr. Alba. Kommissar Maier hatte natürlich ihn mit dieser aus Maiers Sicht äußerst langweiligen Fleißarbeit beauftragt. Heinz Ratmund sah das allerdings anders. Schon oft hatte er durch akribische Studien und exakte Ordnung von Ereignissen Dinge ans Tageslicht gebracht, die sonst nie entdeckt worden wären. Es gibt Verknüpfungen, die auch ein Computer nicht ohne weiteres erkennen kann, weil die Operatoren der jeweiligen Verbindungen nur durch kreatives Kombinieren entschlüsselbar sind.

Das traf auch für die Akten des Regierungspräsidiums zu. Es handelte sich um Behördenakten mit einem ganz eigenen Ordnungsraster, sodass mit Hilfe der Aktenzeichen ein Systemkundiger und Kenner der verwendeten Behördensystematik die interessantesten Verbindungen erkennen konnte. Hinter den verschiedenen Aktenzeichen versteckten sich zum Beispiel Fortbildungsveranstaltungen, Prüfungsgelegenheiten oder allgemeine Personalfragen. Inspektor Ratmund war daher überrascht, als er bei seiner Sichtung auf eine neue, ganz andere Aktenform stieß. Es handelte sich um eine Unterlage, inhaltlich offenbar ein Beurteilungsgespräch im Rahmen einer Ausschreibung, mit dem ungewöhnlichen Aktenzeichen 1313-777.13/713. Welches Referat steckte denn dahinter? Ratmund zog den Geschäftsverteilungsplan des Regierungspräsidiums hervor, aber eine Abteilung oder ein Referat mit entsprechendem Zahlenkürzel gab es nicht. Unterschrieben war diese Gesprächsmitschrift von einem Herrn Peter oder Petters, einer Persönlichkeit, die im Personenverzeichnis des Hauses nicht zu finden war. Briefkopf, Aufmachung und alles andere stimmte aber mit den üblichen Formbriefen des Regierungspräsidiums überein. Merkwürdig, Inspektor Ratmund legte seinen Fund vorsorglich zur Seite und schob den erklecklichen Teil der Oberschulamts- bzw. Regierungspräsidialakten des toten Dr. Alba gleich mit an den Rand.

Eigentlich wollte er sich heute noch einmal der Tagungssituation im Fall Werner widmen. Die bayerische Staatsbehörde hatte ihm für den Morgen ein Fax mit den Teilnehmern der Veranstaltung versprochen, möglicherweise fand sich in der Liste der entscheidende Hinweis. Solange galt es abzuwarten. Bis dahin wollte er die übrigen Akten gesichtet haben, also weiter im Tun. Ratmund blätterte sich langsam und systematisch durch einen weiteren Ordner.

Sein Inhalt schien ihm eindimensional. Es handelte sich primär um Personalberichte, Bewerberanalysen. Der Inspektor überflog den Inhalt dieser Expertisen, im Ganzen nichts Außergewöhnliches oder Auffälliges. Andererseits, wenn die Tätigkeit des Dr. Alba das Motiv für seine Ermordung gewesen sein sollte, müsste er sicherheitshalber eine Liste der von Alba begutachteten Persönlichkeiten anlegen. Na ja, vielleicht später. Er wollte zunächst einmal Voller anrufen, ob es bei dem Kollegen schon etwas Neues gab.

Dr. Bari nahm den Hörer und tippte eine Nummer ein. Er wartete, dann meldete sich eine Stimme: „Ja, bitte?" „Hier Bari, ja, richtig, der gute Bari. Ich denke, wir sollten uns einmal treffen. Da wäre doch einiges zu klären, findest du nicht?" Dr. Bari schwieg, lauschte auf das, was die andere Stimme zu sagen hatte. „Nein, du weißt genau, was ich meine, ich will nicht lange diskutieren. Wir sollten uns treffen und dann die Angelegenheit ganz in Ruhe besprechen ..."

„Nein, nicht bei dir, du verstehst schon, ich halte es für besser, vorsichtig zu sein. Ach ja, ich habe natürlich Aufzeichnungen über mein Wissen angefertigt. Das Beispiel Peter Albas zwingt einen geradezu zu Schutzmaßnahmen. Ich hoffe, du verstehst das nicht falsch."

Bari nickte zufrieden, ergriff einen Bleistift: „Ja, ich notiere mir die Adresse, ich schicke dir natürlich eine kleine Kostprobe meines Wissens zu und du meldest dich dann bei mir. Sagen wir innerhalb der nächsten zwei Tage?" Dr. Bari lauschte wieder: „Zu knapp? Gut, dann sagen wir bis in drei Tagen; Ich höre von dir."

Bari legte den Hörer auf und lächelte zufrieden. Nur auf diese Art, auf dieser Basis konnte man mit solchen Leuten verhandeln.

„Und auf dieser schmalen Basis wollen Sie die Festnahme meines Mandanten aufrecht halten? Sie wollen ernsthaft behaupten, Dr. Stiller habe nach einem Theaterbesuch, in dessen Verlauf er einer Zufallsbekanntschaft, Frau Tierse, erneut begegnete, plötzlich – ohne irgendeinen Anlass – eine Art spontanen Wahnanfall bekommen und das Opfer, mit welchem er angeblich zusammentraf, erschlagen? Ein völlig absurder Zufall, denn bis es zu dieser Tat kommen konnte, war eine Vielzahl von in der Abfolge nicht gerade plausibel erklärbaren Bedingungen zu erfüllen. Ich fasse diese notwendigen Voraussetzungen zusammen: Als Ihr angeblicher Täter musste mein Mandant zunächst im vollen Lauf eine nicht unerhebliche Strecke zurücklegen. Plötzlich weicht er von seiner eigentlichen Route ab, überquert die Kreuzung und biegt in die Breitscheidstraße ein. Dort in der Breitscheidstraße entschließt er sich dann – spontan? – in das Oberschulamt einzudringen und öffnet, wie auch immer, die dortige Eingangstür. Oder er entdeckt, dass diese offen ist und entscheidet sich, wegen dieser Tatsache, in das Gebäude einzudringen. Es ist nach Mitternacht, aller Erfahrung nach befindet sich kein Mensch mehr in dem unbeleuchteten Haus. Trotzdem, Ihrer These nach, Herr Kommissar, begibt sich also mein Mandant hinein und steigt in den dritten Stock hoch. Dort findet er im Dunkeln ein bestimmtes Zimmer, das Zimmer Nr. 315, das von der Polizei verschlossen worden war und wo sich, was Dr. Stiller nicht weiß und nicht wissen konnte, der Tote, Herr

Rolf Clippert – sein Büro war das Zimmer 327 – aus bislang ungeklärten Gründen aufhielt. Jetzt, so sagen Sie, erschlägt Dr. Stiller den Herrn, mit dem er vor mehr als vier Jahren einmal rein dienstlich zu tun gehabt hat, und fällt dann völlig überraschend mit dem Kopf auf eine Schreibtischkante, sodass er ohnmächtig zusammenbricht. Er bleibt auf dem Boden liegen, bis ihn Ihr Einsatzkommando entdeckt."

Rechtsanwalt Arnold legte eine Pause in seiner Darlegung ein und schüttelte demonstrativ den Kopf. „Das ist doch alles völlig an den Haaren herbeigezogen. Und – sagen Sie mir bitte, Herr Kommissar, wer hat Ihrer Meinung nach denn die Polizei alarmiert? Der Anruf kam um 0:04 Uhr. Haben Ihr Leute eigentlich schon die Zeitangaben der Zeugin Tierse überprüft?" „Nein, bislang noch nicht", musste Maier zugeben, „aber Inspektor Ratmund ist bereits beauftragt. Und außerdem, die Fingerabdrücke auf dem Ordner, Herr Rechtsanwalt, wie wollen Sie die erklären? Da sehe ich für Ihren Mandanten gewisse Probleme!" „Diese Ordnergeschichte ist doch Unfug, Herr Kommissar. Mein Mandant wurde niedergeschlagen und fiel zu Boden, die Hand erfasste dabei den Ordner, mit dem der wirkliche Mörder kurz vorher die Tat begangen hatte. Nein, Herr Maier, mit Ihren ganzen Unterstellungen kommen Sie einfach nicht weiter. Wie soll denn zum Beispiel Dr. Stiller den anderen Toten, diesen Dr. Alba ermordet haben? Meiner Information nach war da Schlangengift im Spiel?"

Und als Maier schwieg, hakte Arnold nach: „Das ist doch richtig, oder?" Kommissar Maier gestand diesen Sachverhalt widerwillig ein. Rechtsanwalt Arnold ließ nicht locker: „Also, Schlangengift. Wie soll mein Mandant an Schlangengift bzw. an eine Giftschlange gekommen sein? Um welche Schlangenart handelt es sich, haben Ihre Leute das schon geklärt?" „Dr. Alba starb aufgrund von mehreren Bissen der südamerikanischen so genannten schwarzen Hornviper! Und Dr. Stiller war vor einigen Jahren in Brasilien. Wir werden sicher bald wissen, wie Ihr Mandant an das Gift bzw. die Schlange gelangte", spielte Maier seinen letzten Trumpf aus.

„Das sind alles Spekulationen, allenfalls Indizien und keine Beweise!"

Rechtsanwalt Arnold packte seine Unterlagen ein: „Ich denke, wir kommen so nicht weiter. Ich jedenfalls werde beim zuständigen Staatsanwalt eine sofortige Haftentlassung beantragen. Einen schönen Tag noch – und nutzen Sie die Zeit, um endlich den richtigen Täter zu finden. Glauben Sie mir, Dr. Stiller ist es jedenfalls nicht!"


„Was spricht für diesen Stiller als Täter?", fragte Kathrin Schröder den Inspektor Heinz Ratmund. Beide saßen in Kathrins heimischem Arbeitszimmer und ordneten die Notizen auf dem Schreibtisch vor sich. „Da wäre erstens seine persönliche Bekanntschaft mit den Opfern. Zweitens, damit zusammenhängend, die negative Erfahrung, die ihn mit Herrn Clippert und Herrn Alba verbindet. Und drittens die direkte Anwesenheit am Tatort Nr. 2 sowie viertens seine Fingerabdrücke auf dem Ordner, der potentiellen Tatwaffe. Des Weiteren, das ist die neueste Information, die mir Peter Voller gab, hat Dr. Stiller vor vier Jahren Brasilien besucht, das Herkunftsland der ‚Mordwaffe' im Falle Alba."

Kathrin Schröder heftete die einzelnen Notizzettel mit den entsprechenden Hinweisen auf eine Pinwand über ihren Schreibtisch. „Es gibt aber noch weitere Informationen", ergänzte Heinz Ratmund und zog ein Blatt aus einem Ordner hervor. „Beide, Clippert und Dr. Alba haben ihre Studienzeit Ende der 70er, Anfang der 80er Jahre in Heidelberg und Freiburg verbracht. Auch Dr. Stiller studierte Anfang der 80er Jahre in Freiburg!" Ratmund heftete die Notiz zu den anderen und schaute bedenklich drein, er schüttelte den Kopf: „Das ist leider immer noch nicht alles. Ich habe eine weitere, höchst eigenartige Verbindung festgestellt. Dieser Dr. Stiller arbeitet an einem Projekt für den LVS-Verlag. Und mit diesem Verlag hatte auch unser erster Toter, Otmar Werner zu tun!"

Kathrin Schröder schaute ihn überrascht an: „Woher weißt du das, Heinz? Das ist wirklich eine Überraschung."

„Ganz einfach, ich habe Stiller gebeten, mir seinen Terminkalender mit den Eintragungen für die letzten Wochen zu geben. Eigentlich wollte ich sein Alibi für den 21. Mai, den Tag der Ermordung von Alba, prüfen. Und dann stieß ich auf Eintragungen zum 18. Mai und zum 28. Mai. ‚Treffen mit Herrn Wacker vom LVS' und ‚Einladung bei Frau Schering, LVS'". „Und Werner, wo bleibt der?", forschte die Oberinspektorin. „Ich habe beim Verlag angerufen und nachgefragt, was Dr. Stiller mit ihnen zu tun habe. Nach einigem Hin und Her bekam ich den Verlagschef, Herrn Wacker, persönlich an den Apparat. Und der erzählte mir, Dr. Stiller sei beauftragt, eine Studie über die Sekte der Dyzianer zu erstellen."

Ratmund schwieg und sah Kathrin Schröder mit einem gewissen Triumph an: „Auf diesen Namen stieß ich bereits bei der Sichtung der Papiere des toten Werner. Werner hatte sich in den Monaten vor seinem gewaltsamen Ableben verstärkt auf diese Gruppe konzentriert. Es handelte sich, soweit ich etwas davon verstehe, um eine dieser vielen Sekten, die in ihren Texten eine für Außenstehende verwirrende Weltordnung beschreiben und mystische Zusammenkünfte pflegen." Ratmund hielt kurz inne, trank einen Schluck Kaffee. „Jedenfalls eine sehr eigenartige Übereinstimmung, findest du nicht?" Kathrin Schröder nickte: „Ja, das sieht schlecht aus für Anna Tierses Kavalier. Allerdings gibt es auch Entlastendes. Peter Voller war nochmals im Boschareal, im ‚Felix'. Es gibt tatsächlich einen Zahlungsbeleg mit der Uhrzeitangabe 23:50 Uhr. Wenn man dazu rechnet, wie lang das Bezahlen dauert, dann den Aufbruch dazu addiert und die Wegstrecke betrachtet, bleibt für einen durch Stiller begangenen Mord keine Zeit mehr übrig. Vor allem, wenn man den Anruf um 0:04 Uhr mit einbezieht. Gut, für den Samstag, an dem Alba ermordet wurde, hat Stiller kein direktes Alibi. Er wurde jedoch auch nirgends gesehen. Ich habe nochmals die gesamte Nachbarschaft der Löwenstraße befragt, Stillers Bild gezeigt, ohne Ergebnis." Kathrin Schröder zog ihrerseits ein weiteres Blatt hervor: „Und dann habe ich noch dieses hier aus dem Internet gefischt:

*Fa. Aquarien- und Reptilien-Center: č. p. 145, CZ-34534 Klenči pod čerchovem Vögel, Papageien, Kakadus etc., Raubkatzen, Kampfhunde, Affen und etwaige andere Wirbeltiere. Amphibien, Reptilien, alle Schlangenarten, auch Giftschlangen. Welche Reptilien- und Amphibien wie zu erhalten sind und was dabei vom Kunden als auch von uns erwartet wird, finden Sie in dieser Online-Suchmaschine. Wir machen Ihr Hobby erst möglich!"*

Heinz Ratmund runzelte die Stirn, „Das heißt, jeder könnte auf diese Weise an eine südamerikanische Viper gelangen." „Ja", bestätigte Kathrin Schröder, „jeder – auch Dr. Stiller!"

MITTWOCH, 8. JUNI

Anna Tierse konnte machen was sie wollte, ihre Gedanken drehten sich um Walther Stiller. Sie stand am Fenster ihres Zimmers, schaute hinaus auf die Straße. Ein rotes Auto fuhr langsam vorbei, auf einem Fahrrad saß ein Schornsteinfeger in schwarzer Berufskleidung und winkte Anna zu. Aber ihr Blick nahm kaum wahr, was draußen passierte. Anna drehte sich um, setzte sich an ihren

Schreibtisch. Sie war sich sicher, Stiller konnte kein Mörder sein.

Kathrin Schröder hatte ihr auf ihr Drängen seine Version des Geschehens im Oberschulamt mitgeteilt: Er hatte Geräusche gehört, die offene Tür gesehen, wollte helfen und war vom wahren Täter niedergeschlagen worden. Natürlich stimmten seine Aussagen, Anna glaubte ihm. Die Zeitangaben, sein ganzes Verhalten, alles sprach dafür – nur die Umstände deuteten scheinbar auf anderes hin. In dieser Lage konnte nur sie helfen, Anna spürte, sie hatte einen Faden zur Lösung der Situation in der Hand. Da war etwas, was sie wusste und vergessen bzw. übersehen hatte. Und dieses Etwas stand im engeren Zusammenhang mit dem gemeinsam erlebten Geschehen, Anna war sich da sicher. Innerlich ging sie noch einmal alle Stationen des Abends durch. Das zufällige Treffen im Theater? Anna dachte nach. War da irgendetwas Besonderes passiert? Sie schüttelte den Kopf, nichts, was ihr aufgefallen war. Die Fahrt zum Boschareal? Nein, auch da gab es keine Besonderheiten. Und das gemeinsame Essen im „Felix"?

Anna überlegte wieder, Stiller und sie unterhielten sich sehr angeregt, doch der Inhalt der Gespräche stand nicht mit dem Geschehen in näherer Verbindung. Nein, auch das war es nicht. Dann kam der Rückweg durch die Breitscheidstraße, auf dem er sie begleitet hatte ... Halt, da gab es etwas, das mit diesem Rückweg zusammenhing. Anna konzentrierte sich, versuchte sich die Situation als Bildfolge ins Gedächtnis zu rufen. Sie bogen in die Silberburgstraße ein, schräg gegenüber lag der Behördenbau ... Doch es ging in ihrer Erinnerung nicht um den angeblichen Tatort. Jedenfalls war ihr an dem Gebäude nichts weiter aufgefallen, sie war völlig ins Gespräch vertieft gewesen und achtete kaum auf die Umgebung.

Anna konnte daher nicht sagen, ob irgendwelche Personen dort gewesen waren. Kathrin Schröder hatte sie dazu schon eingehend befragt. Aber, woran sie sich erinnern musste, es hing mit Menschen zusammen, es handelte sich um eine Personenfrage.

Und plötzlich fiel Anna Rüdiger ein, seine Wut über den Bericht seines ehemaligen Kollegen Matthias Bange. Der hatte behauptet, er sei Anna und ihrem Begleiter gegen Mitternacht in der Silberburgstraße begegnet.

Richtig, das war es! Er habe sie beide zusammen gesehen, sagte er. Es konnte demnach sein, dass Bange mehr über ihren Begleiter erfahren wollte und voller Neugier Stiller später noch gefolgt war? Damit avancierte er zum wichtigen Zeugen für das wahre Geschehen, wurde sozusagen zum Kron- und, so hoffte Anna, zum Entlastungszeugen! Sie musste sofort Kathrin Schröder anrufen.

Zwei Männer betraten das Gebäude durch den Hintereingang. Die dortige Metalltür war durch einen vierstelligen Zahlencode vor unbefugtem Zugang gesichert. Kein großes Problem für einen umgebauten Passwordcracker. Ein Ansatz, ein kurzes Drehen, ein Klicken, die Tür öffnete sich. Die Männer traten mit größter Vorsicht in das Innere.

Im Gebäude selbst war alles ruhig, es herrschte Abendstimmung. Der Nachtpförtner in seiner Loge starrte auf einen kleinen Fernseher, auf dessen Bildschirm die deutsche Fußball-Nationalelf Turnübungen vollzog. Was draußen auf dem Gang geschah, nahm der Mann nicht wahr. Die beiden Gestalten kamen mühelos an seinem Kabuff vorbei und schlichen lautlos die Treppen nach oben. Im dritten Stockwerk öffneten sie mit einem Metallstück die Tür eines der Büros auf der rechten Seite und glitten in den Raum.

Der eine Mann zog einen Akkubohrer aus seiner Umhängetasche, bückte sich und befestigte mit drei raschen Bohrungen ein kleines schwarzes Kästchen an der Unterkante des Schreibtisches. Aus dem Kästchen hingen zwei Kabelenden. Sorgfältig verband der Mann die Enden der Drähte mit der Telefonbuchse. Der andere hatte inzwischen einen kleinen, flachen Gegenstand in der Größe einer Zigarettenschachtel hinter ein Aktenregal geschoben und ein Zählwerk eingestellt.

Rasch beseitigten sie alle Spuren und verließen das Haus auf dem gleichen Weg, auf dem sie hinein gelangt waren. Der Pförtner beschäftigte sich noch immer mit Fußball und nahm nicht wahr, wie die Stahltür leise geschlossen wurde.

## Donnerstag, 9. Juni

Inspektor Ratmund klingelte an der Tür des Hauses Sauerweg 14. Ein kräftiger, dicker Mann mit Halbglatze, Dreitagebart und einer großen Trollinger-Nase öffnete. Der Inspektor zückte seinen Dienstausweis: „Ratmund, Kripo Stuttgart. Sind Sie Herr Matthias Bange und ehemaliger Kollege von Rüdiger Tierse?"

Der Mann starrte Ratmund verdutzt an: „Ja, das stimmt", sagte er zögerlich, „ist was nicht in Ordnung?" „Das könnte man sagen", erwiderte der Inspektor und bemühte sich um einen sehr amtlichen Tonfall. „Ich müsste Sie dringend um einige Auskünfte ersuchen! Aber ..." Ratmund blickte sich um und schüttelte den Kopf; „aber nicht in aller Öffentlichkeit."

„Ich verstehe, kommen Sie doch bitte herein", antwortete der Dicke und seine Stimme klang fast ängstlich. Heinz Ratmund ließ sich nicht zweimal bitten, er setzte auf den Überraschungseffekt. So nervös, wie der Mann war, stimmte etwas nicht. Er musste das Geschehen in der Breitscheidstraße mitbekommen, direkt erlebt und gesehen haben. Womöglich war er sogar derjenige, welcher in der Nacht, als der Mord geschah, die Polizei alarmierte. Und trotz seiner Beobachtungen, trotz der sicher eindrücklichen Erlebnisse hatte der Mann geschwiegen. Ein äußerst seltsames Verhalten, dem Ratmund auf den Grund gehen wollte.

Er schloss die Haustür, sie gingen durch einen schmalen, dunklen Flur. Matthias Bange führte ihn in ein unaufgeräumtes, schäbig möbliertes Wohnzimmer. Die Luft war abgestanden und stank nach kaltem Rauch. Überall lagen Zeitschriften umher, auf einem Beistelltisch standen Gläser und zwei leere Rotweinflaschen. Ein Aschenbecher quoll über. Und der Boden war schon lange nicht mehr gesäubert worden.

Herr Bange räumte hastig alles beiseite und bat den Inspektor, sich auf das Sofa zu setzen. „Möchten Sie einen Kaffee?" Ratmund dankte und lehnte ab. Er meinte, er wolle gleich zur Sache kommen, seine Zeit sei knapp bemessen: „Also, Sie waren in der Nacht vom Dienstag, den 31. Mai zum Mittwoch, den 1. Juni in Stuttgart in der Breitscheidstraße. Richtig, Herr Bange?"

Der Mann blickte den Inspektor völlig überrascht an: „Woher wissen Sie das? Ich ... also ...ja ...", stammelte er. Ratmund hakte sofort nach: „Wo waren Sie genau, was haben Sie gesehen, was ist passiert? Konzentrieren Sie sich, ich rate Ihnen dies zu Ihrem eigenen Besten!", fügte er hinzu. Bange schaute ganz verstört auf Ratmund und setzte mehrmals an, bis es ihm schließlich mit Mühen gelang, einen vollständigen Satz hervorzubringen: „Ich hab', habe nichts getan, ich bin nur spazieren gegangen."

„Sie liefen also die Breitscheidstraße entlang und ...?" Bange schluckte, atmete tief ein und dann erzählte er. Er habe in der Stadt eine Bekannte, die Frau eines früheren Kollegen, in fremder Begleitung gesehen und sei einfach neugierig gewesen. Unauffällig folgte er dem Pärchen, aber da sei nichts weiter geschehen. Der Herr in der Begleitung der Dame, ja, es war Anna Tierse, habe sich zunächst mit ihr unterhalten und sich schließlich ganz korrekt von ihr in der Silberburgstraße verabschiedet. Nein, er habe nicht verstanden, worüber sie gesprochen hätten, der Abstand war zu groß. Die Frau sei dann in ihren Twingo gestiegen und abgefahren. Der Mann habe ihr noch kurz nachgeblickt und sei anschließend zügig zurückgelaufen. „Das war dann alles", beendete Matthias Bange seinen Bericht.

„Mehr wollen Sie nicht beobachtet haben?", Inspektor Ratmund runzelte die Stirn. „Da liegen mir aber ganz andere Angaben vor." Bange zögerte sichtlich. „Also los, reden Sie, Mann, Sie haben nichts zu befürchten, wenn Sie die Wahrheit sagen. Im anderen Fall ..." Der Inspektor schwieg bedeutungsvoll.

„Ich habe da noch etwas Seltsames mitbekommen. Und – Sie müssen mir versprechen, mich zu schützen – ich wurde bedroht und ich habe einfach Angst." Der Mann sah wirklich sehr bleich aus und seine Hände zitterten, ein Alkoholiker, diagnostizierte Ratmund: „Nun machen Sie sich keine Sorgen, wir werden uns um Sie kümmern. Erzählen Sie einfach, was geschehen ist!" Zögernd fing Bange an, zu berichten. Erst stockend und langsam, dann mit immer festerer Stimme und in klarer Ordnung erzählte er den zweiten Teil seiner nächtlichen Erlebnisse. Er sei also dem Begleiter Anna Tierses in vorsichtigem Abstand gefolgt, wollte einfach mehr über den Mann erfahren. Plötzlich sei dieser links in die Breitscheidstraße abgebogen, habe dort angehalten und zu den Fenstern eines großen Gebäudes heraufgeschaut. Ja, er glaube, jenes Gebäude müsse das Oberschulamt sein. Er selbst sei zwar noch nie dort gewesen, aber Kollegen hätten davon berichtet. Nun, die Türen des Gebäudes standen offen und oben am Fenster seien Bewegungen gewesen.

Ob er habe erkennen können, wie viele Personen sich dort aufgehalten hätten?, fragte Ratmund ihn. „Nein, das nicht, aber dann gab es so ein merkwürdiges Geräusch und dieser Begleiter von Frau Tierse rannte daraufhin ins Haus!

„Sie blieben stehen und beobachteten weiter?",
forschte Ratmund gespannt.

„Ja, ich wollte halt sehen ...“

Bange stand plötzlich auf und ging an den großen
Vitrinenschrank, der die eine Wand des Raumes ausfüllte.
Er öffnete ein Fach und holte eine Flasche Remy Martin
sowie zwei Cognac-Schwenker hervor. „Ich brauche jetzt
einen Schluck, möchten Sie auch?"

Ratmund hielt es für angebracht, auf scheinbar glei-
cher Ebene mit dem Zeugen zu bleiben und ließ sich ein
Drittel des Glases vollschenken. Herr Bange füllte das seine
bis zum Rand und kippte den Inhalt in einem Zug hinunter.
„Ah, das tut gut!", sofort wiederholte er die Prozedur.

Der Inspektor nippte nur an seinem Cognac und
schaute Herrn Bange auffordernd an. „Also, ich blieb stehen, wollte einfach wissen, wie die Sache weitergeht. Und
da sehe ich diesen anderen Mann, ganz in Schwarz und die
Augen waren nicht zu sehen. Der steht gleichfalls an der
Ecke und schaut zum Eingang. Und dann kommt noch
einer, auch ganz in Schwarz. Der rennt aus dem Gebäude
und ruft dem ersten Dunklen zu, es sei alles erledigt und
fragt: ‚Hast du angerufen?‘ Der erste antwortet: ‚Ja‘ und
dann dreht sich der eine um ...“ Bange endete abrupt, starrte vor sich hin und schwieg.

Inspektor Ratmund wartete einen Augenblick, bevor
er Bange vorsichtig zum Fortsetzen drängte: „Und dann,
was ist noch passiert? Erzählen Sie! Sie haben doch fast
alles berichtet, jetzt kommen Sie zum Schluss und Sie
haben es hinter sich!“ Aber Matthias Bange schwieg weiter hartnäckig.


„Und damit endete das Gespräch, mehr war aus dem Kerl
einfach nicht rauszubekommen. Schlimmer noch, der Bursche fing an zu heulen und bekam einen regelrechten Ner-
venzusammenbruch. Er hyperventilierte, sein Kreislauf
sackte völlig ab, ich musste den Notarzt holen.“ Heinz

Ratmund sah Kathrin Schröder an. „Jedenfalls hatte deine Freundin Anna Tierse recht mit ihrer Vermutung. Dieser Bange hat etwas gesehen, was Dr. Stiller eindeutig entlastet. Das steht fest und wir sollten umgehend unserem neuen Chef Maier davon berichten." „Ja", stimmte Kathrin Schröder nachdenklich zu, „aber dieser Bericht hat Konsequenzen für den Fall, ich weiß nur noch nicht, wie wir weiter vorgehen."

„Und ich möchte vor allem wissen, was dieser Bange noch alles so mitbekommen und bislang einfach nicht erzählt hat", brummte Ratmund. „Wovor hat der Mann solche Angst?", fragte Kathrin Schröder. „Jemand muss ihn bedroht oder unter Druck gesetzt haben." „Richtig, das vermute ich auch, doch meine Frage geht weiter: Wer steckt dahinter? Das ganze Tatgeschehen muss organisiert und vorbereitet gewesen sein. Banges Beobachtungen, die er uns mitteilte, die zwei Männer, die Sache mit dem Anruf, alles das zeigt uns deutlich: Der Mord war geplant!"

„Also keine Einzeltat eines durchdrehenden Studienrats, dem man die Beförderung versagt hat. Maiers ganze Psychologie hat in die Irre geführt." Heinz Ratmund lachte: „Wenn unser so genannter Chef den neusten Sachstand erfährt, wird er platzen wie eine Bombe."

Die Detonation fegte die Fensterscheibe aus dem Rahmen, wie der Wind ein welkes Blatt zur Seite treibt. Hunderte von Glassplittern regneten auf die Straße, ein dunkler Qualm schoss aus der geschwärzten Fensterhöhle und schob sich in gräulichen Schwaden zum Himmel empor. Der Büroraum war verwüstet. Aktenordner lagen halb zerfetzt auf dem Boden, angeschwärztes Papier flatterte durch den Raum.

Regierungsamtmann Bardel rannte geistesgegenwärtig zum Abstellraum neben den Toiletten und riss den Feuerlöscher von der Wand. Schon war er wieder am Ort der Explosion und bekämpfte die zahlreichen kleineren Brände mit dem Schaumstrahl. In den Gängen herrschte dagegen Panik. Alles drängte über das Treppenhaus ins Freie. Sekretärinnen, Verwaltungsbeamte, Regierungsdirektoren, Schuloberräte und eine Vielzahl von Ministerialdirigentinnen stießen sich in Panik beiseite. Die über Jahre zementierte Hierarchie zerbrach, die Ordnung des Hauses Breitscheidstraße Nr. 42 löste sich vollständig auf.

Beschleunigt wurde der Untergang, als plötzlich eine zweite Detonation das Haus erschütterte. Bardel schleuderte es in den Gang hinaus, wo es ihn gegen eine Besuchersitzecke drückte. Derart gut aufgefangen passierte ihm außer einer Prellung nichts weiter. Etliche Personen wurden vom Druck umgeworfen und rissen weitere zu Boden. Sämtliche Scheiben der Frontseite wie auch gegenüber im Staatsanzeiger-Verlag gingen zu Bruch und eine halbe Wand im hinteren Bereich der dritten Etage brach in sich zusammen. In dieses Chaos stießen die Einsatzfahrzeuge der Feuerwehr, die Ambulanzen und die Streifenwagen der Polizei.

„Die Polizei hat Ihnen nichts mehr vorzuwerfen. Offenbar waren Sie wirklich nur zufällig am Ort, Herr Dr. Stiller. Sie müssen entschuldigen, aber meine Leute waren einfach zu übereifrig. Wissen Sie, ich lasse meinem Team weitgehend freie Hand. Da kann so ein Irrtum schon mal passieren." Kommissar Maier blickte Walther Stiller an und blinzelte vertraulich. „Also, nichts für ungut, Sie können dann gehen, Herr Stiller!"

Walther Stiller, der Maier gegenübersaß, blickte den Kommissar unverwandt an und schüttelte den Kopf: „Neun Tage lang haben Sie mich inhaftiert, Herr Maier. Und dies trotz der Intervention meines Anwalts. Und jetzt wollen Sie alles durch den angeblichen Übereifer Ihrer Untergebenen, für deren Tun Sie verantwortlich sind, entschuldigen? Nein, so nicht, Herr Maier, pardon Herr Kommissar. Sie, Herr Kommissar Maier, werden jedenfalls noch von mir hören, das garantiere ich Ihnen."

Stiller erhob sich ohne Eile, nahm seine Tasche, öffnete die Tür und verließ das Präsidium. Kommissar Maier blickte ihm nach und fluchte. Wenige Zeit später erreichte ihn die Meldung über die Ereignisse in der Breitscheidstraße.

Walther Stiller war von der Polizei direkt zur Schule gefahren, das mündliche Abitur nahte und er hatte Kandidaten in der Prüfung. Die Kollegen begrüßten ihn und wunderten sich, dass solche „Schwerverbrecher" wie Stiller so rasch wieder auf freiem Fuße gesetzt wurden. Aber auch dieser Spaß ging vorüber, man musste sich mit wichtigeren Dingen beschäftigen.

Man traf sich daher in der sechsten Stunde zu einer Abiturkonferenz. Die Papiere wurden gesichtet, Noten genannt und verglichen: Die Ergebnisse des Jahrgangs waren mittelprächtig bis ordentlich, auch die Wiederholer hatten es diesmal geschafft. Die Besprechung drehte sich daher primär um die Prüfungen, die man an anderen Gymnasien abnehmen würde. Die sonst so vielfältig vorhandenen Vorschriften beschrieben die aktuell entstandene Prüfungsrealität eher ungenau. Man war wieder einmal auf sich selbst und die eigene Improvisationskunst angewiesen.

Dafür gab der Nachfolger des ermordeten Regierungsschuldirektors, ein Herr Umbritsch, neue dienstliche Weisungen heraus, die sich auf die Kleidungsetikette bezogen. Nun ja, der eine oder andere Kollege war über diese Thematik etwas irritiert. Gut gemeinten Hilfestellungen zu den Bereichen Qualitätskontrolle und Qualitätssicherung folgte man im Allgemeinen gern. Aber erzieherische Hinweise für hoch qualifizierte, akademisch gebildete Fachkräfte schossen kräftig am Ziel vorbei.

Als Stiller sich später ins Netz einloggte, sprang ihm als letzte Neuigkeit eine fette Schlagzeile entgegen: *„Doppelte Detonation im Oberschulamt Stuttgart. Wie durch ein Wunder wurde niemand verletzt. Hoher Sachschaden. Die Polizei ermittelt!"*

Verrückt, nach außen gab man in der Tradition eines Königs von Württemberg Regelungen über zu tragende „Dienstuniformen" bekannt und dann explodiert einem der eigene Laden unterm Hintern. Dieser Knalleffekt hatte schon etwas von einem rächenden Zufall. Andererseits zeigte der Anschlag, wie gefährdet wichtige Schaltstellen der Regierungsarbeit im Land waren; eine recht bedenkliche Situation.

Ziegler und seine Leute von der Spurensicherung waren vor Ort. Dort lag alles kreuz und quer, so wie der „explosive" Zufall die Dinge umher geschleudert hatte. Schon im Eingangsbereich lagen die Glastüren in Trümmern, von der Wand hingen die Anschläge, ein Fetzen kündete ein Hoffest am 21. Juni an. Dieses würde wohl nicht mehr stattfinden, soviel war sicher. Doch zum eigentlichen Geschehen konnte man vorerst nur Mutmaßungen anstellen. In diesem rußgeschwärzten Chaos von Holz, Papier, Betonresten und Stofffetzen schien es kaum möglich, Hinweise und konkrete Spuren ausfindig zu machen.

Erst allmählich wurden die Konturen des Geschehens deutlicher. Nach Aussagen der Augen- und vor allem Ohrenzeugen hatte es im Abstand von rund fünf Minuten zwei Explosionen gegeben. Die erste ereignete sich exakt um 14 Uhr. Regierungsamtmann Bardel, schon wieder etwas erholt, bestätigte diesen Zeitpunkt. Er berichtete, wie er mit dem Schaumlöscher kleinere Brandherde bekämpfte und dann eine weitere Detonation ihn geradezu hinausfegte. „Da können höchstens drei bis vier Minuten seit dem ersten Knall vergangen sein", schätzte er den Zeitabstand ein.

„Sie können von Glück sagen, dass Sie sich gerade im Türschwellenbereich und nicht im Zimmer befanden. Das hätte Sie übel erwischt, Herr Bardel", meinte Ziegler. In diesem Augenblick erschien Kommissar Maier mit seinem kompletten Team. Er begrüßte den Leiter der Spurensicherung und überschüttete ihn sofort mit einer Vielzahl von Fragen: „Tag, Ziegler, schöne Sauerei hier. Was ist eigentlich passiert? Wie ist die Spurenlage? Welche Art von Explosion war es? Kennen Sie den Sprengstoff? Also, was haben Sie an Informationen für uns?"

Ziegler schätzte es nicht, gleich so mit Fragen überhäuft zu werden. Er wandte sich betont langsam Kommissar Maier zu: „Tag auch. Das sieht nach einem ferngezündeten Sprengsatz mit einer Nachladung aus." Er drehte sich zu einem seiner Leute um, der, weiß verpackt, behutsam partikelgroße Kleinstteile in Plastiktüten einsammelte. „Herr Noll, können Sie schon was zum Zündertyp sagen?" Noll schloss in aller Ruhe seinen Sammelvorgang ab und kam zur Gruppe geschlendert. Er zog einen bereits gefüllten und etikettierten Beutel hervor und hielt ihn hoch.

„Hier drinnen habe ich den Überrest eines 433 Mhz 3-Kanal Fernzünders. Der 433, wie wir ihn nennen, wird primär zum elektrischen Zünden bis zu einer Entfernung von 1000 m direkt verwendet. Die Zündspannung beträgt 9.6 Volt mit LR6 NiCd Akkus oder 12 Volt mit LR6 Batterien. Der maximale zulässige Zündstrom pro Kanal liegt bei jeweils 6 Ampère. Die Zünddrahtbefestigung erfolgt über Klemmen, aber auch andere Systeme sind möglich. Drei Kanäle lassen sich unabhängig voneinander schalten. Bei einer Größe von 15 x 6 x 6 cm und einem Gewicht von 600 g ideal einsetzbar."

„Sie gehen von einer verdrahteten Fernzündung aus?", fragte Inspektor Voller interessiert. „Ja und ich weiß auch schon, wie das Ganze vonstatten ging." Noll grinste. „Der Kerl muss sich ausgekannt haben, er bediente sich zur Zündübertragung der Telefonbuchse. Ein Anruf und der 433 zündete. Es kann dabei allerdings Probleme mit der Spannung geben, dazu müssen die Kanäle gleich geschaltet sein." „Und der zweite Sprengsatz?" forschte Kommissar Maier.

„Dabei handelte es sich um eine Erschütterungszündung. Die kinetische Energie der Erstdetonation ließ im zweiten Zünder eine Art Zeitschaltung anspringen. Das ist aber nur eine Vermutung. Bisher haben wir kaum verwertbare Materialien vom Zweitsatz finden können. Als Sprengmaterial wurde jedenfalls herkömmliches TNT verwendet." „Danke, Sie haben uns sehr geholfen." Der Mann wandte sich wieder seiner Arbeit zu.

Maier überlegte, sprach dann Ziegler erneut an: „Wissen Sie, wie man sich diese Dinge beschaffen kann?" Ziegler nickte: „Die NVA hat uns freundlicherweise jede Menge Sprengstoff hinterlassen. Damals nach der Wende wurden die Zünder auf Flohmärkten verhökert. Und das

Sprengmaterial verschwand gleich kiloweise. Auch die Russen ließen '94 bei ihrem Abzug ganze Kisten ohne Sicherung zurück. Also, wer wollte, der konnte sich bestens für die Zukunft eindecken." Mit diesen Worten drehte Ziegler den Ermittlern den Rücken zu und machte sich wieder an seine Arbeit.

Der Kommissar und seine Gruppe besichtigten jetzt noch den Explosionsraum, den eigentlichen Ort des Geschehens. Sie starrten auf die schwarze Brandstätte und zogen sich dann zurück. Es gab hier vorerst nichts weiter zu tun für sie. Verhöre mit dem vom Anschlag betroffenen Personal waren zurzeit nicht möglich. Etliche hatten einen Schock erlitten und wurden ärztlich versorgt. Bis auf den Regierungsamtmann Bardel war keiner mehr im Hause. Überhaupt wurde das gesamte Gebäude fürs Erste geräumt, was der umsichtige Bardel und ein Organisationsteam mit Hilfe eines städtischen Bautrupps vom Hotel Sautter aus organisierte. Es würde aber noch Tage dauern, bis der Notbetrieb einigermaßen zum Laufen käme. Kommissar Maier kehrte daher mit seinen Leuten zur Lagebesprechung zurück in die Hahnemannstraße.

„Liebe Kollegen, dieser doppelte Anschlag verändert die Grundlagen und die Richtung unserer bisherigen Ermittlung vollständig. Unser Hauptverdächtiger, schon durch die Aussagen des Herrn Bange ziemlich entlastet, scheint im Spiegel der jüngsten Ereignisse vollständig rehabilitiert. Für diese Sprengstoffanschläge kann Dr. Stiller wirklich nicht verantwortlich gemacht werden. Ihre diesbezüglichen Überlegungen, meine Herren", Kommissar Maier schaute die Inspektoren Voller und Ratmund direkt an, „sind hoffentlich völlig gegenstandslos." Maier machte eine Pause, sah zu Frau Heine, die heute ein kurzes Etwas in gewagtem Schnitt und somit viel Haut zur Schau trug.

„Wir müssen also völlig neu mit unseren Untersuchungen anfangen, Chef?", flötete die Heine und beugte sich über den Tisch zur Kaffeetasse. Interessiert verfolgten die Herren diese Aktion. Kommissar Maier seufzte, löste mit Mühe seinen Blick und kehrte zum Thema zurück, indem er die Frage seiner Assistentin aufgriff: „Ja, ganz recht Frau Heine, wir müssen von vorne beginnen."

„Ich halte das für eine Banden- oder sogar Terroraktion, eigentliche eine Nummer zu groß für unsere Abteilung", warf Voller ein. „Sagen Sie das nicht", hielt Maier dagegen, „wir haben hier schon ganz andere Fälle gelöst. Jedenfalls ..." Er hielt inne, denn es klopfte. Die Sekretärin der Abteilung, Frau Sutt, kam herein: „Ein Anruf für Sie, Herr Kommissar, dringend!" Maier eilte hinaus und schloss die Tür.

Die zurückgebliebenen Mitglieder des Teams begannen zu überlegen, wie sie in dem Fall weiter kommen könnten. „Wir müssen uns vor allem mit dem benutzten Sprengstoff beschäftigen", meinte Inspektor Ratmund. „Das Sprengmittel selbst, seine exakte Herkunft, die gezeigte Qualität, die Zündtechnik – wenn wir das alles wissen, sind wir bald ein gutes Stück weiter." „Ich denke, wir sollten primär feststellen, was die beiden ersten Opfer und die Anschläge verbindet", warf Voller ein. „Dazu habe ich bereits einige Informationen", schaltete sich Kathrin Schröder ein, die bislang geschwiegen hatte. „Das Büro im Oberschulamt, in dem die Detonation stattfand, wird von einem Dr. Bari genutzt. Sie wissen, unsere Opfer Dr. Alba und Rolf Clippert arbeiteten zeitweise mit Dr. Bari zusammen." Heinz Ratmund stieß einen anerkennenden Pfiff aus: „Na, wenn das keine heiße Spur ist ..."

Er wurde durch die Rückkehr von Kommissar Maier unterbrochen. Maiers Miene war finster, er knallte die Tür ins Schloss und ließ sich schwer auf seinen Stuhl fallen. Alle blickten gespannt auf ihn, was war nun schon wieder los? Der Kommissar schüttelte den Kopf, raffte sich dann auf und schaute die Beamten der Reihe nach an: „Liebe Kollegen, das war es wieder einmal. Wir sind den Fall los."

Ringsrum erhob sich erstauntes Gemurmel. Maier erklärte: „Der Staatsschutz rief den Polizeipräsidenten, der wiederum mich an und teilte mir ohne Wenn und Aber mit, wir hätten den Fall sofort abzugeben. Auf Erklärungen verzichtete er, habe, wie er einfließen ließ, auch weiter keine. Von Seiten des Staatsschutzes beruft man sich auf übergeordnete Belange, höhere Notwendigkeiten und die Schwere des Falles als solchen. Mehr schien den hohen Herren als Begründung für ihr Eingreifen unnötig. Der gesamte Fall, die Verfolgung der Sache Dr. Alba sowie des Mordes an Rolf Clippert und erst recht die Sprengstoffangelegenheit, wird uns mit sofortiger Wirkung entzogen. Ein Beamter der Staatsschutzabteilung wird am Montag kommen und die kompletten Akten abholen. Ab sofort haben wir jegliche Ermittlung in den genannten Angelegenheiten einzustellen."

Maier schlug wütend auf den Tisch: „Ich habe natürlich mit Nachdruck protestiert. Aber leider ohne Erfolg, der Polizeipräsident meinte nur, wir ...", Maier schnaubte, „wir sollten uns auf die normalen Mordfälle konzentrieren, da hätten wir genug zu tun." Kurze Pause. „So lautete die Anweisung des Polizeipräsidenten."

## DIE NACHT ZUM SAMSTAG, 11. JUNI

„Wie lauteten meine Anweisungen?" Der große Mann im schwarzen Talar mit dem Zeichen auf der Brust stand mitten im Raum und bohrte seinen Blick in die Gesichter der beiden Männer vor sich. „Ich will es euch sagen, so ihr es nicht mehr wisst." Er hob drohend seine Stimme: „Das Zielobjekt ist umgehend zu liquidieren. Die Mittel und der

Einsatz spielen dabei keine Rolle. Und jetzt? Nichts!" Er trat zwei Schritte vor.

„Das Objekt blieb unversehrt, wurde nicht getroffen. Und man ist auf uns aufmerksam geworden. Ein doppelter Fehlschlag. Ihr habt versagt!" Er stieß den Männern seine Hand entgegen, sodass diese zurückfuhren. Der eine von beiden versuchte etwas zu sagen, das Geschehen zu entschuldigen. Der Mann im Talar unterbrach ihn mit einer herrischen Geste: „Nein, ich will nichts hören. Erklärungen könnt ihr euch sparen, sie interessieren mich nicht. Aber ..." Er hob den rechten Arm: „ihr wisst, ihr habt noch einen weiteren Auftrag. Und dieser muss gelingen. Ihr meldet mir bis morgen Abend den Vollzug. Habt ihr noch Fragen?" Er wartete kurz und befahl dann: „Ihr könnt gehen!"

Der Mann drehte sich um und die zwei Männer verließen eilig den Raum. Der im dunklen Talar trat zur Seite und öffnete die Tür zu einem größeren Nebenraum. Drinnen stand ein großer Schreibtisch, an dem eine weitere, dunkel gekleidete Gestalt saß. Diese drehte sich zum Eingetretenen um. „Ah, Sie sind es, haben Sie alles geregelt?" Der andere nickte: „Soweit es möglich war, ja. Aber wir sollten jetzt auf die nächsten Schritte schauen, gemeinsam überlegen, was zu tun ist. Es geht uns um die Erreichung des großen Ziels, aber die Dinge sind zurzeit etwas verschoben. Wir haben viel Zeit in Korrekturmaßnahmen investieren müssen. Ich denke, um diese Verluste auszugleichen, sollten wir eine Etappe vorziehen."

Der andere stand auf, trat an das große Fenster am Ende des Raumes und starrte in die dunkle Nacht. „Und Sie haben Vorschläge vorbereitet, wie wir diese Veränderung bewerkstelligen können?", wandte er sich wieder an den ersten. „Ja, das habe ich." Und der Mann im Talar zog eine Papierrolle aus dem Innern seiner Kleidung.

Heinz Ratmund stopfte die Papierrolle, die ihm zu Boden gefallen war, zurück in seine Tasche. Es war gegen drei Uhr am Nachmittag und Ratmund befand sich auf dem Rückweg von der Stadt nach Hause. Er kehrte schwer beladen zurück, denn heute Abend erwartete er Kathrin Schröder zu einem kleinen Essen und hatte daher einiges an kleinen und großen Besonderheiten eingekauft. Schon länger hatte er sie eingeladen, immer war irgendetwas dazwischen gekommen, heute allerdings würde es klappen.

Am Morgen hatte er seine Wohnung aufgeräumt, sogar Blumen und eine neue Tischdecke besorgt. Natürlich auch den passenden Wein, einen leichten Chablis, und die für das Abendessen notwendige Küchenutensilien. Ratmund fühlte die Lasten an seinen Armen, vielleicht wäre es doch ganz gut gewesen, ausnahmsweise mit dem Auto und nicht mit der S-Bahn in die Stadt zu fahren. Doch samstags war es schier unmöglich, einen Parkplatz zu finden.

Heinz Ratmund betrat am Ende seines Einkaufs die Rolltreppe abwärts zur U- und S-Bahnstation Stadtmitte. Unten wogten die Massen, jene bunte Vielfalt von Menschen, wie sie eine Stadt in der Größe Stuttgarts in wahrer Fülle zu bieten hat. Bankleute und Hip-Hopper standen herum, etwas abseits junge Mädchen in schwarze, verhüllende Kopftücher gesperrt, daneben bauchfreie Rundbäuche und Kurzrockträgerinnen, Gothics mit schwarz geränderten Augen, Skateboarder, die obligatorischen Andenindios mit ihrem Condor, dunkle Sudanesen, zahlreiche „Balkanesen" – alles wimmelte in der Tiefe und auf den engen Fluren der S-Bahn. Man kam an oder fuhr fort, ging schnell, rasch, langsam oder blieb stehen, telefonierte, simste, diskutierte, lachte und weinte, redete, schrie, brüllte – und schwieg.

Ratmund selbst stand mit seinen zwei Taschen am Rande dieses Geschehens und betrachtete das Gewimmel aus sicherer Distanz. Er ließ seinen Blick über die Menge schweifen. Da drüben, auf der anderen Bahnsteigseite, war das nicht dieser Bange? Der Inspektor war sich nicht sicher. Das Gesicht war rasch im Strudel der Massen verschwunden. Die Ansage verwies darauf, gleich käme seine S-Bahn. Ratmund straffte sich und machte sich zum Absprung bereit, da zog ein Getümmel auf der anderen Bahngleisseite seine Aufmerksamkeit an sich. Was war da los?

Die Masse schien sich zu ballen. Eine Schlägerei? Er müsste eingreifen, nur bis er drüben war und dann seine Taschen ... Ah, da kamen zwei Sicherheitsleute der SSB angelaufen, die würden entsprechend reagieren. In diesem Moment rauschte die S-Bahn und gleichzeitig auf der anderen Seite die Gegenbahn herein. Der Inspektor konnte das Geschehen nicht mehr genau verfolgen, sah aber auch keinen Grund, noch zu warten und stieg ein. Mit einem Ruck setzte sich die Bahn in Bewegung. Heinz Ratmund blickte auf seine Uhr, sie zeigte zwanzig vor Fünf, 16:40 Uhr, doch sein Ziel war nicht „Paddington".

„Wir sind in den letzten Wochen dem Zielobjekt deutlich näher gekommen. Unser Mitglied hat seine Kontakte erweitert und insbesondere die Verbindung zum Umfeld des neuen Ministerpräsidenten festigen können. Er wird zu dessen Begleitung gehören, wenn dieser am kommenden Freitag die Picasso-Ausstellung eröffnet." Die beiden Männer hatten sich wieder in dem großen Raum des Hauses am Hang mit dem Terrassenblick weit über die Stadt getroffen. Der Große stand an der Glastür nach draußen und schaute hinunter auf die Dächer der Häuser, hin zu den Bürohochhäusern und weiter auf die glitzernden Fassaden der Innenstadt. „Im Herbst, nach der Bundestagswahl werden die internen Entwicklungen sich weiter in unserem Sinne vollziehen. Das Ministerium wird in seiner Spitze neu zu besetzen sein. Der Ministerpräsident wird abzuwägen haben, sich entscheiden und dann schlägt unsere Stunde." Er rieb sich die Hände: „Schon jetzt hat unser Mann seinen Einfluss mehrfach geltend machen können, aber in dieser Position ..." Er schwieg vielsagend. Der andere nickte: „Und wenn wir erst den Zentralbereich gewonnen haben, wird es möglich werden, das System von innen aufzurollen!"

Es war gar nicht so einfach gewesen, diese Oberinspektorin Schröder von seinen lauteren Absichten zu überzeugen, aber schließlich hatte Stillers Charme gewonnen. Er rief sie am Freitagmittag an und bat um die Nennung von Frau Tierses Handynummer. Erst, nachdem er Kathrin Schröder hoch und heilig versichert hatte, er wolle sich nur bei Frau Tierse für ihre Hilfe bedanken und sich für all die Umstände, die er ihr bereitet habe, entschuldigen, gab sie ihm die Nummer Anna Tierses.

Er überlegte, sollte er Frau Tierse direkt anrufen oder eine SMS schicken? Möglicherweise zeigte sich Frau Tierse über die Weitergabe ihrer Nummer nicht ganz so erfreut, am besten schrieb er ihr eine SMS. Also tippte er ein: *Dank Ihrer Hilfe befreit. Würde mich gern persönlich bedanken und nicht erst auf einen Zufall warten müssen, um Sie wieder zu sehen. Walther Stiller.* Das musste genügen, etwas Mitreißenderes fiel ihm nicht ein.

Am Abend entschied er, dass es sich wohl um einen sehr schwachen Text gehandelt habe, denn die Nachricht blieb ohne Antwort. Natürlich gab es dafür auch andere

Ursachen. Wahrscheinlich hatte Anna Tierse das Handy nicht an oder sie war unterwegs oder – gewiss, er konnte jede Menge Gründe für ihr Schweigen nennen, aber richtig zufrieden stellend schienen sie ihm alle nicht. Er las, legte dann das Buch beiseite. Irgendwie konnte er sich nicht konzentrieren. Also beschloss er sich hinzulegen. Doch er fand keinen Schlaf, stand gegen Mitternacht wieder auf und zappte sich durch die Programme. Wenigstens kam er auf diese Weise zum Schlafen, wachte aber in der Nacht mehrmals auf und war um fünf Uhr wieder hellwach. Und mit dem Samstagmorgen begann für ihn das Warten erneut.

Die Uhr zeigte kurz nach Acht, jetzt musste sie jeden Moment eintreffen und der Augenblick war gekommen, auf den Heinz Ratmund lange gewartet hatte. Richtig, fünf Minuten später klingelte es, Ratmund eilte zur Tür und öffnete. Draußen stand in einem blauen, luftigen Sommer-kleid, frisch duftend und einfach hinreißend aussehend Kathrin Schröder – und in ihrer Begleitung Anna Tierse. Heinz Ratmund schluckte, damit hatte er nicht gerechnet. All sein Aufwand galt einer Dame und diese Doppelung überraschte ihn schon sehr.

„Hallo Heinz, ist das nicht eine nette Überraschung? Ich habe Frau Tierse vorhin getroffen und dachte, es gibt so viel zu erzählen, auch gerade von dem neuen Fall, in den Anna ja etwas verstrickt war. Und da habe ich sie einfach mitgebracht, du hast doch nichts dagegen oder?" Heinz Ratmund hatte, während Kathrin sprach, zu seiner üblichen Gelassenheit zurückgefunden und begrüßte Kathrin Schröder wie auch Anna Tierse freundlich. Er bat die Damen hinein, bot ihnen vorab einen kleinen Aperitif an und machte sich dann daran, sein Tafelgedeck auf drei Personen zu erweitern. Kathrin Schröder schaute sich währenddessen um. Mit hoch gezogenen Brauen nahm sie den ursprünglichen   Candlelight-Dinner-Charakter des kleinen Imbiss', wie Ratmund die Einladung bezeichnet hatte, wahr. Schau, schau, der Heinz, wer hätte das geahnt, dachte sie amüsiert. Ganz gut, dass mir Anna über den Weg lief. Andererseits, wie er wohl seine Fallstricke ausgelegt hätte? Und er trägt die Begleitung durch Anna mit Fassung, alle Achtung. Anna war das gefällige Ambiente gleichfalls nicht entgangen. Sie blickte Kathrin Schröder fragend an: „Soll ich gehen? Ich wusste nicht, dass ich euch störe." Kathrin schüttelte den Kopf: „Das wusste ich auch nicht, bleib nur."

Heinz Ratmund hatte inzwischen seine Umgestaltungen beendet und bat die Damen zu Tisch. Das Mahl begann mit einer leichten Gemüsecremesuppe mit Mandelbällchen und sollte über verschiedene Sorten von Seegetier mit Reisfladen und Tofuröllchen zu einem Walderdbeerensoufflée als Abschluss führen. Ein leichter Markgräfler: „Nein, nicht aus Ihringen, das wäre ein Kaiserstühler, sondern aus Ehrenstetten, ein Gutedel, meine Damen!", gab den nötigen Weingeist hinzu. Das Gespräch streifte verschiedene Themen und kam schließlich zum aktuellen Mordgeschehen.

Dabei fiel Kathrin Schröder siedendheiß ihr gestriges Telefonat ein und sie gestand Anna Tierse, diesem Dr. Stiller Annas Handynummer mitgeteilt zu haben. Anna reagierte unerwartet, sie wurde rot und griff zu ihrer Handtasche. Sie zog das Handy hervor, es war, wie oft bei ihr, abgeschaltet. Anna tippte den Pin ein, der Signalton kam und kurz darauf der Hinweis auf eine eingehende Nachricht. „Ihr entschuldigt mich kurz." Anna stand auf und trat ans Fenster und las den Text. „Er hat mir geschrieben!", Annas Stimme klang richtig aufgeregt, sie schaute zu den anderen: „Aber ich weiß nicht, wie ich ihn treffen könnte, es ist zur Zeit alles so schwierig."

Heinz Ratmund und Kathrin Schröder blickten sich an. Eindeutig, da hatte sich jemand verliebt. Wie konnte man ihr nur helfen? Es war Inspektor Ratmund, der die erlösende Idee hatte: „Dr. Stiller beschäftigt sich nach Auskunft seines Verlages mit diesen Dyzianern und das gleiche Forschungsgebiet wurde vom toten Otmar Werner beackert. Vielleicht kann er uns wichtige Hinweise geben? Wo wir doch gerade alles so schön versammelt sind und unseren kriminellen Adern nachgehen." Ratmund schaute Frau Schröder an, die nickte zustimmend. „Du könntest Stiller anrufen, Anna, die Nummer hast du, oder ihm auf seine SMS antworten. Wenn er Zeit hat", sie blickte fragend zu Heinz Ratmund, der zustimmend den Kopf bewegte, „wenn er Zeit hat, soll er doch hierher kommen. Dann können wir uns gemeinsam austauschen und unsere Schlüsse ziehen. Darin bist du ja gut bewandert." „Soll ich wirklich?", Anna zögerte. „Ja, natürlich, vielleicht ist Stiller auch unterwegs, wer weiß, versuch es einfach mal, ruf ihn an oder schreib!"

Dr. Stiller fuhr an diesem Abend in die City. Dem heißen Tag mit Temperaturen um die 25° folgte ein warmer Abend. Die Menschen drängten ins Freie, saßen in den Cafés, auf den Bänken oder direkt im Grünen. Es herrschte Hochbetrieb in der Stadt und ein geradezu südlicher Frohsinn. In den Brunnen am Königsplatz planschten die Kinder, überall lachte und lärmte es fröhlich. Ein Gruppe von jungen Damen mit Teufelshörnern im Haar zogen leicht geschürzt an Stiller vorüber. In ihrer Mitte führten die „Teufelinnen" einen durch eine Art Heiligenschein gekennzeichneten Engel mit. Es handelte sich um einen „Junggesellinnenabend", die letzte freiheitliche Aktion vor der Hochzeit. Die Damen zeigten sich in Fahrt, Stiller entkam gerade noch ihren liebenswürdigen Aktivitäten. Die wilde Gruppe zog zum Palast der Republik und Walther Stiller wanderte zum Eckensee. Dort waren bereits die Stege für das „Theater der Welt" eröffnet. Poesie als Motto: „Heimweh nach der Zukunft. Stuttgart träumt".

Stiller hatte nicht die Zeit, alle Aufführungen zu besuchen, hoffte aber durch die rhythmische Form, einiges von der intellektuellen und emotionalen Grundenergie des Gesamtprogramms erleben zu können. Literaturtheater, Figurentheater, Performance, Volkstheater, Tanz- und Bewegungstheater, ein Programm wie ein Kaleidoskop. Je nach Kombination ergeben sich verschiedene Bilder, ob „Schwabenblues" oder Indisches wie aus Kalkutta das Stück „Kashinama".

Am Rande des Sees schwebte auf dem Gras ein überdimensioniertes Luftkissen, von eifrigen Armen bewegt und in der Höhe gehalten. Bewegung und Leichtigkeit, der innere Raum im Außen. Ja, dachte Stiller, in den entscheidenden Momenten ist man mit sich und der Welt allein in seinem inneren Raum. In meinem inneren Raum haben noch andere Träume ihren Stammplatz als bisher gedacht. In diese Überlegungen hinein kündigte sein Handy eine Nachricht an: *Könnten uns treffen. Elfenweg 7 bei Ratmund! Anna T.*

In seiner Wohnung im Elfenweg erzählte Inspektor Ratmund inzwischen seinen beiden Gästen von aktuellen Problemen im Fahndungsbereich. Er befand sich im engen Austausch mit einem bayerischen Kollegen. In München stand man zurzeit dem Problem einer eigenartigen Mordserie relativ ratlos gegenüber: In Bad Salzungen war zu Beginn der Woche ein Handwerker mit einer Pistole vom Typ Ceska, Kaliber 7,65 erschossen worden. Ein ähnlicher Mord fand vor drei Wochen in Nürnberg und vor etwa drei Monaten in München statt.

Nach der Veröffentlichung des Phantombildes eines etwa 30-jährigen Mannes am Freitag gingen bei der Polizei in München zwar knapp ein Dutzend Hinweise ein. Eine konkrete Spur war aber nach Angaben des Bekannten Ratmunds, einem Herrn Schlicht, nicht dabei. Der Gesuchte sollte Zeugen zufolge am 8. Juni mit dem wenig später erschossenen 41-jährigen Griechen heftig gestikuliert haben. Trotz mittlerweile rund 100 Hinweisen fehlte auch im Fall des Mordes am Inhaber eines Dönerstandes am 6. Juni in Nürnberg noch eine heiße Spur. Die Mordserie hatte im September 2004 in Nürnberg begonnen. Damals wurde ein 38 Jahre alter Blumenhändler mit Kopfschüssen aus derselben Waffe getötet, ebenso im Januar 2005 ein Änderungsschneider in Nürnberg und zwei Gemüsehändler in Hamburg und München. Im Februar 2005 wurde mit der Ceska ein 25 Jahre alter Dönerverkäufer in Rostock ermordet.

„Seltsame Zusammenhänge, keiner weiß, was da wirklich dahinter steckt. Da haben wir es mit unseren ‚Oberschulamtsmorden' richtig gut", scherzte Ratmund. Kathrin Schröder hatte von der durch Heinz Ratmund geschilderten Mordserie noch nichts gehört. Für sie war dies wieder ein Beweis, welche geringe Wertschätzung bundesweite Kooperationsarbeit im ländergebundenen Polizeidienst hatte. Sie hätte dieses Thema sicher noch weiter vertieft, da klingelte es an der Tür. Ratmund schaute auf seine Uhr, kurz nach halb Zehn, ein später Besuch, dieser Stiller traute sich was. Wenn das nicht für eine gewisse Zuneigung sprach, dann kannte er die Menschen nicht mehr und konnte seinen Beruf an den Nagel hängen. Ratmund stand auf und ging zur Eingangstür, um zu öffnen. Draußen stand Dr. Stiller und streckte ihm eine Flasche Trollinger entgegen: „Sie entschuldigen mein spätes Erscheinen, aber Frau Tierse hat mich ..." Er suchte nach dem richtigen Wort. „Sagen Sie ruhig, angelockt", schlug Ratmund vor und lachte. „Kommen Sie rein, die Flasche können Sie mir ruhig anvertrauen." Stiller trat ein und Heinz Ratmund schloss hinter ihm die Tür.

War da nicht jemand hinter ihm? Matthias Bange drehte sich rasch um. Die Straße war voller Leute. Er sah in die Gesichter von Unbekannten, alles Menschen, denen er noch nie begegnet war und die mit ihm nichts zu tun haben schienen. Gleichmütig liefen oder eilten sie vorüber. Es gab kein Anzeichen dafür, dass sie irgendein Interesse an ihm zeigten. Dennoch, er konnte schon den ganzen Tag das Gefühl nicht loswerden, jemand sei hinter ihm, würde ihm folgen oder beobachten.

In der Galeria Kaufhof fiel es ihm erneut auf. Er war in der Schuhabteilung, spürte ein Kribbeln, einen Blick im Nacken. Drüben, bei den Damenschuhen dieser Typ, der schaute so interessiert zu ihm herüber. Als der Mann merkte, dass er Bange auffiel, wandte er sich rasch ab. Ein Zufall? Nun, kurz darauf begegnete ihm der gleiche Mann wieder, diesmal bei Tchibo. Er war mittelgroß, hatte braunes, etwas schütteres Haar, trug einen grauen Mantel und eine dunkle Brille. Bange reagierte, indem er rasch aus dem Laden trat und die Straße hinunter zum Rathausplatz lief. Dann eilte er in den Spielwaren-Kurz, schob Kinder und Mütter beiseite und verließ das Geschäft durch den Nebeneingang, der vor Merz und Benzig mündete. Matthias Bange lief links hoch, dann rechts und am Schillerdenkmal vorbei, durch die kleine Passage in Richtung Schlossplatz. Kurz überlegte er, ob er in der Apotheke mit den beiden Ausgängen sein Heil suchen sollte, schaute sich vorher aber nochmals um.

Niemand, er schien sich getäuscht zu haben. Seine Schritte wurden langsamer, er war etwas außer Atem geraten. Er schlenderte scheinbar ganz bedächtig auf den Königsbau zu, dort wandte sich Bange plötzlich zum Eingang der U-Bahnen und rannte die Treppenstufen hinab. Er durchquerte den unteren Vorhallenbereich, wechselte zur Rolltreppe und drängte sich durch die Leute hindurch nach unten zum Bahnsteig. Der elektronischen Anzeige nach musste jeden Augenblick ein Zug kommen.

Er schaute sich um. Niemand achtete auf ihn, von einem Verfolger war nichts zu erblicken. Er schien es geschafft zu haben, hatte den Typen abgehängt. Die Zeiger seiner Uhr zeigten 16:39 Uhr und jetzt fuhr die Bahn ein. Da erhielt Matthias Bange plötzlich einen Stoß von hinten, der ihn taumeln und nach unten stürzen ließ – die Verfolgung war zu Ende.

Am Ende gestaltete sich der Abend gänzlich anders, als sich das Heinz Ratmund am Mittag gewünscht und vorgestellt hatte. Dennoch war er mit dem Verlauf insgesamt zufrieden. Nach Stillers Eintreffen diskutierten alle vier über die verschiedenen Aspekte der Mordfälle und stellten die vorhandenen Fakten zusammen. „Kürzlich saßen wir beieinander und machten eine Bestandsaufname über die Beweislage zum potentiellen Täter Stiller – wie rasch sich die Zeiten ändern", lachte Kathrin Schröder. „Gut, Sie sind nicht der Täter, aber vielleicht können Sie doch etwas Erhellendes zum Geschehen beitragen? Immerhin diskutieren wir hier Interna, öffnen Ihnen den Zugang zu Dienstgeheimnissen, da erwarte ich schon eine Gegenleistung!", provozierte Heinz Ratmund. Stiller zuckte die Schultern: „Sie wissen, wieweit ich mit den Opfern zu tun hatte und Sie kennen meine indirekte Beziehung zu Otmar Werner, von dessen Tod ich erst durch Sie, Herr Ratmund, erfahren habe." „Und diese Dyzianistenspur, die Verbindung zu der Theosophenabspaltung, haben Sie die schon verfolgt?", fragte Anna Tierse neugierig, über die Theosophie wusste sie gleichfalls Bescheid.

Kathrin Schröder schüttelte den Kopf. „Jetzt sitzen wir hier zusammen, trinken Wein, fachsimpeln – wir sollten zum Du kommen in der Anrede, zumal die Alibifragen geklärt scheinen." Heinz Ratmund und Stiller zögerten kurz, ließen sich aber von den Damen überzeugen, der Ehrenstetter Ölberg tat ein Übriges.

„Gut, ich komme noch mal auf die Kenntnisse zurück, auch zu dem, was Anna", der Vorname ging Stiller noch nicht so glatt von den Lippen, „gefragt hat. Dieser Sektenangelegenheit bin ich auf der Spur und wäre auch weiter, wenn euer netter Chef", Stiller drohte den Inspektoren spielerisch mit dem Finger, „mich nicht unnötigerweise von meiner Arbeit abgehalten hätte. Aber ich habe noch eine andere Information. Da war etwas, was mich die ganze Zeit beschäftigte. Diesen Rolf Clippert und auch seinen Mitstreiter Alba habe ich irgendwann schon einmal gesehen. Und Sie, pardon du hast mich darauf gebracht." Walther Stiller deutete Heinz Ratmund gegenüber eine leichte Verbeugung an.

„Ich habe, wie ihr wisst, in Freiburg studiert und ich glaube, ich habe beide dort erlebt und zwar in ganz anderen Funktionen. Anfang 1980, in meinem 3. Semester muss das gewesen sein, gab es in Freiburg einigen Ärger wegen Hausbesetzungen und dergleichen. Dr. Alba und Herr Clippert, damals noch Studenten, waren da auch irgendwie dabei. Aber genaues weiß ich nicht mehr, das könnte ich aber eventuell in Erfahrung bringen." „Oh, in Freiburg habe ich demnächst auch zu tun. Ich muss zur Eurythmieschule im Zechenweg, da geht es um eine Ausschreibung und um therapeutische Fragen. Ich spiele mit dem Gedanken vielleicht doch ganz aus Stuttgart wegzugehen, mit der Wohnung gibt es Schwierigkeiten. Und in der dortigen Christengemeinschaft gibt es einen Spezialisten in Sachen Theosophen, den könnte ich wegen den abgespalteten Dyzianisten befragen."

„Du willst wegziehen? Das wäre schade, aber vielleicht klappt es doch mit einer Wohnung, wenn ich dir helfen kann", bot ihr Kathrin Schröder an. „Vielleicht sollten wir nächste Woche alle nach Freiburg fahren", schlug Heinz Ratmund vor. „Wir schauen vor Ort einmal in die Akten und befragen die Kollegen, ihr nutzt eure Quellen. Wenn jeder auf seiner Ebene forscht, finden wir bestimmt neue Anhaltspunkte." „Aber Heinz, wie wollen wir den Maier davon überzeugen. Denk an die Staatsschutzgeschichte. Offiziell dürfen wir in Sachen Alba und Clippert nichts mehr unternehmen." „Aber im Fall Werner dürfen und sollen wir aktiv sein. Und wegen des Mords an Otmar Werner fahren wir nach Freiburg. Immerhin war er dort einige Jahre als Privatdozent tätig. Und seine Dyzianisten-studien geben uns einen weiteren Grund." „Gut, aber sage Maier bloß nichts von Anna, der hat in Hinblick auf sie die merkwürdigsten Vorurteile." Die Vier wurden sich einig, am nächsten Mittwoch, Stiller würde in der Schule einen Korrekturtag einlegen, wollten sie in die Universitätsstadt fahren und sich auf die große Spurensuche begeben.

Stuttgarter Zeitung vom Montag, 13. Juni, „Vermischtes": *Ein 42-jähriger Mann übersah am späten Samstagnachmittag an der Haltestelle Stadtmitte offenbar die Bahnsteigkante zum U-Bahn Gleis, stolperte und fiel auf die Gleise. Unmittelbar danach fuhr die U-Bahn ein und überrollte den Mann. Schwer verletzt wurde er von den Rettungskräften geborgen. Der Mann starb noch am Abend seiner Einlieferung im Krankenhaus an den Folgen des Unfalls. Zeugen des Geschehens werden gebeten, sich bei der zuständigen Dienststelle der Bahnpolizei zu melden.*

### MITTWOCH, 15. JUNI

Kommissar Maier fand den Recherchevorschlag schlicht unsinnig, er könne sich nicht vorstellen, so sagte er, dass dabei irgendetwas Sinnvolles herauskäme. Aber, wenn Inspektor Ratmund unbedingt seine Zeit verschwenden wolle, bitte sehr. Auf ihn könne er getrost verzichten. Frau Schröder hingegen ... „Lassen Sie mich doch einfach agieren. Wenn etwas schief geht, Sie wissen von nichts und ich habe auf eigene Faust gehandelt. Ansonsten gilt, wie immer, der Ruhm ist Ihrer, die Lasten sind mein."

Man merkte Maier an, Frau Schröders direkte Hinweise waren ihm etwas peinlich, also winkte er ab und bemerkte großzügig: „Machen Sie, was Sie wollen, aber eine Dienstreise ist das nicht, die Spesen tragen Sie alleine!" Die Spesenfrage war Kathrin Schröder gleichgültig, der öffentliche Dienst lebte ohnehin von der Bereitwilligkeit seiner Angehörigen, auf finanziellen Ausgleich für Sondertätigkeiten und Überstunden weitgehend zu verzichten – nur der Öffentlichkeit war dies nicht unbedingt bekannt. Aber insgesamt war Maiers Widerstand geringer, als Kathrin Schröder gedacht hatte. Und so konnten sie am Mittwoch alle gemeinsam in Stillers Wagen quer durch den Schwarzwald über die Höllentalroute nach Freiburg fahren.

In Freiburg setzte Stiller Frau Schröder und Inspektor Ratmund in der Nähe des Regierungspräsidiums ab und brachte anschließend Anna Tierse zum Stadtteil St. Georgen zur Eurythmieschule im Zechenweg. Er selbst kehrte um und parkte im Stadtnahbereich in der Schwimmbadstraße.

Stiller überquerte die Dreisam, passierte das so genannte Dreisameck und die Pizzeria gegenüber und lief aufs Martinstor zu, mitten ins Zentrum und dann links rüber zur Uni. Dort begab er sich zur Skandinavistikabteilung im 3. Stockwerk des Deutschen Seminars.

Sein alter Studienfreund Giessmann residierte dort. Er klopfte an die Tür und trat nach dem „Herein" in das Zimmer. Am Fenster saß, leicht vorgebeugt ein älterer Mann, Thomas. Doch Thomas hatte sich verwandelt, sein Bart war weg, die Haare deutlich kürzer und gelichtet, ein Bauch war gewachsen. „Mensch, Walther, altes Haus, dich gibt es noch!" Giessmann sprang auf und umarmte ihn, er war trotz aller Veränderungen und Meriten der Alte geblieben. Bald schwelgten die beiden Exkommilitonen in den Erinnerungen an die Vergangenheit. „Weißt du noch, damals unsere Exkursion nach Norwegen?" „Die Überfahrt, und allen war es kotzübel." „Und der Abend in Aarhus unter der Brücke?" „Klar, weiß ich noch. Und die Wanderungen damals im Watt auf Römö." „Und Uli, der Ältere, was der trinken konnte." „Ist tot, Leberkrebs." „Und Christina?" „Auch verstorben, hat zuviel geraucht." „Ein toller Mensch, ach, Scheiße."

Sie schwiegen eine Weile. „Aber was führt dich jetzt her?", fragte dann Thomas, „erzähl mir nicht, der Zufall!" Walther Stiller gab seinem alten Studienfreund einen Überblick zu seinen Aktivitäten und seinen Erlebnissen der letzten Wochen. Giessmann fand das alles urkomisch und lachte: „Verrückt, was du erlebst. Vielleicht kann ich dir bei deinen Untersuchungen weiterhelfen. Tja, ich will einmal überlegen, was mir zu der Sache einfällt. Schon seltsam, das mit dem Gedächtnis. Erinnerst du dich zum Beispiel noch an den Heribert Gniesel? Ja, richtig, dieser pedantische Typ, hinkte wie der Leibhaftige. Absolut schüchtern, farblos, kein Kinn, hat sich später einen Bart wachsen lassen, der geborene Duckmäuser. Rate mal, was aus dem geworden ist? Das glaubst du nicht! Der hat sich hochgedient. Nach dem dritten Anlauf bekam er eine Schulleitung in der Provinz. Unser Gniesel wurde Oberstudiendirektor, das hätte ihm niemand zugetraut. Seitdem er allerdings in dieser Position tätig ist, macht er dem Kollegium der Schule die Hölle heiß. Spielt in seinem Schloss den König, ein echter Duodezfürst. Widerspruch ist zwecklos, die Schule, c'est moi!

Nun, jedenfalls war er mit Alba, der heute tot ist, gut befreundet, also damals zumindest, in den Studentenzeiten. Aber das ist schon lange her, was das für deine Recherche bedeutet, ich weiß es nicht ..." „Hast du Alba gekannt?" „Ja, schon vor dir, ich glaube, der hat sogar damals 1977 mit mir begonnen. Oder das Jahr zuvor. Der Alba – Albi haben wir ihn genannt – war ein absoluter Chaot. Mischte in der Spontiszene mit, so ein bisschen autonom, auch im AKW-Widerstand engagiert – drüben in Whyl ging's hoch her."

„Was, ein Whyl-Aktivist? Das hätte ich von dem ehrenwerten Dr. Alba nicht gedacht. Der gute Referatsleiter gebärdete sich in den letzten Jahren eher stockkonservativ", lachte Walther. „Warte nur ab, es kommt noch besser, Alba war wirklich als Aktivist überall mit dabei. Bei Demos gegen die ‚Bullen', als Hausbesetzer und wo immer Protest angesagt war." „Alba als ‚Bullenschreck', kaum zu glauben!", verwunderte sich Stiller. „Und so ein ‚Radikaler' endet als Beamter im Regierungspräsidium?" „Ja, eine bizarre Karriere, schon seltsam. Aber da muss es irgendetwas gegeben haben, was diese Wendung erklärt, es gab da Gerüchte."

Giessmann überlegte. „Ich weiß nichts über Hintergründe und genaue Einzelheiten, doch ich kenne jemanden, der dir vielleicht Insiderinfos geben könnte. Der Arthur, wir haben mal einen Schwedischkurs zusammen belegt, heute ist er beim Südwestfunk, der kannte damals alle und jeden. Ich rufe ihn gleich an, der hilft dir sicher weiter!"

Kathrin Schröder hatte zunächst das Gefühl, nicht unbedingt auf kollegiale Hilfsbereitschaft zu stoßen. Die Kollegen im Freiburger Kriminalkommissariat in der Heinrich-von-Stephan-Straße waren schlicht überlastet. Am Tag zuvor hatte sich ein dreister Raubmord ereignet. Kurz vor Ladenschluss um 20 Uhr überfielen zwei Männer eine Postagentur in der Auwaldstraße in Freiburg-Landwasser. Die betroffene Postagentur war in einem Versandhaus-Shop untergebracht. Bei dem Überfall gingen die Räuber äußerst brutal vor. Sie forderten einen Angestellten auf, den Geschäftstresor zu öffnen. Dabei setzten sie als Drohmittel ein Messer aus den Auslagen des Geschäftes ein. Der Mann versuchte zu flüchten. Es kam zu einem Kampf, in dem er tödlich verletzt wurde. Der Notarzt brachte ihn zwar noch in eine Klinik, aber dort verstarb er wenige Stunden später. Als Kathrin Schröder und ihr Begleiter Ratmund ankamen, war die Abteilung noch mit der Erstellung der Täterbeschreibung beschäftigt:

*Der erste Täter ist männlich, etwa Anfang 30 und zirka 180 cm groß. Er besitzt eine kräftige Figur, dunkle glatte Haare. Ein Deutscher, der den hiesigen Dialekt spricht. Er trug eine Sonnenbrille, blaue Jeans und ein blaues Kurzarmhemd. Der zweite männliche Täter, ist 25-30 Jahre alt, ungefähr 170-175 cm groß. Er hat eine normale Figur, kurze glatte blonde Haare, kleiner Oberlippenbart. Auch er ist Deutscher, trug ebenfalls eine Sonnenbrille, eine dunkle Hose ein gesprenkeltes helles Hemd und führte eine Plastiktüte mit.*

Na ja, dachte Kathrin Schröder, eine Allerweltsbeschreibung, ich bin gespannt, ob die Kollegen damit Erfolg haben.

Der Leiter der Freiburger Abteilung für Gewaltverbrechen, Hauptkommissar Wehrle, war selbstverständlich anderer Meinung. Er bestand darauf, 90% aller Fälle würden von seiner Abteilung direkt gelöst und die restlichen 10% im zweiten Zugriff.

„Hundertprozentige Aufklärung, unglaublich, wie schaffen Sie das?", fragte Inspektor Ratmund mit einer gewissen Skepsis. „Ja, mein Lieber", Hauptkommissar Wehrle plusterte sich geradezu auf, „das ist eine Frage der Organisation und der technischen Zugriffsmöglichkeiten. Unsere Einsatzfahrzeuge sind alle mit Internetzugang ausgestattet, das Personal durch geschulte Weiterbildung stets auf dem neusten kriminaltechnischen und fallpsychologischen Stand."

Wehrle hielt kurz inne, um genüsslich einen Schluck Kaffee zu trinken. Kathrin Schröder schaute währenddessen interessiert zu einem Bildschirm, der sich hinter Wehrle befand. Auf diesem erschien gerade eine Meldung:

*„Zündschlüssel steckte: Ertappte Diebe flüchten im Kripo-Fahrzeug. Zeugenhinweise werden rund um die Uhr unter Telefonanschluss 0761 882-4884 entgegen genommen. Per E-Mail ist die Kripo Freiburg über kripo.freiburg@pdfr.bwl.de zu erreichen.*

Anna Tierse stand vor dem Albertus-Magnus-Haus im Zechenweg. Im Garten plätscherte ein dreischaliger Brunnen im Geiste Conrad Ferdinand Meiers. Die Schalen füllten sich und flossen über und jede nahm und gab zugleich „und strömt und ruht". Doch durch die strömende Ruhe brauste auf den Gleisen der nahen Bahnlinie ein Schnellzug. Anna löste sich aus ihren Gedanken und betrat das Haus, die Eurythmie-Ausbildung befand sich im 1. Stock. Unten im Foyer hing ein Aushang zur Ausbildung:

*Das vierjährige Grundstudium mit künstlerischer Weiterbildung beginnt im Herbst. Die Ausbildung gliedert sich in die Hauptfächer Laut- und Toneurythmie. Sie werden täglich unterrichtet und fortlaufend von einer Grundlagenarbeit in Anthroposophie, Sprachgestaltung, Sprechchor, Stimmbildung und Musiktheorie begleitet. Weitere Fächer werden in das Studium eingegliedert: Poetik, Metrik, Geschichte, Kunstgeschichte, Sozialwissenschaft, Menschenkunde, Phänomenologie, Geometrie, Anatomie, Formenzeichnen und Plastizieren.*

*Die künstlerische Ausbildung dauert vier Jahre. Das erste Jahr gilt als Probejahr. Ein fünftes Jahr steht zur künstlerischen Weiterbildung zur Verfügung. Nach erfolgreicher Beendigung wird ein Diplom von der Schule erteilt.*

In einer Glasvitrine zeigten Bilder Szenen von Aufführungen und Ausschnitte aus Bühnenproben, doch ehe sich Anna in die Fotografien vertiefen konnte, kam jemand die Treppe herab und auf sie zu. Es war eine schlanke Frau mit asketischen, doch ansprechenden Gesichtszügen. Ihre Bewegungen waren gleitend, fast tänzerisch und in sich völlig harmonisch.

Die Frau blieb, als sie Anna sah, überrascht stehen: „Anna, was machst du denn hier? Ganz bestimmt keine Eurythmieausbildung, oder?" Sie lachte, trat auf Anna zu und umarmte sie voller Freude. Anna erwiderte herzlich die Begrüßung: „Klara, dich hier zu treffen, das ist eine echte Überraschung." „Ja, wir haben Glück, ich bin nur für eine Woche hier zu Besuch, um alte Freunde zu sehen. Du weißt vielleicht noch, ich begann meine erste Ausbildung hier – es konnte ja nicht jeder wie du in Holland studieren!" Klara Bylla lachte: „Doch zu dir, was führt dich hierher. Sag nicht, du wolltest dich etwa auf die Stelle in der Freiburg-Wiehre bewerben, das habe ich nämlich getan, morgen ist Vorstellung!" Anna beruhigte ihre Freundin, sie habe zwar daran gedacht, sei aber jetzt wegen Hinweisen zur Therapeutik hier und habe in Stuttgart ihre eigenen Pläne. Klara Bylla war zufrieden und schlug vor, sich nachher noch zu treffen, es gäbe sicher viel zu erzählen. Jetzt müsse sie noch das ein oder andere erledigen. Die beiden Frauen verabredeten sich daher für später im Café Lilac in der Obergasse ganz in der Nähe.

Dort trafen sie sich eine Stunde später. Schnell kamen sie ins Gespräch, plauderten über alte Zeiten, über das Jahr, als Anna, noch vor ihrer Ehe, in der St. Georgener Waldorfschule tätig gewesen war. Sie überlegten, was aus den Kollegen von damals geworden war, welche Beziehungen und Ehen entstanden, welche längst Makulatur waren. Und dann die Feste, die herrlichen Jahreszeitenfeste.

„Kannst du dich noch an unsere wunderbaren Johannifeiern erinnern? Diese riesigen Feuer, die ganze Stimmung und der Tanz oft bis in den Morgen?", fragte Anna ihre Freundin. „Ja, sicher, das war herrlich, der Sommer wurde spür- und lebbar." „Leider sind solche Feiern rar geworden, das ist bei uns in den letzten Jahren eingeschlafen", seufzte Anna Tierse. „Ich möchte das gern einmal wieder erleben!" „Oh, wenn du willst, ich weiß da von einer Veranstaltung", erwiderte Klara Bylla spontan, zögerte dann aber, ehe sie Anna erklärte: „Es ist aber ein bisschen anders als sonst." „Wieso, was meinst du?", fragte Anna nach. „Ja", antwortete Klara gedehnt, „die Leute, die das organisieren, sind etwas seltsam, solche Naturmenschen." „Das ist doch nichts Neues", entgegnete Anna.

„Sicher, aber du kennst vielleicht die Gruppe um diesen Joseph Englert, die Dyzianer?"

Anna erschrak, davon hatten Stiller und Ratmund doch erzählt. Klara Bylla fasste Annas Schweigen als Zeichen ihres Nichtwissens auf und erklärte: „Da steht alles im Zusammenhang mit der anthroposophischen Urphase. Englert war ein vertrauter Mitarbeiter Steiners während der Bauphase am Goetheanum. 1919 jedoch schied dieser Englert aus dem Johannesbau-Vorstand sowie der bautechnischen Leitung in Dornach aus. Da muss es Diskussionen gegeben haben. Genaueres weiß ich nicht. Jedenfalls wandte er sich in der Folge von Steiner und der Anthroposophie ab und gründete nach eigenen Studien die Kaste der Dyzianer als wahre Fortführung der Theosophie. Irgendwann später gab es weitere Spaltungen und wieder Zusammenführungen. Auch diese Diskussion über die wahre Lehre, du weißt, die Vertreter fanden sich vor zwei Jahren sogar vor Gericht wieder, steht da irgendwie in Verbindung. In vielem scheinen sich heute die Lehren zu gleichen. Was genau der Unterschied ist, kann ich dir nicht sagen. Alles in allem aber freundliche und sicher harmlose Leute. Ich habe einen Bekannten, der in Kontakt mit dem hiesigen Zweig steht und sich für den Kultus interessiert. Jedenfalls feiert die Freiburger Sektion am 24. Juni die Sonnenwende mit einem Johannifeuer und anderen rituellen Gestaltungen. Er hat mich eingeladen und ich frage ihn, ob du mitkommen kannst – er wird sicher nichts dagegen haben."

Thomas Giessmann legte den Hörer auf: „An diesem Alba-Fall muss einiges dran sein. Als Arthur Stobel hörte, um wen es ging, lud er uns spontan für heute Abend ein. Er hat nachmittags noch im Studio zu tun, wobei er nicht weiß, wie lange das dauert. Arthur steht uns aber auf jeden Fall am Abend zur Verfügung. Er meinte, er habe einiges zu erzählen.

Walther Stiller dachte an seine drei Begleiter. Anna, Kathrin und Heinz würden den heutigen Abend irgendwie allein verbringen müssen, denn ohne das Gespräch mit Arthur Stobel käme er nicht weiter. Bis Zehn, halb Elf, länger würde es bestimmt nicht gehen.

Für das polizeiliche Duo war der Tag beruflich nur bedingt erfolgreich gewesen. Die Kripo Freiburg ließ gerade die älteren Akten elektronisch erfassen, zum kriminellen Geschehen der 70er oder 80er Jahre konnten sie derzeit keine Auskünfte geben. In Sachen Otmar Werner waren sie dagegen erfolgreich gewesen. Werner dozierte zu Beginn der 80er Jahre an der Universität. Er hielt Proseminare ab und arbeitete an seiner Habilitation, ob Kontakte zu den anderen Opfern bestanden, konnten die beiden Kriminalbeamten so schnell nicht eruieren. Immerhin, die Koinzidenz der Räume war auffällig.

Die Gruppe traf sich am späten Nachmittag in einer Pizzeria am Martinstor. Kathrin Schröder und Heinz Ratmund berichteten von ihren Kontakten und den relativ dünnen Hinweisen. „Wir bräuchten Zeit, um den Dingen nachzugehen, an diesen Zufälligkeiten ist mehr dran, als es zunächst scheint", bemerkte Ratmund. Daraufhin erzählte Stiller von seinem mittäglichen Treffen und der Abendeinladung durch Arthur Stobel. Es sei wohl am besten, wenn er mit Giessmann allein dorthin gehe. Wenn sie alle zusammen erschienen, würde Stobel sicher weniger gesprächig sein, Journalisten seien so. Die anderen sollten sich bitte gedulden, sich einen schönen Abend machen, möglicherweise ins Kino gehen oder so, meinte Stiller.

Anna Tierse bedankte sich für seine Fürsorge, sie käme auch ohne seine Begleitung und Beratung gut zurecht, entgegnete sie ihm. Sie war über den Ausschluss von Stillers Aktivitäten etwas beleidigt und hielt deswegen ihre neuesten Informationen über diese Dyzianergruppe vorerst zurück. Die beiden Inspektoren dagegen gaben Stiller Recht. Die Quelle mochte gut sein oder nicht, jedenfalls gefährdete ein Massenaufgebot den Austausch der Informationen.

Auch sonst brauchte sich Stiller um Heinz Ratmund und den Rest der Gruppe keine Sorgen zu machen. Der Inspektor entwickelte stets einen klaren Instinkt für die Möglichkeiten einer fremden Stadt. Und mit zwei netten Damen in Begleitung war er schon länger nicht mehr unterwegs gewesen, was Ratmund zusätzlich anspornte.

Er ließ Walther daher ohne jeden weiteren Einwand ziehen. Ehe sich Kathrin und Anna versahen, landeten sie im „Blue Monday", einer Musikkneipe im Wiesengrund, und erlebten den famosen Probeauftritt von Many & the Teddyshakers, die für das Zeltmusikfestival übten. Dort würde die Gruppe im Juli im Spiegelzelt ihre Show darbieten und diesen Auftritt probten sie im „Blue Monday". Ratmund versank völlig in den Rock'n Roll-Rhythmen und sang eifrig mit. Im Halbdunkeln des Lokals wirkte er fast zwanzig Jahre jünger und erheblich schlanker. Kathrin Schröder war fasziniert, so kannte sie „ihren" Heinz nicht.

Stiller holte sie um dreiviertel Elf ab. Sie nahmen den Weg über die Autobahn zurück nach Stuttgart. Scheinwerfer schossen durch die Nacht, die beiden Betonspuren waren nahezu ausgestorben und am Rande verloren sich die Lichter der Dörfer und Städte.

Stiller lehnte sich etwas zurück. „Wie war euer Nachmittag und Abend? Erfolgreich?" „Ja, wirklich nett", antwortete Ratmund. „Besser als der Tag insgesamt oder, was meinst du Kathrin?" Kathrin Schröder hatte den Abend sehr genossen, darüber wollte sie aber nicht sprechen. Sie wich daher auf das Tagesgeschehen aus: „Ja, was uns die Kollegen boten, war nicht der Rede wert, die kochen hier auch nur mit Wasser. Nichts Neues also, aber was kam bei dir raus? Spann' uns nicht auf die Folter, erzähl!"

Stiller berichtete, was der Abend an neuen Informationen erbracht hatte. Wie bekannt, studierten Dr. Alba und

Rolf Clippert sowie der Mann, dem offenbar der Bombenanschlag gegolten hatte, dieser Dr. Bari und ein weiterer „Genosse" der Dreien namens Petters Ende der 70er, Anfang der 80er Jahre gemeinsam in Freiburg. Alfons Bari und sein Freund Heiner Petters waren beide in der juristischen Fakultät eingeschrieben. Rolf Clippert studierte Französisch und Anglistik. Alba, man glaubt es kaum, wenn man spätere Bilder von ihm sieht, studierte eine zeitweise sehr beliebte Kombination: Sport und Geographie mit Deutsch.

Das war damals die heiße Zeit mit der Antiatomkraft-Bewegung im Kaiserstuhl vor Whyl und den zahlreichen Häuserbesetzungen in Freiburg. In der Uni waren ständig irgendwelche Sit-Ins, Teach-Ins, Love-Ins oder zumindest Flugblattaktionen. Alba und Petters, aber auch Bari und Clippert mischten bei diesen Aktionen und vor allem bei den Demonstrationen in und bei Whyl kräftig mit. Auch in der Hausbesetzerszene waren die Vier mitten drin.

In Freiburg hatten die Studenten vor allem das Dreisameck besetzt. Dort feierten sie Partys, ließen Spruchbänder aus den Fenstern und warteten auf die polizeilichen Gegenmaßnahmen. Aus dieser Zeit existieren verschiedene Dokumentationen zu dem Quartett. Unter anderem etliche Hinweise auf eine recht militante Aktivistengruppe mit dem Namen ABCP, die sich besonders im „Anti-Bullen-Kampf" um das Dreisameck hervortat.

Stiller drehte sich kurz nach hinten zu Anna: „Schau bitte in meine Jacke. Links steckt ein Flugblatt der Gruppe. Arthur Stobel hat es in seinen Dokumentationen aufbewahrt und mir eine Kopie gegeben. Mach das Rücksitzlicht an und lies das Blatt bitte vor, ich kann das beim Fahren schlecht." Anna holte das Blatt hervor, knipste das Lämpchen an und las den anderen laut den Text vor:

*„Daß der Tod uns lebendig findet und das Leben nicht tot. So oder so, die Erde wird rot. Darum hauen wir die Schweinebullen platt wie Margarinestullen. Anarchie ist*

*machbar, wunderbar, Frau Nachbar!"* Und so ging es weiter, zwei DIN-A4-Seiten lang. Dem Pamphlet lag keine große Reimkunst zugrunde, auch politisch schien es eher verworren und wenig aussagekräftig. Ganz offensichtlich ein Text aus der Feder einer Spontigruppe.

Stiller kommentierte: „Vom Namen her sind die Schreiber des Flugblatts eindeutig zu identifizieren: A = Alba, B = Bari, C = Clippert, P = Petters. Das ist der Sachverhalt, den mir Stobel erzählte." Er schwieg kurz, ergänzte dann: „Seltsam ist schon, dass kurz nachdem das Dreisameck geräumt wurde, von der Gruppe und ihren Aktivitäten nichts mehr zu sehen oder zu lesen war. Die Spur der späteren Ministerialbeamten verliert sich völlig. Nur dieser Petters tauchte im Freiburger Bereich wieder auf. Er kandidiert Ende der 80er Jahre auf einer liberalen Bürgerliste, wird in den Stadtrat gewählt und – haltet euch fest – ‚konvertiert' sozusagen zur CDU! Später tritt er einer Kanzlei bei, die heute in eben diesem Dreisameck und in Stuttgarts bester Geschäftslage residiert. Wenn das keine überraschenden Wendungen im Sinne Schlegels sind!" Stiller endete, konzentrierte sich wieder auf die Fahrbahn. Es begann zu regnen.

Kathrin Schröder ergriff als erste das Wort: „Stellen wir uns das einmal vor, vier Studenten, spontane Chaoten mitten im Szenegeschehen der Jahre 1977–1980. Irgendwann ist man fertig mit dem Studium, verliert sich aus den Augen, geht eigene Wege, das wäre das Normale." „Aber so war es nicht", warf Ratmund ein. „Das kann doch kein Zufall sein, dass drei von diesen Vieren 25 Jahre später, zwar in ganz anderen Funktionen, bürgerlich ruhig und mit dem Phänomen Besitz ausgesöhnt leben, aber alle im Regierungspräsidium bzw. im Umfeld eines Ministeriums zu treffen sind. Ob die Drei sehr überrascht waren, einander dort zu begegnen? Oder handelte es sich von Anfang an um Seilschaften? Jedenfalls arbeitete die Dreiergruppe Alba, Clippert und Bari eng zusammen. Und dieser Heiner Petters ..."

Ratmund überlegte. „Da habe ich in den Akten etwas gefunden, diese Zahlengruppe auf einem Protokoll, wo das Referat unklar war. Der Geschäftsverteilungsplan des Regierungspräsidiums enthielt keine Abteilung oder ein Referat mit diesem Zahlenkürzel. Unterschrieben war diese Gesprächsmitschrift von einem Heiner Petters. Eine Persönlichkeit, die im Personenverzeichnis des Hauses ebenfalls nicht zu finden war. Briefkopf, Aufmachung und alles andere stimmte aber mit den üblichen Formbriefen des Regierungspräsidiums überein. Das wäre also der Vierte im Bunde!"

Stiller ergriff wieder das Wort: „Dieser Petters galt damals als der wirkliche Kopf der Gruppe. Er ging jedenfalls nicht in den Staatsdienst. Man munkelte zuviel über seine Vergangenheit, trotz des neuen Parteibuchs. Dann hieß es plötzlich, er sei Opfer einer Verwechslung, habe mit all dem nichts zu tun. Sein jüngerer Bruder, Ralf Petters, sei in Wirklichkeit das schwarze Schaf der Familie. Ihn habe die Polizei mehrfach festgenommen und Vergehen gegen das Betäubungsmittelgesetz vorgeworfen. Möglicherweise hätte Ralf Petters auch mit den Bombenanschlägen auf das Freiburger Regierungspräsidium in der damaligen Zeit zu tun gehabt. Personen kamen nie zu Schaden, aber ein Petters war da überall mittendrin."

„Es bleibt also unklar, welcher der Brüder Petters in diese Geschichten verwickelt war? Oder wurde hier nachträglich bewusst alles verschleiert, ein Opferlamm gesucht, um den wahren Aktivisten zu decken?", fragte Kathrin Schröder. „Für mich klingt das nach dieser Frankfurter Polizeigeschichte. Ihr wisst, wie die Nebelschwaden, die bestimmte Politiker über ihre politische Vergangenheit ausgegossen haben." „Schon möglich, dass hier Ähnliches vorliegt. Ich denke, wir müssen daher zunächst die Hauptfrage lösen: Wer ist Heiner Petters?" „Er könnte die Person von außen sein, die in diesem merkwürdigen Geschehen die Fäden zieht", überlegte Kathrin Schröder. „Wusste der Mann etwas von den Dreien? Hat er sie unter Druck gesetzt, erpresst? Hat er sie getötet? Ist Petters der Mörder?" „Da werden wir wohl ganz offiziell ansetzen müssen. Schade, dass die Akten heute nicht zugänglich waren, wir wären sicher ein gehöriges Stück weiter."

Heinz Ratmund schloss das Thema ab und wandte sich an Anna: „Erzähl unserem Chauffeur doch noch, was du erfahren hast, dann füllt sich das Bild." Anna ärgerte sich über Ratmunds lässigen Tonfall. Den ganzen Abend über hatte er sie mit seinen Bemühungen, charmant und witzig zu sein genervt. Weniger, weil Ratmund leicht unbeholfen wirkte, eher weil der gute Heinz sich primär um Kathrin bemühte und sie nur aus Alibigründen ab und zu kurz in den Abend einbezog.

„Was soll ich viel erzählen? Ich habe eine alte Freundin getroffen, die sich etwas mit den Dyzianern auskennt. Nach ihren Aussagen ist das eine harmlose theosophisch-anthroposophische Glaubensabspaltung mit einigen eigenen Ritualen, die an Freimaurer erinnern. Jedenfalls", Anna stockte kurz, fuhr dann rasch weiter fort, „jedenfalls können wir uns die Leute anschauen. Sie veranstalten ein Johannifeuer in der nächsten Woche und ich bin, mit einer Begleitung meiner Wahl, eingeladen, daran teilzunehmen."

## AM ABEND DES 17. JUNI

Bald würde Johanni sein. Die Tür öffnete sich, zwei Männer und eine Frau traten in das Innere des Gebäudes. Sie gingen einen langen, nur durch einige matte Lichter schwach erhellten Gang entlang, bis sie zum großen Pentagramm-Zimmer gelangten. Drinnen saßen an einem runden Tisch die übrigen Mitglieder des inneren Zirkels. Mit dem Erscheinen der Drei war der Kreis komplett. Der Große im dunklen Talar erhob sich und begann zu sprechen: „Unsere Gruppe ist jetzt vollständig versammelt. Wir werden heute allerdings für längere Zeit unsere Sitzungszirkel unterbrechen, denn ein Teil der Brüder und Schwestern unseres Ordens wird in die Staaten reisen, um die Zusammenlegung mit der Kirche der Wissenschaft abzuklären und in die Wege zu leiten. Wenn wir eine Seele finden, dann suchen wir einen Weg, sie zu befreien. Unser Ziel wird bereits von vielen prominenten Multiplikatoren getragen. Diese eignen sich aufgrund ihres Idol-Charakters besonders gut als Werbeträger für die gerechte Sache. Allerdings empfiehlt es sich mitunter, von öffentlichen Bekenntnissen abzurücken, ja sogar die Mitgliedschaft zu dementieren, um im Geheimen besser wirken zu können. Ich als einziger habe den gesamten Überblick und will euch heute einige Namen mitteilen, damit Ihr Zwölf wisst, wo uns wohlwollende Hilfe zuteil werden wird.

Der dunkle Mann zog eine Liste hervor und verlas mit monotoner Stimme: Kirst Alley, Anna Arche, Samuel Becker, Catherine LaBell, Sonny Bon, Nancy T. Cartwright ..., diese alle stützen die Kirche der Wissenschaft und damit auch bald unseren Orden. Doch das wird erst der Anfang sein!" „Halt!", der andere Mann in der schwarzen Kutte erhob sich und hielt die Rune als Symbol und Ausdruck seines Machtanspruches steil in die Höhe: „Brüder und Schwestern, bevor wir weiter die Zukunft betrachten. Erinnert Euch, es ist einiges geschehen, was nicht hätte geschehen dürfen. Wir müssen daher, bevor der große Schritt, von dem der Bruder sprach, vollzogen werden kann, gewisse Dinge neu greifen. Das kommende Fest wird uns ein Fanal setzen; für den Tag Johanni, Ihr Brüder und Schwestern, ist Folgendes geplant ..."

„Ihr könntet ja gern zu Eurem Johannifest fahren und euch dort volkstümlich amüsieren, wir jedenfalls haben zu arbeiten, die Sache mit diesem Petters scheint diesmal wirklich eine heiße Spur zu sein", schloss Ratmund das Gespräch ab. „Jedenfalls bin ich froh, wenn wir bald ankommen, ich bin einfach müde." Und er gähnte herzhaft, was ihm von den Damen einen leicht tadelnden Blick einbrachte.

Kommissar Maier hielt mit seiner Missbilligung der Freiburgfahrt nicht hinterm Berg: „Die ganze Tour hat ersichtlich nichts gebracht. Sie stehen doch mit leeren Händen da und das konnten Sie vorher wissen. Bei den Kollegen in Freiburg hätten Sie telefonisch vorab klären können, wie es um die Aktenlage steht. Und diese Geschichten, die Ihr Dr. Stiller da an der Universität ausgegraben haben will. Mein Gott, denken Sie an einen gewissen Innenminister, der ließ sich früher in seiner ,wilden Jugend' bei Demonstrationen gebührenpflichtig von der Polizei abtransportieren, verteidigte RAF-Leute, wurde ,grün', dann ,rot' und war am Schluss von seinen Aktionen her politisch ,schwarz', ein strammer Konservativer! Mit diesen alten Geschichten locken Sie heute keinen mehr hinter dem Ofen hervor."

Maier räusperte sich: „Und Sie wissen, der Fall ist ohnehin an den Staatsschutz abgegeben und außerhalb unserer Kompetenz. Wir konzentrieren uns besser ganz auf den Fall Werner, Herr Voller bitte!"

Inspektor Voller zog einige Papiere hervor und begann die Kollegen über seine neusten Erkenntnisse zu informieren. Otmar Werner und seine Freundin Anita Gerber schienen weniger auskömmlich miteinander gelebt zu haben, als das zunächst so erschienen war. Werner war seit etlichen Jahren geschieden und hatte eigentlich vorgehabt, Anita Gerber zu heiraten und mit ihr zusammen eine neue Existenz aufzubauen. Das Problem dabei waren seine Kinder aus erster Ehe, alle bereits erwachsen, aber immer noch mit ihm verbunden. In allem, was diese Kinder betraf, war seine Gefährtin rasend eifersüchtig. Die Aussagen der Nachbarin Frau Tüchel waren möglicherweise nicht so falsch.

„Und, Dr. Kugler hat die Angaben zum Todeszeitpunkt revidiert. Das Opfer könnte durchaus auch schon sechs Stunden früher als angenommen getötet worden sein. Also wäre es Frau Gerber durchaus möglich gewesen, von Frankfurt nachts nach Ludwigsburg zu fahren, unbemerkt ins Haus zu gelangen, Werner im Bett zu erschießen, ihn ins Auto zu packen, am Monrepos-See abzuladen, dort sein Gesicht mit einem Stein oder dergleichen zu zerschlagen und wieder zurückzukehren. Für die Nachtzeit hat Frau Gerber kein Alibi."

Voller legte eine Kunstpause ein: „Und es gibt einen Zeugen, ein älterer Herr, der spätabends seinen Hund ausführte, der eine weibliche Person, deren Beschreibung auf Frau Gerber passt, in Ludwigsburg-Hoheneck gesehen haben will!"

„Sehen Sie", Maier ergriff das Wort, „das passt doch alles. Etwaige Spuren hat die Dame im Haus später beseitigt, Zeit hatte sie genug. Das Motiv von Frau Gerber werden Sie sicher noch ermitteln. Hinweise haben Sie bereits gehört. Wenn Sie die Hintergründe geklärt haben, dann schlagen wir zu!" Maier lächelte siegessicher: „Sie merken, keine Hexerei, keine mystisch-okkulten Zirkel oder irgendwelche politischen Verschwörungen. Einfach eine Beziehungstat, nichts anderes, so wie in 80% der Fälle."

Ratmund und Frau Schröder schwiegen. Maier hatte vielleicht Recht, Heinz Ratmund konnte eine Beziehungstat nicht ganz von der Hand weisen, wobei die Motive und der ganze Ablauf noch sehr hypothetisch klangen.

„Und die Petters-Geschichte? Wie beurteilen Sie diese?", Julia Heine ergriff überraschend das Wort. Maier blickte sie wohlwollend an: „Ich bitte Sie, Frau Heine, das ist doch sonnenklar. Eine interne Schulsache, jemand fühlte sich bei den Bewerbungen übergangen und rächte sich.

Der Rechtsanwalt Petters hat damit nichts zu tun. Dr. Stiller sollte vorsichtiger in seinen Äußerungen sein, ich habe da einen Hinweis von höchster Stelle bekommen. Petters ist ein wichtiger Mann, wie mir unmissverständlich klar gemacht wurde. Für die Taten seines Bruders ist er nicht verantwortlich zu machen und er wird entsprechende Rechtsmittel einsetzen, wenn er weiterhin verleumdet wird. Und überhaupt, der ganze Fall ist außerhalb unserer Kompetenz. Da lassen wir auch die Finger davon. Meine Damen und Herren, Sie haben mich verstanden, Finger weg! Im Übrigen kennen Sie Ihre Aufgaben für die nächsten Tage: Sie klären das Beziehungsfeld von Frau Gerber, Sie versuchen weitere Zeugen aufzutun – und Sie lösen den Fall, vier Wochen, das reicht, finden Sie nicht? Ich schließe für heute die Sitzung."

Die Gruppe ging auseinander, doch auf dem Flur hielt Frau Heine Inspektor Ratmund kurz an: „Wissen Sie das eigentlich? Dieser Dr. Bari ist seit dem Bombenanschlag spurlos verschwunden!" Sie nickte ihm kurz zu und lief mit wiegenden Hüften davon. Ratmund starrte ihr nach. Inspektor Voller, der gerade vorbeikam, schlug ihm auf den Rücken: „Hat's dich auch erwischt, alter Freund? Die Trauben dürften für dich doch zu hoch hängen!"

„Ich glaube, der Fall hängt doch höher, als es unser Chef, der gute Maier wahrhaben will." Inspektor Ratmund telefonierte am Abend mit Kathrin Schröder. „Hast du mitbekommen, dieser Bange, der Zeuge, der von den zwei Gestalten vor dem Regierungspräsidium berichtete, ist unter die U-Bahn geraten. Ja, angeblich ein Unfall, aber dieser ‚Zufall', da bin ich sehr misstrauisch. Bist du in Sachen Gerber weiter? Nein? Ich auch nicht, die Spur ist absolut kalt, die Geschichte ist zu konstruiert, vielleicht möglich, aber unwahrscheinlich. Ja, ich bin auch gespannt, ob unser ‚Pärchen' auf dieser anderen Spur etwas herausfindet. Obwohl, ehrlich gesagt, das halte ich genauso für obskur. Da hat Maier recht, viel zu mystisch und wirklichkeitsfremd. Ich versuche lieber noch etwas über diesen Petters zu erfahren. Denke an die Hinweise auf Kontakte Dr. Albas zu Personen im Umfeld des Ministerpräsidenten, die Voller ausgegraben hat.

Wir haben weder die Notiz ‚Dr. Eisele anrufen' oder die mit ‚Susann.Eisele@stm.bwl.de' der persönlichen Referentin unseres Ministerpräsidenten überprüft. Auch nicht was es mit dem Eintrag: ‚Dienstag, 24.05. Anruf bei Andreas Stahlhofer' auf sich hatte. Und soviel wir wissen, dieser Petters ist CDU-Mann, da könnte es doch Verbindungen geben."

„Du hast doch gehört, was Maier uns mitteilte. Anweisung von ganz oben, Finger weg von Petters!" „Als ob uns jemals solche Anweisungen gestört hätten, wir machen weiter, machst du mit?" „Als ob ich jemals gekniffen hätte, aber wir sollten vorsichtig sein, am besten die Dinge nur noch direkt und nicht mehr am Telefon besprechen, man weiß heute nie." „Ja, man weiß nie", und die beiden Ermittler beendeten das Gespräch.

SONNTAG, 19. JUNI

Der Mann saß an seinem Schreibtisch und überlegte. Was wussten diese Ermittler über ihn? Was war Vermutung, was Spekulation, was handfeste Fakten? Sie konnten eigentlich nichts wissen, er war vorsichtig vorgegangen, alle Spuren waren verwischt bzw. die Mitwisser weitgehend eliminiert. Sollte er trotzdem den Befehl geben, diese lästigen Polizeibeamten zu beseitigen? Das würde zu viel Staub aufwirbeln, das war die Sache ihm nicht wert. Jetzt kurz vor dem gewünschten Abschluss, vor dem Ziel, auf das er seit Jahren hingearbeitet hatte. Nein, er konnte sich keine Unbesonnenheiten erlauben, musste bis zum Ende vernünftig und vorsichtig bleiben. Sein Handeln sollte alle überraschen, jede Aktion vorab könnte das Unternehmen zwar nicht gefährden, jedoch verzögern. Jedenfalls sollten die Dinge so lange wie möglich im Verborgenen bleiben. Weder die Gruppe selbst noch irgendein angeblicher Vertrauter durfte etwas von seinen wahren Plänen erfahren. Absolute Geheimhaltung war das oberste Gebot.

Anna und Walther entschieden, gemeinsam zu der Johannifeuer-Einladung zu fahren. Heinz Ratmund und Kathrin Schröder hatten sie ursprünglich begleiten wollen, waren aber von der wieder verstärkten Untersuchung im Fall Werner absorbiert. Heinz hatte sich zudem skeptisch gezeigt, ob die ganze Geschichte sie überhaupt in irgendeiner Art und Weise weiterbrächte. Stiller glaubte fest an einen Erfolg, jedenfalls war er auf das Geschehen gespannt. Nach seinen Recherchen konnte alles Mögliche an mystisch-okkultem, vielleicht gar gefährlichem Sektierertum hinter dem Fest stecken. In diesem Fall konnte die Anwesenheit der Polizei nützlich sein. Oder das Ganze entpuppte sich als harmlose Brauchtumsfeier einer Naturgruppe, was Ratmund sicher sehr amüsierte. Wenn beide Varianten entfielen, nun, dann jedenfalls würde es ein Ausflug à deux sein, was, wie Stiller sich eingestand, auf jeden Fall einen Gewinn darstellte.

Am Montagabend machte es sich Stiller in seinem Arbeitszimmer am Schreibtisch bequem. Vor ihm lagen verschiedene Papierstapel, alles Materialien, die er im Vorfeld seiner Recherche zusammengesucht hatte. Er nahm sich einen Schnellhefter vor, blätterte ein wenig und las dann aufmerksam, was er im Verlauf seiner bisherigen Studien über die Dyzianer herausgefunden hatte. Joseph Englert war natürlich der Mann gewesen, der die Dyzianer gegründet hatte. Doch unabhängig von seinem Tun und Lassen entwickelten Teile der „Gesellschaft der Dyzianer" völlig eigene kultische Formen. Stiller fand besonders die rassistischen Vorstellungen gefährlich. Schon Blavatsky beschrieb in ihrem Werk so genannte Wurzelrassen, die einst auf der Erde lebten. Die erste war die astrale Wurzelrasse, welche in einem „unsichtbaren, unzerstörbaren, heiligen Land" lebte, die zweite die hyperboräische Rasse, die auf einem später „versunkenen polaren Kontinent" wohnte. Die dritte, die lemurische Wurzelrasse, lebte angeblich auf einem Kontinent im Indischen Ozean. Alles in allem sehr phantasievolle Vorstellungen. Im Kultus der Neu-Dyzianer, einer weiteren Abspaltung, ging allerdings diese Wurzelrassenlehre eine ungute Mischung mit der Reinkarnations- und Karmalehre ein.

Diese Gruppe wurde beeinflusst von dem Österreicher Guido List, der die Lehre der Ariosophie entwickelte. Er behauptete, das wahre Geheimnis der Runen entdeckt zu haben. Die Germanen hätten sich aus einem engen Kreis der Wissenden und einem weiten der Unwissenden zusammengesetzt. Die Wissenden hätten magische Fähigkeiten besessen und seien eine Art von Übermenschen gewesen. Verbunden war dieser Herr List mit Adolf Josef Lanz. Dieser gründete die Zeitschrift Ostara, mit der er die europäische „Edelrasse" durch „Reinzucht" vor dem Untergang bewahren wollte. Aus der Bibel und anderen christlichen Traditionen fand Lanz, wie er meinte, heraus, dass Mitglieder einer göttlichen Hierarchie die Aufgabe gehabt hätten, Menschen künstlich zu züchten. Diese entstandenen gottgleichen Menschen seien die Vorfahren der „arischen Heldenrassen". List und Lanz waren eng befreundet und die beiden waren jeweils Mitglieder in der Organisation des anderen.

Die Ideen beider schienen die Grundlage der Ideologie einer weiteren Vereinigung, dem Armanen-Orden zu bilden. Die Armanen waren nach List der höchste Stand der Ario-Germanen, eine Gruppe von Gelehrten, Priestern, Richtern und Fürsten, welche durch Beherrschung wie

Ausübung der okkulten Kräfte und durch ihr „intuitives" Wissen absolut herrschte. 1976 wurde dieser Geheimbund von einem gewissen Adolf Schleip zusammen mit seiner Frau neu gegründet. Die innere Struktur dieses neuen Armanenordens besteht aus einem der Freimaurerei und den Dyzianern entlehnten Einweihungssystem. Das Wissen zur Erlangung der jeweiligen Stufe wird wie bei der Scientology in Form von Leitbriefen durch die Ordensleiter vermittelt. Der Orden beschäftigt sich mit den keltischen und germanischen Göttern, um nahtlos an ehemaliges „Wissen" anzuknüpfen, das kritiklos aus den Schriften Guido Lists gezogen wird. So glauben die Armanen, die erst im Mittelalter aufgezeichnete Edda reiche in Wahrheit vor die letzte Eiszeit zurück und die germanischen Urahnen hätten bereits Scheiben mit überragenden Flugeigenschaften durch die Luft bewegt.

Eine höchst merkwürdige und gefährliche Gruppe, dachte Stiller. Rückwärtsgewandt, mit Texten voller rassistischer, faschistoider Tendenzen. Vielleicht auch dabei, Netzwerke anzulegen, um ihre Mitglieder an die Schaltzentralen der Wirtschaft, Politik, Kultur und Bildung zu schleusen.

Aber konnte das sein, hatten diese Leute mit ihrem kruden Gemisch von Mythos, Religion und falsch verstandenem Wunschdenken überhaupt die Möglichkeit, sich irgendwo hinein zu begeben? Dafür brauchte man Leute mit einem gewissen geistigen Potenzial. Aber solche Persönlichkeiten findet man nicht in diesen esoterischen Sektiererverbänden – oder doch?

Stiller legte die Unterlagen beiseite und blickte nachdenklich aus seinem Fenster. Nun, welchen Bezug diese Gruppierung zu den Dyzianern, Neu-Dyzianern und Alt-Theosophen hatte, das schien Stiller bislang unklar. Er wollte keine falschen Schlüsse ziehen, war aber doch gespannt, was sich bei dem Johannifest zeigen würde.

„Meine Herren, die Wirtschafts- und Finanzsituation ist sehr angespannt, weitaus angespannter, als Ihnen das mein verehrter Vorgänger bisher verdeutlicht hat, von der Öffentlichkeit ganz zu schweigen. Wir müssen völlig umdenken, das Ruder in einer Art und Weise herumwerfen, wie es das in unserer Landesgeschichte noch nicht gegeben hat."

Er blickte sich im Raum um, musterte die teils überraschten, teils noch gelassenen Mienen seiner engsten Berater. „Ich muss noch deutlicher werden, die Lage ist insgesamt derart katastrophal, dass uns nur eine allgemeine, konzertierte Aktion über alle Parteiengrenzen noch zu retten, ich sagen retten wohlgemerkt, nicht helfen, vermag. Kurz, ich habe ein Zusammentreffen aller Landespolitiker und der Mitglieder der Landesregierung dringend angeregt und bin bei allen Verantwortlichen auf breite Zustimmung gestoßen. In den anderen Bundesländern sieht die Lage extrem schlecht aus, uns hier im Süden geht es noch mit am besten. Und dennoch, wir müssen sofort tätig werden. Das Treffen, meine Herren, wird demnächst unter strikter Geheimhaltung stattfinden. Ort und Zeit wird den für die Sicherheit verantwortlichen Kräften sozusagen erst in letzter Minute zugehen. Bis dahin brauche ich von Ihnen unbedingt folgende Daten und Informationen ..."

Dr. Alfons Bari saß auf der Terrasse der von ihm gemieteten Ferienwohnung am Bodensee und blätterte aufmerksam in der in Stockach erworbenen Stuttgarter Zeitung. Er hoffte auf Informationen oder Hinweise zu dem Geschehen im Regierungspräsidium zu stoßen. An dem Morgen, als sich die Detonation ereignete, war er wegen eines Briefes aufgehalten worden. Er bog gerade in die Breitscheidstraße ein, als die Explosion Nummer Zwei sämtliche Fenster des Gebäudes zersplittern ließ. Geistesgegenwärtig bremste Bari, wendete den Wagen und fuhr in Richtung Bahnhof davon. Dort stellte er das Auto in einer Seitenstraße ab und ging erst einmal im Bahnhof einen Kaffee trinken. An der Theke der Bahnhofsbäckerei dachte er nach.

Der Anschlag galt ihm, keine Frage. Peter Albas Tod hatte ihn sehr überrascht und schockiert, als aber Rolf Clippert starb, wurden ihm langsam die Zusammenhänge deutlich. Die Polizei verhaftete diesen Dr. Stiller, doch vom wahren Geschehen wusste die Kripo nichts. Bari schüttelte den Kopf, was sich ereignet hatte, stand nicht im Geringsten mit diesem Herrn in Verbindung. Richtig war, sie hatten ihn vor Jahren bei einer Bewerbung abgelehnt. Dies ohne irgendwelche persönlichen Gründe. Die Stelle, um die sich der Mann bewarb, war erstens intern schon besetzt und da hatte es auch diesen Brief von Petters gegeben. Stiller erschien ihm persönlich durchaus geeignet, selbstbewusst und fachlich kompetent, er hätte sich eine Zusammenarbeit vorstellen können. Ähnlich hatte sich auch der gute Rolf geäußert. Aber wenn von Petters etwas kam, tat man gut daran, seinen Anweisungen Folge zu leisten.

Also, gut, dieser Stiller war jedenfalls nicht der Täter. Nein, er war davon überzeugt, etwas gänzlich anderes steckte hinter den Morden. Und er glaubte auch zu wissen was, war sich sicher, die richtige Spur gefunden zu haben.

Man musste chronologisch vorgehen: Alles begann mit den Briefen, von denen Peter erzählt hatte. Die Vergangenheit tauchte plötzlich wieder auf, zunächst nur in Bruchstücken, aber gefährlich nah. Er selbst hatte die Dinge zunächst nicht ernst genommen, Alba wohl auch nicht. Peter erzählte vielmehr, es ginge bei den Briefen um etwas ganz anderes. Er sei zufällig während einer Tagung mit jemandem zusammen gekommen, der habe ihn auf eine ganz seltsame hintergründige Geschichte aufmerksam werden lassen. Aber was er damit meinte, um was es in den Briefen ging, die Peter bekommen hatte, wusste Bari nicht. Er hatte Albas Sorgen belächelt, aber aus der heutigen Sicht musste Bari die Ängste des Toten bitter ernst nehmen.

Bari handelte. Er hob von der Bank einiges Geld ab und fuhr an den Bodensee. Sein Tun war spontan, er floh, er wusste nicht vor was, spürte aber die Gefahr.

Bari fühlte sich immer sicherer, je mehr er Stuttgart hinter sich ließ. Wie es weiter ginge, darüber machte er sich keine Gedanken. Er kannte genug einflussreiche Persönlichkeiten, um die Situation bei Bedarf wieder klären zu können. Nur jetzt musste er erst einmal Abstand zwischen sich und die Gefahr bringen. Eine Gefahr, von der er wusste, dass sie tödlich war. Warum hatte er auch angerufen, hatte seinem ersten Impuls nachgegeben und die Verbindung zu ihm aufgenommen? Er hätte sich denken können, dass dieser reagieren würde. Bari wusste, der Mann, um den es ging, kannte kein Pardon!

Er stand auf und lehnte sich an die Brüstung. Der Blick öffnete sich vor ihm auf den Bodensee, den Untersee genauer, Uhldingen lag linker Hand. Das Wasser spiegelte silbern, die weißen Segel der Boote leuchteten herüber. Vom Himmel strahlte die Junisonne, schleuderte gleißende Strahlen aufs Wasser, die Zeit der Jahresmitte war erreicht. Auf den fernen Bergen würden in einer nahen Nacht die Feuer lodern. Dr. Bari wandte sich ab und setzte sich wieder an den Tisch. Jetzt wollte er erst einmal abwarten was passierte.

Das Warten fand jetzt ein Ende. Er gab die Anweisungen an die Führer der Gruppen weiter, die Zeit zum Handeln rückte näher. Im Geist ging er noch einmal alle Stationen, die er geplant hatte, durch. Da war zuerst das Treffen am 24. Den Rahmen würde die Brauchtumsfeier abgeben, eine Art Volksfest mit eigenen Riten und kauzigen Gestalten. Menschen von außen, aus der Umgebung, der Nachbarschaft, die Anwohner stellten das bürgerlich brave Ambiente.

Im Hintergrund traten die Idealisten der Dyzianer-Gruppe dazu. Und räumlich außerhalb des Johannikreises, vom Wissen im inneren Ring, die geheimen und wahren Mitglieder des Ordens. Unter ihnen die wirklich Eingeweihten, welche den Plan bisher aktiv getragen und bewegt hatten. Sie waren ihm treu ergeben, ohne weiter zu fragen handelten sie nach seinen Angaben und seinem Auftrag. Nur in einem Fall hatte der Alte Bedenken geäußert, aber er konnte den Meister überzeugen, dass sein Vorhaben für den Orden das Beste sei und ihre Entwicklung beschleunigte. Beim weiteren Geschehen hatte er Sorge dafür getragen, den Alten außerhalb einer genauen Kenntnis der wahren Abläufe zu belassen.

Der Mann lachte, sein Lachen klang verzerrt. Er hatte diese Spur gelegt, sie müsste die Aufmerksamkeit der Sucher auf sich ziehen, sie an den Platz des scheinbaren Ereignisses locken – und vom wahren Ort der geplanten Aktion ablenken. Die Verfolger holten auf, ja, er wusste, sie waren ihm auf den Fersen. Sie hatten die Fährten der Vergangenheit entdeckt und folgten der Verbindung vom Damals zum Heute. Das scheinbar Offensichtliche würde zu Tage treten, das war ihm klar und er hatte es so geplant. Die äußere Tarnung, alles das, was er über Jahre mühsam aufgebaut hatte, war in Gefahr, entlarvt zu werden. Das war ärgerlich, aber im Hinblick auf sein Ziel nicht zu vermeiden. Allerdings schien es ihm noch möglich, die drohende Entdeckung in Teilbereichen abzuwenden oder umzulenken. Man würde ihm nichts nachweisen können, dafür hatte er von Anfang an gesorgt. Und vor allem: Was er wirklich wollte, was er tatsächlich erstrebte und was sein wahres Ziel war, dies ahnte keiner, wusste außer ihm niemand, es blieb sein endgültiges, absolutes Geheimnis.

Eine kleine Gefahr gab es allerdings, er würde daher wohl noch einmal direkt aktiv werden müssen. Und diese Arbeit, die er zu vollbringen hatte, war lästig, mehr als lästig, aber leider unvermeidbar, damit jede eventuelle Störung des Gesamtplans vorab ausgeschlossen wäre.

Der Mann trat an den Rand der Terrasse und schaute lächelnd hinab auf das Treiben der Stadt, in der der Abend nahte und mit ihm die Nacht.

Die Inspektoren Voller und Ratmund blickten in den Abend. Ein Tag der Sonne und der Hitze näherte sich dem Ende. Ein Tag, an dem sie viel unterwegs gewesen waren. Eine Vielzahl der unterschiedlichsten Menschen befragten, immer wieder versuchten, die Hintergründe für den Tod Otmar Werners deutlich werden zu lassen. Vergeblich, für die Tat gab es keine Zeugen, niemand war da, der zur möglichen Tatzeit den Weg vom Favoritepark zum See genommen hatte oder irgendwo in der Nähe gewesen war. Auch über Anita Gerber erfuhren sie in den Tagen, die hinter ihnen lagen, nichts wirklich Neues. Ihre Beziehung zum Opfer schien fest und stabil gewesen zu sein. Natürlich hatte es ab und zu auch einmal Differenzen gegeben. Wegen der Kinder schien das Paar mitunter heftig diskutiert zu haben. Aber ein Mordmotiv ließ sich aus diesen Debatten schwerlich ableiten. Werners Privataufzeichnungen gaben gleichfalls nichts her, was einen Konflikt mit seiner Partnerin und die von Maier vorausgesetzte Lösung wahrscheinlich machte. Dennoch, der Kommissar bestand auf seiner Fallanalyse, man kam wieder einmal nicht weiter.

Voller und Ratmund saßen an einem der Tische im Chinagarten und brüteten verdrießlich vor sich hin. „Ich sehe keine Lösung auf diesem Weg, so kommen wir nicht zu einem Ergebnis. Nichts, aber auch wirklich gar nichts spricht für Anita Gerber als Täterin – außer diese vage Zeitschiene", knurrte Voller. „Wobei Kugler sich über die Zeit immer noch nicht ganz sicher ist", fügte Ratmund an. „Nein, ich glaube, die eine Spur, von der du ganz am Anfang sprachst, ist die richtige. Werner hat jemanden auf einer Tagung kennen gelernt und ist mit einer Angelegenheit in Berührung gekommen, die für ihn tödlich endete!" „Da sind wir uns einig, aber was war das für ein Wissen, das ihn nicht nur gefährdete, sondern ursächlich für seinen Tod ist? Darum geht es doch."

Peter Voller griff nach seinem Glas und nahm den letzten Schluck. Er winkte die Bedienung herbei und bestellte für beide eine neue Runde. Heinz Ratmund schaute in den Himmel. Einige Federwölkchen glitten vorüber, die Nacht senkte sich langsam auf den Talkessel Stuttgarts. Er überlegte einen Augenblick, sah dann Peter Voller direkt an: „Vielleicht habe ich die ganze Zeit schon die Antwort vor mir, ohne es zu wissen bzw. ich habe eine Information, deren Bedeutung ich noch nicht richtig erkannt oder eingeordnet habe. Warte, unterbrich mich nicht. Ich bin ganz nah dran. Da habe ich etwas wissen wollen ..." Ratmund starrte auf den Tisch. „Moment, gleich habe ich es. Ja, jetzt. Die Liste! Die Liste der Tagungsteilnehmer. Ich habe doch bei den bayerischen Kollegen in München angefragt und um Amtshilfe gebeten. Warum kam da bisher nichts? Der Austausch ist doch sonst unproblematisch?"

Voller schaute Heinz Ratmund an und erinnerte sich plötzlich an eine Begebenheit in der letzten Woche. Der Inspektor in Ausbildung Schöpfel stand an seinem Schreibtisch mit einem Blatt in der Hand und fragte, was er mit diesem Papier tun sollte. Voller war mit seiner Arbeit beschäftigt und kümmerte sich nicht weiter um Schöpfel. „Legen Sie es irgendwo ab, von mir aus in Ablage P", knurrte er nur und Schöpfel verschwand brav. Wenn das Papier die gesuchte Liste gewesen war? Heinz würde das Verschwinden nicht gerade erfreuen. Voller nahm sich vor, gleich morgen Schöpfel zu fragen, was er mit dem Papier gemacht habe. Notfalls musste neu angefragt werden, was wiederum dauern könnte. Ratmund schüttelte nochmals den Kopf: „Na ja, wird sich sicher klären." Er prostete seinem Kollegen zu und beide beschlossen, zum gemütlichen Teil des Abends überzugehen.

An diesem Abend saß Anna Tierse in der Hocke vor ihrem Kleiderschrank und sortierte aus, was an Kleidung einfach nicht mehr zu ihr passte. Der Jacquard-Pullover in Aubergine, ein Chenille-Rollkragenpullover, verschiedene Strickröcke, eine Long-Tunika mit Godet-Einsätzen, zwei Kleider in fließendem Schurwolljersey, die Sultanhose in Brombeere: alles aus der Mode! Teile, die sich im Laufe der Jahre angesammelt hatten und jetzt rausflogen. Vielleicht behielt sie noch den Kapuzenmantel für die Sonnwendfeier, eine Hülle konnte unter Umständen hilfreich sein. Walther wollte sie morgen Mittag treffen. Sie verabredeten sich am Ortsrand, dort würde sie etwas abseits ihren Twingo parken und in Walthers Wagen umsteigen, eine Methode, Rüdigers eifrigem Nachspionieren zu entgehen.

Zurzeit nahm sein Verhalten immer seltsamere Formen an. Als sie gestern von einem Besuch bei Kathrin zurückkehrte, wartete Rüdiger auf sie. Anna kam zur Haustür herein und ins Wohnzimmer. Dort saß Rüdiger breit auf dem Sofa, grinste sie an, meinte, es sei schön, dass sie endlich heimkäme. Die Kinder seien jetzt aus dem Haus, nun hätten sie doch endlich Zeit für einander, Zeit für eine echte Zweisamkeit. Er sei in der letzten Zeit sehr zu kurz gekommen und von ihr in jeder Hinsicht vernachlässigt worden. Aber er sei großzügig, wäre für alles offen, hätte heute Abend sogar seine Arbeit und die Vorbereitungen für die nächste Vorstandsitzung einfach ruhen lassen und seine kostbare Zeit für sie geopfert. Das Warten solle sich nun auch lohnen. Rüdiger stand auf und trat näher an sie heran, doch Anna brachte rasch den Tisch zwischen sich und ihn. Sie starrte Rüdiger mit funkelnden Augen an, er wich unwillkürlich zurück. Sie ließ ihren Blick betont verächtlich über seine etwas füllig gewordene Gestalt wandern, lächelte provokativ. Dann legte sie einen Ton des Mitleids in ihre Stimme und meinte, es sei wohl am besten, wenn er wegen seiner kleinen Bedürfnisse einfach eine Kontaktanzeige in den einschlägigen Zeitschriften aufgäbe. Denn mit ihnen beiden fände nichts mehr statt, das sei längst klar, sie habe sich ihm gegenüber doch mehrfach deutlich geäußert. Für sie sei ihre Beziehung abgeschlossen, Anna habe es satt, ihm das ständig neu erklären zu müssen, das könne er doch mittlerweile kapiert haben.

Rüdiger lief vor Wut und Demütigung rot an, wollte auf sie eindringen, besann sich aber im letzten Moment und verließ, die Tür zuschmetternd, das Zimmer.

Kathrin Schröder saß in ihrem Zimmer am Schreibtisch und ging zum wiederholten Male alle Informationen durch, die ihr vorlagen. Langsam wuchs ihr Verständnis für das Geschehen. Natürlich schien manches noch undeutlich, aber die Zahl der ihr zur Verfügung stehenden Puzzleteile, mit deren Hilfe sie Lösungen zu finden hoffte, war deutlich angewachsen.

Da war zum einen die Verbindung der beiden Opfer mit dem verschwundenen Dr. Bari und dem Mann im Hintergrund, Heiner Petters. Alte Seilschaften, die offenbar einiges voneinander wussten, das sie womöglich bewogen hatte, den anderen in verschiedenen Angelegenheiten gefällig zu sein. Aber, welche Rolle spielte Petters in diesem Beziehungsgeflecht? Hatte er die anderen irgendwie in der Hand gehabt, erpresst? Aber er war nicht das Opfer, das sprach gegen eine Erpressung von seiner Seite.

So kam sie nicht weiter, ihre Überlegungen blieben zu spekulativ. Sie musste unbedingt mehr über Petters erfahren, an jene Informationen herankommen, die offenbar als Top Secret behandelt und bewahrt wurden. Frau Schröder wandte daher zunächst die üblichen Informationssuchmethoden an. Sie gab Petters' Name bei einer der Internetsuchmaschinen ein. Sie wartete, doch unter „Heiner Petters" zeigte der Bildschirm keine brauchbaren Informationen. Scheinbar war alles geheim, was diesen Herrn betraf – oder vielleicht nicht? Aus einer spontanen Eingebung heraus wandelte Kathrin Schröder den Vornamen leicht ab. Und tatsächlich, unter „Heinz Petters" lieferte das Netz ein scheinbar brauchbares Resultat:

*Heinz Petters, 12.08.1958 in Karlsruhe geboren, katholisch, verheiratet mit Christa Petters, geb. Dallmann, zwei Söhne.*

*Ausbildung, Beruflaufbahn, berufliche Funktionen ...*

Interessiert las sie den Lebenslauf, der über das Jurastudium, den höheren Verwaltungsdienst bis hin in verschiedene Ministerien reichte. Dazu traten Mitgliedschaften in unterschiedlichen Wirtschaftsvereinigungen und ein rascher Aufstieg auf der parteiinternen Karriereleiter der CDU.

Frau Schröder druckte die Liste aus. Wenn das der von ihr gesuchte Petters war, agierte der Mann mitten im politischen Leben und in vielfältigen Machtzentren. Er schien zwar eher zur zweiten Reihe zu gehören, aber oft wurden die wirklichen Entscheidungen im Hintergrund vorbereitet und getroffen. Aber konnte es möglich sein, dass ein Politiker von diesem Kaliber in eine Mordgeschichte verwickelt war, ein CDU-Mann noch dazu?

Allerdings gab es in der Republik in den letzten Jahrzehnten schon einige Affären. Etwa im Parteispendenbereich oder im Bezug auf die Waffenlobby. Dieser Holger Pfahls, den die Kollegen über Interpol fast fünf Jahre gesucht hatten, war Präsident des Verfassungsschutzes und Staatssekretär sowie im Vorstand bei Daimler-Chrysler gewesen. Möglich war offenbar vieles ...

Wie aber passte die von Walther Stiller in Freiburg entdeckte Studentenbiographie zu diesem Petters und seinem politischen Wirken? Kathrin Schröder entschloss sich, die Hintergründe der verschiedenen politischen Funktionen des Herrn Petters genauer zu studieren, vielleicht ergaben sich dabei neue, weiterführende Hinweise. Sie fuhr mit dem Bleistift an den Informationen der Liste entlang. Für was stand zum Beispiel der Name „Deutsch-Nordische Gesellschaft"? Ging es dabei um Beziehungen zu Nordeuropa oder um Brauchtumspflege? Die Internetrecherche verwies auf die Deutsch-Nordische Juristenvereinigung, die deutsch-nordische Parlamentariergruppe im Deutschen Bundestag sowie die Deutsch-Nordische Gesellschaft der früheren DDR. Kathrin Schröder blieb am Ball und suchte weiter. In der Deutsch-Nordischen Juristenvereinigung gab es unter einer Untergliederung einen Verweis auf die Deutsch-Nordische Gesellschaft, die von „dem Mitglied der Deutsch-Nordischen Juristenvereinigung Heiner Petters geführt wird".

Siehe da, aus dem „Heinz Petters" war hier wieder ein „Heiner Petters" geworden! Was aber die eigentliche Zielsetzung dieser Deutsch-Nordischen Gesellschaft war, wurde auf der Seite nicht verraten, sondern lediglich auf die Hauptseite der Juristenvereinigung verwiesen – ein Systemzirkel, man kehrte wieder zum Ausgangspunkt zurück.

Inspektor Ratmunds Überlegungen drehten sich um einen bestimmten Punkt, von dem das Geschehen seinen Ausgang genommen hatte. Es musste diese Tagung vom Frühjahr gewesen sein, an der Dr. Werner und Dr. Alba teilgenommen hatten. Richtig, Dr. Alba war dem ersten Opfer zu dessen Lebzeiten begegnet. Dies bestätigte die Liste, die aus Bayern zugefaxt und vom Inspektor in Ausbildung Schöpfel brav unter „P", Ablage „P", abgeheftet und auf Anfrage sofort vorgelegt worden war.

Im April war die Tagung gewesen und auf der Liste waren sowohl Werner als auch Alba angeführt. Die beiden konnten einander dort getroffen und gesprochen haben. Beweise gab es dafür nicht, das Treffen war vielleicht auch ohne Belang für das weitere Geschehen. Aber in Sachen Mord glaubte Ratmund nicht an Zufälle. Das Thema der Tagung war „Sekten" gewesen; Otmar Werner hatte auf diesem Gebiet etliche Fachaufsätze veröffentlicht, Dr. Alba war dort als Vertreter des baden-württembergischen Kultusministeriums, beider Anwesenheit also erklärbar. Über was konnten die Männer nur gesprochen haben und bestand zwischen dem Inhalt ihres Gespräches und den späteren Morden an den beiden ein Zusammenhang? Und wie kam dann Rolf Clippert ins Spiel? Und dieser Dr. Bari, wo steckte der Mann eigentlich? Inspektor Ratmund griff zum Telefon, Staatsschutz hin wie her, er würde nach Bari fahnden lassen, der Mann musste gefunden werden und dann sollte er auspacken!

Dr. Bari fand in dieser Nacht wieder keinen Schlaf. Nacht für Nacht lag er wach und ließ das kürzlich Erlebte Revue passieren. Er war sich einfach nicht klar darüber, was er tun konnte. Sollte er zur Polizei gehen und auspacken, was er wusste? Doch was wusste er eigentlich wirklich? Wenig, sehr wenig, das meiste war Spekulation, eine Mischung von Ahnung und Kombination. Es ging jedenfalls nicht um diese früheren Uni-Geschichten. Das interessierte kaum noch jemanden, eine APO-Vergangenheit galt in bestimmten Kreisen fast als chic.

Nein, der gute Peter Alba sprach ihm gegenüber von anderen Dingen. Er erzählte von dieser Begegnung auf der Tagung in Würzburg, wie er sich mit einem anderen Tagungsteilnehmer, der zufällig neben im saß, unterhalten habe. Man tauschte sich aus, kam auf die eigene Tätigkeit zu sprechen. Der andere, ein Herr Werber oder Werner, Bari wusste es nicht mehr so genau, arbeitete gerade an einer Abhandlung über eine bestimmte Sekte. Dabei war er auf einige merkwürdige personelle Konstellationen gestoßen, von denen er Alba erzählte. Bari und Alba wurden aber im Gespräch unterbrochen, bevor ihm Alba Genaueres von dem was dieser Werber/Werner berichtet hatte, mitteilte. Später gab es anderes zu tun und die Rede kam nicht mehr auf die Tagung.

Und dann wurde Peter Alba ermordet. Der gute Clippert, Rolfi, wie er ihn früher nannte, hatte ihm kurz danach einige merkwürdige Fragen gestellt. Er wollte von ihm wissen, mit was sich denn Alba beschäftigt und ob er ihn mit einbezogen habe. Später, das war am Tag, als Rolf Clippert selbst ermordet wurde, machte er erneut eine komisch anmutende Bemerkung. Dahinter stecke Heiner, sagte er, und er wolle der Sache auf den Grund gehen. Und dann war auch Rolf tot, ermordet wie Alba.

Hier beging er seinen großen Fehler. Hintergrund und Anlass war die Bewerbung um die Stelle am Ferdinand-Porsche-Gymnasium. Der dortige Leiter sollte ein Gymnasium auf dem Land übernehmen, dessen bisherige Leitung in den ministerialen Ruhebereich platziert wurde. Er, Bari, wollte das „Porsche" und hoffte auf Petters Unterstützung. Da erinnerte er sich daran, was Clippert und Alba berichtet hatten, rief Petters an und ließ am Telefon ihm gegenüber einige entsprechende Bemerkungen fallen, gedachte dabei auch kurz der gemeinsamen dunkelroten Vergangenheit.

Petters Stimme klang rau, anders als Bari sie in Erinnerung hatte. Und über die Vergangenheit schwieg er sich aus, schien sich nur ungern erinnern zu wollen. Das Überraschendste des Gespräches war, Petters bot ihm Geld, wenn er sich „in Schweigen übe", so seine eigentümliche Formulierung. Viel Geld, 150 000 Euro, eine satte Summe. Sie sollten sich treffen und alles in aller Ruhe regeln, so lautete der zweite Vorschlag von Petters. Er, Bari wurde misstrauisch, verabredete sich aber mit Petters. Dann detonierte im Amt die Bombe und Bari ergriff die Flucht.

Vielleicht war das ein Fehler gewesen, vielleicht irrte er sich und die Schlüsse, die er zog, waren grundlegend falsch? Möglicherweise ging es Petters wirklich nur um die „Kampfzeit" und sonst um nichts. Bari überlegte, was, wenn nicht? Petters war irgendwie merkwürdig gewesen, wobei Bari nicht sagen konnte, worin diese Merkwürdigkeit bestanden hatte. Er kam gedanklich zu keinem Ergebnis, wälzte sich im Bett unruhig hin und her, stand schließlich auf und zog seinen Morgenmantel an.

Er öffnete die Tür zur Terrasse, trat hinaus in die Dunkelheit und vor zur Brüstung. Da unten lag still und schweigend der See. Ringsherum in den Gärten rauschten die Bäume, das Wasser glitzerte geheimnisvoll und sacht ging die Luft durch die Wiesen wie Felder, sternenklar leuchtete über ihm der Himmel der Nacht. Doch hinterm Horizont drohte die Zeit.

Der Wagen hielt in der Gasse etwas weiter oben, ein Mann stieg langsam aus und schloss sacht die Autotür. Er schaute sich um, blickte nach rechts und links, vor und zurück und auch in die Höhe.

Die Nacht zeigte sich klar. Am Himmel schimmerte in ferner Pracht der Jäger Orion, ganz leicht zog ein Lufthauch vom Ufer in die höheren Regionen der Seestadt. Es war die Zeit der tiefsten Nacht, in den Straßen lagen dunkle Schatten, kein Licht fiel aus den Häusern, alles schwieg und lag wie in Träumen versunken. In knapp einer Stunde würde sich vom Osten ein erstes Grauen, dann ein Röten über die Dächer lagern und das Rauschen der Nacht langsam verklingen. Nicht viel später und der Tag erwachte und die Morgenfrische kündete von der Kraft einer aus der Dunkelheit wieder erstandenen Welt.

Der Mann löste seinen Blick und tauchte geschmeidig in den Schutz der Häusermauern ein. Seine Umrisse verschmolzen mit dem Stein, gingen in den Schatten auf, verloren sich in einer kaum wahrnehmbaren, gleitenden, schleichenden Bewegung. Eine schwaches Klirren von Metall, ein leise knarrendes Geräusch, eine Tür öffnete sich, um sich in Sekundenabstand wieder zu schließen.

Die Wohnung lag im ersten Stock, er kannte sie von seinen Besuchen in früheren Jahren. Und es war seine erste Vermutung gewesen, dass Bari sich dorthin zurückziehen würde. Ein Gewohnheitsmensch, auch im Unbewussten immer die gleichen ausgetretenen Pfade nutzend, daher berechenbar, leicht einzuschätzen und somit unschwer zu lenken. Bari war ihm, ebenso wie die anderen beiden, die ganzen Jahre über durchaus nützlich gewesen. Er hatte Vorarbeiten zu bestimmten Prozessen geleistet, ihm etliche Wege geebnet und – teils ohne es zu wissen – Informationen vermittelt. Vom eigentlichen Plan, seinen wirklichen Ambitionen und Zielen wussten weder Bari noch Alba oder Clippert Genaueres. Dafür hatte er gesorgt. Die Kommunikationsstränge waren scharf getrennt gewesen, jeder der Dreien meinte, ein besonders Eingeweihter zu sein. Aber wirkliches Wissen besaß keiner von ihnen. Ein direktes Treffen hatte er all die Jahre vermeiden können. Erst Albas unglückliches Zusammentreffen mit Werner brachte diesen auf eine Spur; Alba war zwar der Trägste, aber in bestimmten Situationen auch der Instinktsicherste gewesen.

Nun gut, die Dinge waren bereinigt und der Tag des Fanals war fast gekommen. Doch er konnte nicht riskieren, dass in letzter Minute etwas dazwischen kam. Und diesmal war er gezwungen selbst zu handeln, seine eigenen Leute standen im Einsatz. Auf die anderen Männer des Ordens war kein Verlass. Sie hatten zu viele Fragen gestellt und über sein Tun genauere Auskunft verlangt. Und der Großmeister selbst, dieser greise Mann, er war in seinem Denken gefangen, hielt an diesen überholten Ideen der alten Art fest. Ihm hatte er den wahren Plan verheimlicht. Wenn die Zeit kam, würde der Alte und einige andere mit ihm verschwinden, so würde es sein und nicht anders.

Er erreichte den oberen Treppenabsatz. Die Etagentür ließ sich leicht und nahezu geräuschlos öffnen. Geradeaus, das wusste er noch, lag die Küche, rechts das Bad. Halblinks ein Wohnzimmer, halbrechts das Schlafzimmer. Beide Räume mündeten auf die Terrasse. Der Mann bewegte sich vorsichtig auf die Tür zum Schlafraum zu, drückte sacht die Klinke und zog den Zugang langsam auf. Er glitt wie eine Schlange in das Zimmer.

Der Raum lag im dämmrigen Halbdunkel, die Glastür zur Terrasse stand offen, die weißen Vorhänge wehten leicht im Luftzug. Draußen zeichnete sich die Silhouette eines Menschen ab. Dieser lehnte ruhig an der Brüstung der Terrasse, der Blick ging nach draußen, er wirkte unbewegt und still, schien wie entrückt in die Tiefe der Nacht zu schauen. Der Mann im Innern trat seitlich leise hinaus und bewegte sich in einem vorsichtigen Bogen auf die schmale, stille Gestalt zu.

Bari hob lauschend den Kopf. Aus der Tiefe klang das ferne Geräusch eines Wagens empor, ein müder Schall verhallte, erneut kehrte die Stille zurück. Weit drüben am anderen Ende des Sees zuckte kurz ein mattes, fahles Wetterleuchten auf, die Nacht verharrte im Sprung zum Tag.

Noch einen halben Meter, ein kurzes Zögern, dann schnellte das Wesen aus dem Schatten nach vorn, packte die Person vor ihm an den Schultern und ... Wie von einem Stromschlag getroffen, sackte der Mann bei seiner Berührung in sich zusammen, kippte im Zeitlupentempo nach vorn, der Körper verlor das Gleichgewicht, stürzte ohne einen Laut über die Brüstung in die Tiefe und ins Dunkle hinab. Der schwere Fall dauerte einen Bruchteil von Sekunden, ein dumpfes Krachen zeugte vom Aufschlag. Ein Nachtvogel schwirrte auf und krächzte verärgert, dann verstummten die Geräusche wieder, alles war ruhig, ganz still, totenstill.

Peter Voller trat in Heinz Ratmunds Büro: „Wir haben Dr. Bari gefunden, doch es war zu spät, Bari ist tot!" Ratmund hob ungläubig den Blick: „Was? Wie ist das passiert? Wo wurde er gefunden? Hat man Bari auch ermordet?" „Dr. Bari lag im Garten einer Ferienwohnung in Sipplingen, wo er sich seit Jahren immer wieder einmietete. Für einen Mord gibt es keine Anzeichen. Sein Tod scheint vielmehr ein normaler Unfall gewesen zu sein, er bekam offenbar einen Herzanfall und kippte vornüber, fiel übers Geländer in die Tiefe. Genickbruch und Exitus, soweit die ersten Ergebnisse der Gerichtsmedizin." „Das kann doch nicht wahr sein. Der Mann war möglicherweise unser wichtigster und einziger Zeuge."

Inspektor Ratmund schüttelte den Kopf, fragte dann: „Gab es sonst irgendeine Auffälligkeit, hat er Papiere hinterlassen, Akten, Aufzeichnungen?" „Nichts, die örtliche Polizei hat auf meine Bitte hin alles durchsucht. Ein Schlafanzug, Wasch- und Rasierzeug, ein Taschenbuch – ein Krimi mit dem passenden Titel ‚Fallender Schatten' – , sonst nichts." „Nichts?" „Nichts, bis auf das hier", Voller zog ein Fax aus einem Handordner. „Die Kollegen in Überlingen, die zuständig sind, haben mir gleich eine Kopie zugefaxt."

Er reichte Ratmund das Blatt, der las laut vor: „Dyzianer, Treffen Johanni". Und starrte Voller an, dann rief er: „Mensch, Peter, das muss das Sonnenwendfest sein, wohin Anna Tierse und Walther Stiller fahren. Wir müssen die beiden unbedingt stoppen, das ist kein normales Fest. Der

Hinweis auf die ‚Dyzianer' zeigt deutlich, dort wird etwas geschehen. Was auch immer sich ereignen mag, es wird zu gefährlich für unsere Amateure, die kommen in Teufels Küche. Wir müssen eingreifen, sofort!"

Er sprang auf, rannte aus dem Zimmer: „Ich sage Kathrin Bescheid, wir müssen hinterher. Informiere du bitte unseren Chef. Der soll mit den Freiburgern Kontakt aufnehmen. Auf diesem Fest passiert was, da bin ich mir absolut sicher!" Und schon war Ratmund aus dem Raum und lief über den Gang zum Zimmer von Kathrin Schröder. Natürlich hätte er sie direkt anrufen können, aber das dauerte ihm zu lang, sie mussten ohne Zeitverzug handeln.

*„Weit verbreitet ist das Feuerbrauchtum. In heidnischer Zeit glaubte man, dass in der kürzesten wie längsten Nacht des Jahres die Götter auf die Erde hinab stiegen, weshalb auf den Altären den Göttern zu Ehre Feuer brannten. Durch angezündete Höhenfeuer erinnerte man sich an die Scheiterhaufenglut. Bis in die jüngste Zeit werden große Feuer entzündet und man lässt Feuerräder rollen. Man fasst sich an den Händen und tanzt um das Feuer. Liebespaare springen über das Feuer, um Glück für das nächste Jahr zu haben und um im Leben immer verbunden zu bleiben. Zur Sonnenwendfeier gehören natürlich auch Musik und Tanz. Früher hatte das Kräuterbrauchtum eine besondere Bedeutung. In der Nacht wurden Heilkräuter gesucht, geweiht und teils ins Sonnenwendfeuer geworfen. Vor allem die Johannisblume schmückte Haus und Stall in Kränzen und Sträußen. Bei Gewitter wurde auf sie zurückgegriffen, um sie im Herdfeuer zu verbrennen. Auch als Heilkraut wurden die Sträuße benutzt."*

*(Aus einem alten Bauernkalender)*

Den ganzen Morgen über war der Holzstoß aufgerichtet worden. Mannsbreite Buchenscheite lagen quer übereinander zu einem quadratischen Turm geschichtet, Reisigbündel und Haufen dürrer Zweige füllten das Innere der Feuerstelle. Der Raum um die Feuerstelle selbst wurde breit durch Astmarkierungen abgegrenzt. Keiner sollte dem zu erwartenden Feuergluthauch zu nahe kommen, niemand sich verletzen. Der Abend kam, verschiedene Gruppen fuhren hinaus zum Hochplateau des Kaiserstuhls, um dort auf der Höhe gemeinsam das Sonnenwendfest zu begehen.

Anna Tierse und Walther Stiller trafen am späten Nachmittag von Stuttgart ein. Sie waren am Vormittag losgefahren, hatten die A 81 bis Donaueschingen genommen und dann die B 31 bis Titisee, wo sie Halt machten und zu Mittag aßen. Noch ein Spaziergang am Ortsrand durch das Moorgebiet, dann brachen sie wieder auf und kurvten durchs Höllental hinunter in Richtung Freiburg.

Eine schwüle Hitze lang auf dem Land, auf dem Asphalt schwammen Luftspiegelungen und über dem Schwarzwald fügten sich Wolken zu massigen Gebilden. In der Rheinebene flimmerte noch kräftig die Sonne, wanderte aber schon langsam dem Westen zu, um hinter den runden Kuppen der Vogesen im glutroten Flammenmeer zu versinken.

Sie passierten Gottenheim, durchquerten Bötzingen und fuhren weiter in den Kaiserstuhl in Richtung Vogtsburg. Kurz vor dem Ort verwies ein Schild nach rechts auf einen Waldparkplatz. Von dort, so hatte Klara Bylla den Weg beschrieben, müssten sie einen Waldpfad steil nach oben wandern. Wenn sie aus dem Wald herauskämen, sollten sie sich rund 500 m links halten, sie würden die Johannisonnenwendstätte dann schon bald erkennen. Und es seien ja auch andere Leute dorthin unterwegs, sie könnten nicht fehl gehen.

Der Waldparkplatz war in der Tat schon gut besucht. Fast 40 Fahrzeuge standen, teils in Reihen, teils quer, bis zur Straße geparkt. Stiller fand mit Mühe eine Nische, wo er mit einigem Hin und Her den Benz unterbringen konnte. Sie stiegen aus, nahmen ihre Ausrüstung, einen Rucksack mit Getränken, Taschenlampe und Unterlegfolien und stapften zum Bergpfad.

„Schau mal", Anna deutete auf einen großen, schwarzen Geländewagen, „noch ein Stuttgarter." Walther musterte den Wagen im Vorübergehen. Seine Scheiben waren abgedunkelt, er wirkte massig und in seinem dunklen Farbton irgendwie bedrohlich. An der rechten Seite war ein kleines Runenzeichen angebracht, eine Odalrune, wie Walther feststellte.

Der Pfad führte sie jetzt an einem kleinen Bassin vorbei, einer Quellanlage mit Kneippbecken. Dort tummelten sich trotz der späten Abendstunde noch einige Kinder, deren Fahrräder achtlos am Rand lagen. Ein kleiner Knirps plantschte im Becken und quiekte hin- und hergerissen zwischen Wasserfreuden und Naturquellkälte. Dann waren sie vorüber und tauchten in das grün-dämmerige Dunkel des Waldpfades ein.

Überall lagen Steine auf dem Weg, Wurzeln ließen stolpern und vereinzelte Äste bogen sich tief in den Hohlgang. Der Pfad stieg steil in die Höhe, Walther und Anna kamen richtig ins Schwitzen. Die Stimmen der Kinder vom Wasserbecken waren verstummt, da und dort rollte ein Stein, sonst hörten sie nur das Stapfen ihrer eigenen Schritte, die Nacht senkte sich langsam nieder.


„Wir sind im Sinkflug begriffen, meine Damen und Herren, wir müssen das Land einer radikalen Kur unterziehen, sonst ist es zu spät."

Der Redner hielt für einen Augenblick inne, ließ den Blick über die Runde gleiten, dann schloss er seine Ausführungen: „Wir sind eigentlich schon untergegangen, wir haben es nur noch nicht bemerkt!" Er setzte sich. In den Reihen der Zuhörer entstand Unruhe und Gemurmel. „Das sind doch reine Horrorszenarien, völlig überspitzte Darstellungen!", rief einer. „Kassandrarufe, sonst nichts", warf ein anderer ein. „So jedenfalls kommen wir nicht weiter, ich vermisse die nötige Objektivität!" Weitere Einwürfe kritisierten oder lobten den Redebeitrag, es entwickelte sich rasch eine recht heftig geführte Diskussion.

Dem Ministerpräsidenten war es gelungen, alle wichtigen Politiker des Landes, sein Kabinett und die Oppositionsführer an einem Ort zu versammeln. Die Krise hatte das Land fest im Griff, es gab keinen anderen Ausweg mehr als den, welchen er auf dieser Konferenz erproben und klären wollte. Es würde ein absolut radikaler und vollständiger Schnitt sein. Und diese erste Gesprächsrunde sollte der Auftakt dazu sein.

Der Ministerpräsident hatte sie an einem Ort versammelt, der sich geradezu anbot, wo aber niemand damit rechnete, einen solchen Kreis anzutreffen. Wo war das Herzzentrum, die alte Mitte, der Geburtsort des Landes Württemberg? Nicht Stuttgart oder die Solitude waren dieses Zentrum; nein, man muss über 900 Jahre zurückgehen in der Zeit, um die Ursprünge zu entdecken.

Die Grafen von Wirtemberg waren echte Schwaben und damit erfolgsorientiert. Der Aufstieg der Wirtemberger erfolgte durch zielstrebige Territorialpolitik. Sie vergrößerten ihr Territorium durch Erbe, Heirat, Kauf, Eroberungen und eine geschickte Schaukelpolitik.

Auf diesem Gebiet trafen sie sich mit dem heutigen Landesherrn – und das ganz wörtlich, denn der Ministerpräsident hatte seine Gäste auf den Rotenberg geladen. Von diesem geschichtsträchtigen Ort aus wollte er die Erneuerung des Landes starten und einen Neubeginn im Alten schaffen. Ein Kyffhäusermythos, doch kein schwäbischer Friedrich sollte das Reich, sondern ein gebürtiger Stuttgarter die aktuelle Republik retten und neu konfigurieren. Ein kühner Versuch, ein Anfang war jedenfalls gemacht, der MP entspannte sich etwas und lehnte sich zurück.

Der alte Mann schaute auf das Geschehen auf dem Hügel unterhalb, der Anfang war gemacht, doch seine Spannung hielt an, jetzt kam es auf jedes einzelne Detail an. Natürlich war er soweit zufrieden, seine Information hatte sich wieder einmal als richtig erwiesen. Die Gruppe versammelte sich an dem geheimen Ort, von dem er allein wusste. Und er hatte alles vorbereitet, der Tag der Tat war angebrochen, heute würde es geschehen. Die Verfolger kamen näher, aber sie folgten bereitwillig der Spur, die er gelegt hatte und die sie zum anderen Tatort führen würde. Auch dort unten ereigneten sich die Dinge so, wie er es geplant hatte. Und auch dort würde der Blitz sich zeigen und all die Falschen, Unwürdigen und Ungläubigen treffen und mit in das Reich der Hel reißen. Er konnte beginnen, die Zeit des Wechsels und der Veränderung war angebrochen. Zeit auch für ihn, die Stätte des Untergangs zu verlassen, er musste jetzt zu dem anderen Ort und dort vollenden, was er begonnen hatte. Er setzte das Nachtsichtgerät ab, drehte sich um und begann den Abstieg.

Die Sonne versank im Westen und begab sich auf ihre Reise um die Welt. Ein schönes Bild, doch besser und der Realität entsprechend war dieses: Die Erde drehte sich vom heißen Licht der Sonne ab, schützte ihre gefährlich erhitzte Hälfte vor dem sengenden Feuer und wärmte die andere Seite neu nach der schneidenden Kälte der ewigen Nacht. Kurz und profan, die Sonnenscheibe versank endgültig im Westen und die Johanninacht begann.

Anna und Walther standen gemeinsam am Rand des Hügels und blickten wie gebannt auf die große Flammenwand, die vom Holzstoß weit in die Höhe schoss. Prasselnde Funken stoben himmelwärts in die Nacht, Flammen züngelten blaugelb durch das Schwarzgrau in die dunkle Weite. Auf der windgeschützten Seite des Feuers standen verschiedene Gruppen von Menschen und sangen alte, archaisch klingende Lieder von Wechsel, Aufstieg,

Untergang und Neugeburt. Walther konnte nicht genau erkennen, ob diese Leute eine besondere Tracht trugen oder die zahlreichen Kapuzen und wallenden Gewänder nur modische Auswüchse einer lokalen Trachtentradition darstellten. Jedenfalls faszinierten die dunklen Gestalten und stießen ihn in ihrer Fremdartigkeit gleichzeitig ab. Er spürte die ungewisse Vorahnung eines irgendwie merkwürdigen, unheimlichen, vielleicht unheiligen Geschehens. Ein Ereignis, welches er in seinem Ablauf nicht genau vorhersehen oder definieren konnte. Er fühlte sich unwohl, da war etwas, das langsam, aber sicher auf sie zukroch. Nicht real gesehen, bildhaft, aber als Wirklichkeit manifest und bedrohlich vorhanden. Anna mochte Ähnliches verspüren, sie lehnte sich an ihn und es schien ihm, als ob sie zittere, doch nicht vor Kälte.

Kathrin Schröder und Heinz Ratmund rasten mit Blaulicht über die Autobahn nach Süden. Sie fuhren allein, ohne Unterstützung anderer Beamter. Kommissar Maier hielt ihre Ausführungen für ausgemachten Blödsinn und er machte keinen Hehl aus seiner Meinung. Nicht nur, dass er sich weigerte, andere Dienststellen oder gar die Freiburger Kollegen einzuschalten. Er verbot den Inspektoren Voller und Ratmund, in irgendeiner Weise tätig zu werden und irgendjemanden mit ihren obstrusen Ideen zu belästigen. So entschlossen sie sich, ungeachtet der empfangenen dienstlichen Anweisung, auf eigene Faust zu handeln und Anna und Walther zu Hilfe zu eilen.

Karlsruhe lag hinter ihnen, sie näherten sich Baden-Baden und der Verengung der Autobahn von drei auf zwei Spuren. „Ich versuche es jetzt zum vierten Mal, aber Anna meldet sich einfach nicht, ich bekomme nur die Mailbox." Kathrin Schröder steckte das Handy wieder ein. „Vielleicht hast du später Glück, wir schaffen es sicher, keine Sorge", beruhigte sie Heinz Ratmund und fädelte sich knapp vor einem Lkw auf die linke Seite ein.

Der Mann, der sich Petters nannte, hatte die Situation von Anfang an erfasst und seine Maßnahmen entsprechend ausgerichtet. Die Angelegenheit an sich war gut eingefädelt worden. Frau Fleucht, die persönliche Sekretärin des damals noch designierten Ministerpräsidenten, hatte ihn im Februar des Jahres beiläufig gefragt, ob er sich in der Region auskennen würde. Sie suche für die Sternwanderung der Landtagsfraktion im Juni einen prägnanten Ausgangs- oder Zielpunkt. Petters schlug verschiedene Schlösser der Region vor, schien aber damit nicht das richtige getroffen zu haben.

Dann bekam er mit, dass die Planung der Wanderung von der Stuttgarter Zentrale bearbeitet wurde, maß dieser Beobachtung aber weiter keine Bedeutung zu. Erst, als die gute Fleucht ihm im Frühjahr wegen eines Messtischblattes von der Gegend Rotenberg, Untertürkheim, Uhlbach um Hilfe bat, wurde er wieder neugierig. Was wollte sie mit dem Rotenberg? Was plante der neue Ministerpräsident? Sollte das wirklich nur der Ausgangspunkt für die Sternwanderung am 5. Juni sein? Oder ging es um etwas ganz anderes?

Schon länger verfolgte Petters aufmerksam die Aktivitäten des Privatbüros des Regierungschefs. Im Dezember letzten Jahres hatte er per E-Mail einen Trojaner-Virus in den PC von Frau Eisele, der persönlichen Referentin, lanciert. In die Texte selbst konnte er sich zwar nicht einloggen, aber anhand der Ein- und Ausgänge und der Betreffanzeigen stellte er ein Nutzungs- und Datenprofil zusammen und kam zu einem höchst eindrücklichen Ergebnis. Der Ministerpräsident plante für den 24. Juni ein Treffen auf höchster Ebene und dies mit fast allen wichtigen Persönlichkeiten des politischen und öffentlichen Lebens des Südwestens. Auch er hatte eine Einladung für den 24. erhalten. Für den Tag, an dem die Kräfte freigesetzt werden sollten, die das Startzeichen für die große Befreiung geben würden. Ein eigenartiges Zusammentreffen der Ereignisse, eine Koinzidenz, die es zu nutzen galt.

Peter Voller starrte auf den Bildschirm vor sich. Er suchte dort nach weiteren Hinweisen, nach Ergänzungen oder aktuellen Angaben zu der Verbindung der Dyzianer mit dem Sonnwendfeuer auf den Höhen des Kaiserstuhls. Unter „Dyzianer" blieb der Schirm leer, aber die Eingabe „Dyzian" führte ihn auf eine Seite, die sich mit bizarren Runen schmückte. Eine der Runen, sie sah aus wie ein eckiger, nach unten in Scherform geöffnete Kreis, eine Odalrune, wie Voller wusste, führte ihn nach dem Anklicken weiter in geheimnisvoll esoterisch verbrämte Tiefen.

„Runen", war da zu lesen, „sind die alten Schriftzeichen der wahren Lehre, wie sie im freien Germanien bis zum Mittelalter verwendet wurden. Es war Guido von List, der in den Runen nordische Symbole erkannte. List brachte dort die wahre Lehre des Okkultismus mit der völkischen Bewegung in Berührung. Er war der letzte große Magier der Armanen, die geistigen Führer und Priester der Arier. Er gab dem Orden das Symbol des neuen, rassereinen Reiches, die doppelte Sieg-Rune SS. List selbst gründete 1911 den ‚Hohen Armanen Orden' als inneren Zirkel. Zu ihm gehören auch der ‚Hammerbund' und der ‚Germanen-Orden'. Nach der Katastrophe von 1945 gingen unsere Ordensbrüder in den Untergrund. ODESSA, die Organisation der ehemaligen Kämpfer gab ihnen Schutz und half ihnen vor Verfolgung. Ihr Zeichen war Odins Rune, welche Signal für das Fanal geben wird ..."

Das war das bekannte mystische Szenarium, auf das bereits Dr. Stiller gestoßen war, Heinz Ratmund hatte eine von Stiller erstellte Zusammenfassung seiner bisherigen Erkenntnisse Voller überlassen. Doch von dieser Odessa-Gruppierung war nicht die Rede gewesen. Inspektor Voller tippte den Namen als neuen Suchbegriff ein:

„ODESSA ist die bekannteste der nationalsozialistischen Gruppierungen, die nach Kriegsende aktiv waren. ODESSA bedeutet Organisation der ehemaligen SS-Angehörigen. ODESSA war keine fest gefügte Organisation, sondern ein Sammelbegriff für regionale Gruppierungen und Anlaufstellen fliehender SS-Leute. In Deutschland bestand ODESSA aus einem Zweig, der die SS-Leute mit falschen Papieren versorgte. Der andere, wichtigere Zweig organisierte die Flucht untergetauchter SS-Leute nach Lateinamerika und dem Nahen Osten und soll Sabotageakte in der sowjetischen Besatzungszone ausgeführt haben, um den Abtransport von Industrieanlagen zu verhindern. Als Kopf der Organisation galt Otto Skorzeny, ein Offizier der Waffen-SS, der durch gewagte Kommandounternehmen wie die Befreiung Mussolinis aus italienischer Haft bekannt geworden war. ODESSA half Nazis und Kriegsverbrechern wie Adolf Eichmann und Josef Mengele bei der Flucht. Ein Dokument des US-Geheimdienst berichtet, ODESSA habe in Peru gefälschte Dollar-Noten in Millionenhöhe in Umlauf gebracht. Das Hauptquartier von ODESSA sei in Kairo, der Kopf der Organisation sei aber nicht bekannt und lebe vermutlich in Deutschland. Kontakte beständen möglicherweise zum Armanenorden und zu einer esoterischen Abspaltungsgruppe namens Dyzianer."

Und das sollte Stiller bei seinen Recherchen übersehen haben? Voller fühlte ein Misstrauen in sich wachsen. Diese vermutete Verbindung schien ihm einfach zu überdeutlich. US-Geheimdienst, eine Naziorganisation, ein Arierorden. Er konnte sich des Eindrucks nicht erwehren, dass diese Verbindungen allzu glatt waren, um echt zu sein. Irgendwie aufgesetzt, für eine Spur zu überdeutlich. Auch diese nebulösen Andeutungen, der Terminus „Fanal". Was sollte mit „Fanal" gemeint sein? Das konnte alles und jedes bedeuten. Inspektor Peter Voller beschloss eine andere Quelle einzuschalten.

Die Flammen des Sonnenwendscheiterhaufens schlugen höher und höher. Die Menge umkreiste das Feuer, murmelte alte Beschwörungen, ein seltsam eintöniger Singsang brandete auf. Anna Tierse blickte wie gebannt auf das Treiben. Erinnerungen kamen hoch, sie fühlte sich wie in Trance und schweren Träumen. Stiller gelang es, mehr Distanz zu wahren. Er mühte sich, in dem flackernden roten Zwielicht den Überblick zu behalten und die Menge weiter im Auge zu haben. Da nahm er plötzlich eine Bewegung am rechten Rand seines Sehfeldes wahr und drehte sich langsam in die Richtung.

Dort drüben lief eine dunkle Gestalt erst vorsichtig, dann im raschen Tempo den steilen Hang hinab, bückte sich kurz, nahm etwas auf oder legte es hin, Walther konnte es nicht richtig erkennen und dann war der Schatten schon im Dunkel des Hohlwegs verschwunden. Auch Anna bemerkte den Schemen und sein seltsames Tun und blickte Stiller fragend an. Walther konnte nicht sagen, was ihn bewog, aber er entschied sich spontan, der Gestalt zu folgen.

Er packte Anna am Arm und zog sie mit sich: „Schnell, hinterher, wir müssen wissen, was diese Person vorhat, wir folgen ihr!" Und beide wandten sich vom Feuer ab, nahmen ihre Sachen und rannten so rasch sie konnten, den Bergpfad hinab. Kurz vor dem Hohlweg hielt Stiller inne, hier hatte die Gestalt sich gebückt, auf dem Boden lag ein heller Gegenstand, Walther konnte nicht erkennen, was es genau war und steckte ihn ein. „Worauf wartest du?", fragte Anna. „Los, es ist keine Zeit zu verlieren, wir müssen weiter." „Du hast Recht, vorwärts, vielleicht erreichen wir die Person noch!"

Und schon hasteten sie weiter, liefen hinein in den dunklen Waldweg, dem steilen Abwärtspfad nach, den sie Stunden zuvor gekommen waren. Weiter unten krachten Zweige und es klang, als ob Äste brachen und Steine umher rollten. „Der ist gar nicht so weit vor uns, wir kriegen den schon", keuchte Stiller – und da stürzte er und Anna fiel gleich hinterher, ein dicker Quader war im Dunkeln zur Stolperfalle geworden. Sie rappelten sich rasch auf und jagten weiter nach unten. Doch als sie im halsbrecherischen Tempo den Waldparkplatz erreichten, quietschten Reifen und sie sahen auf der Straße nur noch die roten Rücklichter eines Autos sich schnell entfernen.

„Was jetzt?", fragte Anna. Walther Stiller antwortete nicht, er bückte sich und hob einen weiteren weißlichen Gegenstand auf, der ihm, wie der andere am Feuerplatz oben, durch seine Helle aufgefallen war. Stiller nahm die Taschenlampe hervor und leuchte auf das Ding. Es war ein altes Symbol, eine kleine Odalrune aus Elfenbein. Stiller zog den ersten Fund aus der Tasche. Auch bei diesem handelte es sich um eine Rune, um die Sig- oder Siegrune. Er hob die Lampe empor und richtete den Strahl auf die parkenden Autos.

„Siehst du? Odins Zeichen, eine Odalrune, die ist von dem schwarzen Stuttgarter Wagen – und der fehlt. Mit dem muss unser Schatten davon gefahren sein. Odalrune und Siegrune, das Zeichen der SS und des Gottes Odin. Passt zu den Armanen. Das muss der Hinweis sein, den wir suchen. Komm, steig ein, wir nehmen mein Auto!" Anna zögerte kurz: „Wie willst du dem Wagen folgen, du hast doch keine Ahnung, wohin der fährt?" Stiller zuckte die Schultern: „Stimmt, aber vielleicht haben wir doch noch eine Chance!" Sie rannten zum Daimler, Walther riss die Türen auf, Anna setzte sich und Stiller sprang auf der Fahrerseite hinein und gab Gas.

Kathrin Schröder trat das Gaspedal durch und schoss an einem weiteren holländischen Wohnwagengefährt vorbei. Sie hatte Heinz Ratmund kurz nach Offenburg abgelöst. Er fühlte sich plötzlich todmüde, hielt kaum noch die Augen offen. Jetzt lag er hinten auf dem Rücksitz und gab leise Schlafgeräusche von sich. Frau Schröder nutzte seinen Schlummer – Heinz war eher ein vorsichtiger Mensch – und fuhr den BMW mit vollen Touren aus. Die Signalanlage war vom Dach genommen; besser, sie näherten sich dem Geschehen ohne groß Aufmerksamkeit zu wecken. Freiburg Nord war erreicht, Kathrin drosselte das Tempo, der Verkehr wurde trotz der Nachtstunde dichter.

Da klingelte ihr Telefon. Frau Schröder schaltete die Freisprechanlage ein: „Hier Anna Tierse, Kathrin, hörst du mich?" „Anna, wo bist du, was macht ihr? Wir haben den ganzen Tag versucht, euch zu erreichen!" Anna antwortete und erzählte in knappen Worten, was sie erlebt und was sie gefunden hatten. Ratmund war inzwischen erwacht und hörte aufmerksam zu: „Das heißt, Walther sieht wegen der Runenfunde einen Zusammenhang zwischen diesen Ordensleuten, den Dyzianern und den Morden. Das mag alles richtig sein, die Funde sind aber nur Indizien, beweisen kann man damit gar nichts." „In welche Richtung fahrt ihr, habt ihr den Verfolgten in Sicht?", fragte Kathrin, sie näherten sich der Ausfahrt Freiburg Mitte.

Anna antwortete: „Vor uns, in etwa 200 m Entfernung fährt ein Wagen. ‚Fährt' ist untertrieben, der hat mindestens 110 drauf und das im Ort!" „Wo seid ihr denn?" „Umkirch", dann brach die Verbindung ab. Kathrin riss das Steuer nach rechts, fast wäre sie an der Ausfahrt nach Umkirch vorbei gebraust. Die Kurve war zum Glück lang gezogen und mündete in einer Geraden. Als Kathrin die Zufahrt zur B 31 erreichte, raste auf der Gegenseite eine schwarzer Geländewagen Marke Cheyenne an ihr vorbei. Instinktiv trat sie in die Bremsen und zog den Wagen in einer Linkskurve auf die andere Seite. Kurz nach ihrem Manöver tauchte von hinten ein Mercedes 190 auf, der in einem gewagten Ausweichmanöver an dem BMW vorbeischoss.

Ratmund, den die Fahrkünste seiner Chauffeuse ziemlich durchrüttelten, fing sich wieder und versuchte in der Dunkelheit die Orientierung zu finden. „Mensch, das war doch Walthers Wagen. Wir sind also zu zweit hinter dem geheimnisvollen Unbekannten her und wissen eigentlich gar nicht wen und warum wir ihn verfolgen." „Aber der Kerl rast wie der Teufel, das muss einen Grund haben. Wir

bleiben dran." Wieder klingelte das Telefon: „Ja, Anna?"
„Hier Anna, wart ihr die Verrückten, die mitten auf der
Bundesstraße Wendemanöver veranstalten?" „Ja, wer
sonst? Und ihr seid die Irren, die mit Tempo 200 nach
Freiburg jagen?" „Moment, ich melde mich gleich wieder,
da ist irgendetwas los." Und das Gespräch endete abrupt.

Hoch über dem Stuttgarter Kessel liegt breit und massiv
die Grabkapelle des Rotenbergs. Vor der zum Eingang mit
dem ionischen Säulenportal führenden Treppe stand eine
Gruppe von Personen. Man war nach draußen in den milden Abend gegangen, die Versammlung legte gerade eine
Pause ein. Man trank Orangensaft oder Mineralwasser und
aß eine Kleinigkeit. Die Gespräche drehten sich um das
eben Gehörte, von außen wirkte alles ruhig und normal.
Menschen, die miteinander sprachen, die umhergingen
oder schweigend in den Abendhimmel sahen.
    Aber die einzelnen Persönlichkeiten waren keines-
wegs ruhig. Der Vortrag des MP hatte alle aufgewühlt, da
sprach einer Klartext, nahm kein Blatt vor dem Mund,
deutete Konsequenzen an, die mancher wohl ahnte, aber
kaum auszusprechen gewagt hätte. Und jeder einzelne
fragte sich, was wohl geschähe, wenn die Dinge wirklich
den skizzierten Verlauf nähmen? War der Abgrund längst
Realität geworden?

Der Mann in Schwarz stand auf der Aussichtsplattform
auf der Staibhöhe und blickte hinüber zum Hügel mit der
Kuppel. Das Ablenkungsmanöver war gelungen, die Verfolger suchten auf der falschen Spur, jagten einer Fährte
nach, die keine war. Und er nutzte die Zeit, legte die letzten Schlingen, trieb die Beute dem Abgrund entgegen, bis
sie in die bodenlose Tiefe stürzte und im Fallen alles mit-
riss, was morsch und lose war. Er setzte das Fernglas ab
und warf einen Blick auf die Uhr. Noch zwei Stunden,
dann würde das Feuerwerk steigen und der Hügel sich in

Nichts auflösen. Ein herrliches Armageddon, er liebte solche feurigen Szenarien, Feuer reinigt und vertilgt den Unrat. Aber bis dahin war noch Zeit, genug Zeit, um ein wenig zu ruhen. Er ließ sich auf einem Baumstamm nieder und schloss die Augen.

Der gehetzte Mann starrte müde mit geröteten Augen durch die schmierige Frontscheibe in die Nacht. Links und rechts flogen die Lichter der Straßenlaternen vorbei. Ab und zu umkurvte er, wild blinkend, langsam dahin schleichende Fahrzeuge oder spurtete zwischen Lücken und über Bordsteine an wartenden Wagen vorbei. Zweimal hätte es ihn an Ampeln fast erwischt, doch im letzten Moment gelang es ihm, den Cheyenne nach rechts oder links zu ziehen und dem nahenden Zusammenstoß zu entgehen.

Er schaute in den Rückspiegel. Die bedrohlichen Schweinwerfer hinter ihm schienen verschwunden. Aber er ging kein Risiko ein, er würde die Strecke über Buchenbach und dann quer durch die Täler zur Schwarzwaldhöhenstraße nehmen und von dort durch das Urachtal rüber nach Hammereisenbach und Tannheim fahren. Über Marbach ging es auf die A 81 und nach Norden.

Er schaute auf die Uhr, er hatte noch etwas mehr als zwei Stunden Zeit. Es würde knapp werden, aber er müsste es schaffen. Ja, er musste, denn ohne ihn würde es nicht gehen, er allein hatte das, was nötig war, dabei. Zwei Stunden noch. Und dann, dann würde er Rache nehmen, für sich, für andere, für all das Geschehene und was noch geschehen würde. Für diese Rache opferte er viel, eigentlich alles: Seine Freunde, seine Familie, seinen Bruder, den Orden. Er hatte getötet, weil es nicht anders ging und würde wieder töten. Aber sein Leben besaß dadurch einen Sinn, er opferte sich für die große und wahre Sache. Er gab sein Bestes und trat damit ein in die ewigen Hallen des Sieges.

Das Sonnenwendfeuer prasselte noch immer in hellen Flammenzungen dem Nachthimmel entgegen, das Licht feierte den Sieg über das Dunkel der Nacht. Und die Männer des Ordens schlugen bedächtig im Takt die Handtrommeln und sangen die alten Eddalieder der Frühzeit:

*Urzeit war, da Ymir lebte:*
*Da war nicht Sand nicht See, nicht salzge Wellen,*
*Nicht Erde fand sich noch Ueberhimmel,*
*Gähnender Abgrund und Gras nirgend.*
*Bis Börs Söhne die Bälle erhuben,*
*Sie die das mächtige Midgard schufen.*
*Die Sonne von Süden schien auf die Felsen*
*Und dem Grund entgrünte grüner Lauch.*
*Die Sonne von Süden, des Mondes Gesellin,*
*Hielt mit der rechten Hand die Himmelrosse.*

Und die Menge tanzte im langsamen Reigenschritt um die sich ballenden Flammen. Funken flogen in die Höhe, schwebten im Verglühen dem Himmel entgegen. Aber unten, tief unter den brennenden Holzpfählen, am Grunde der Hitze und der Glut, lag verborgen unter heißer Asche dunkel drohend ein schwarzes gähnendes Etwas und wartete auf den Ablauf der Zeit, um dem Feuer eine noch stärkere, unerwartet ausbrechende und alles vereinende Todeskraft zu bereiten. Weniger als der Verlauf einer Stunde sollte vergehen, bis die giftige Frucht der Tiefe gereift sein würde.

Oben jedoch tanzte die Menge, sang und klatschte und freute sich des Lebens und der Wärme. Und niemand ahnte, was geschehen würde. In Ruhe fraßen sich die Flammen ins Holz und die finstere Macht in der Tiefe gefiel sich im Warten.

Inspektor Peter Voller verbrachte schon den ganzen Abend in seinem Büro in der Hahnemannstraße. Im Augenblick kauerte er mit seinem Freund Jochen vor dem Bildschirm seines PCs und starrte auf die Anzeige. Jochen hatte seinen Laptop mit dem PC verbunden und verschiedene Steuerungsbefehle eingegeben. Jetzt warteten beide, ob ihre Versuche, sich in das fremde System zu loggen, endlich Erfolg hätte. Jochens Hände huschten fingerfertig über die Tastatur, gaben Befehle ein, Kodierungen, Steuerimpulse und hofften auf das befreiende Signal der Inputanzeige: „HANDSHAKE: Verbindung zu SPARK. READBIO in RAM:\BIO. Ausführen von SWORD.DSK in RAM:\PROG. Befehl im Verzeichnis LOGOS:/SPARKS. DIR A: SYSTEM. LOGIN: GUEST:\ERROR LOGIN:\TOOL B:\TOOLS." „Gut, soweit wären wir. Die Firewall haben wir durchbrochen. Jetzt wird nach einem fünfstelligen binären Code gefragt. Scheinbar existiert kein fester Code für das B-Verzeichnis."

Jochen überlegte: „Die möglichen binären Codes für das Verzeichnis sind Kombinationen aus 0 und 1 von 00000 bis 11111, zum Beispiel: 00001, 01100, 11001, 11110. Da müssen wir solange nach einem Code suchen, bis das Programm ihn als richtig akzeptiert." Und er gab in einem unglaublichen Tempo die verschiedensten Kombinationen ein. Nach fünf Minuten hatte er Erfolg und auf dem Bildschirm leuchtete eine Art Tor auf, ein weiterer Zugriff auf Befehle, wie DROP.EXE, SEG.EXE, VIEW.EXE und DECODE.EXE wurde möglich. „Wir schaffen es, wir kommen rein, ich muss jetzt nur noch den Befehl VIRTUAL aufrufen und das Passwort VIPERSNAKE verwenden." „Woher hast du das Passwort?", fragte Voller. Jochen lachte: „Ganz einfach, dieses Passwort steht in einer frei zugänglichen Datei und man kann es über den Befehl READ A:\TEXT\NOTE2.TXT lesen! Ein Versteck, das sich als Nichtversteck tarnt, ein guter Trick, aber wenn man ihn kennt, ist die Sache gleich zu knacken. Wollen wir doch einmal sehen, was unser Freund alles auf seinen Festplatten versteckt", und Jochen gab den Befehl: ROOTSEARCH:\DIAL ein, der PC des Herrn Petters offenbarte seinen Inhalt.

Die Verfolger teilten sich bei Buchenbach, Anna und Stiller wählten die Route quer durch die Täler zur Schwarzwaldhöhenstraße, während Kathrin Schröder und Heinz Ratmund dem Höllental entgegen rasten. Wohin der schwarze Cheyenne verschwunden war, wussten sie nicht. In beide Richtungen hatten sie rote Rücklichter entschwinden sehen und sich über Handy ausgetauscht und entschlossen, beiden Routen zu folgen. „Spätestens auf der A 81 treffen wir uns wieder!" „Ja, wenn der Fahrer des Wagens wirklich in Richtung Stuttgart fährt." „Wohin sonst? Also, bis dann."

Anna legte ihr Handy zur Seite. Walther holte aus dem Daimler raus, was er nur konnte. Der schwere Wagen schoss durch die Kurven, der Kickdown ließ den Motor aufheulen. Links und rechts wuchs sich die Wand aus grünen Tannen zum Schwarzwald aus. Das Tal und die Straße verengten sich und der Weg stieg steil an.

Das andere Team rutschte durch die Haarnadelkurven des Höllentals. Die Strecke war leer. Kein anderes Fahrzeug schien mehr unterwegs zu sein. Ein Wagen, der vor ihnen fuhr, hielt links am Rand, ein blauer Opel, kein schwarzer Cheyenne. Knapp zehn Minuten später lenkte Kathrin Schröder den BMW spurgerade auf Titisee zu. „Ich glaube, der Kerl hat den anderen Weg genommen, da vor uns ist keiner, wir müssten ihn längst in Sichtweite haben!", meinte Ratmund. Jetzt näherten sie sich dem langgezogenen Hochbrückenbogen von Neustadt. Kein Licht in der Nacht, weder ein Scheinwerfer noch eine rote Schlussleuchte, von dem schwarzen Cheyenne zeigte sich keine Spur. Plötzlich klingelte das Handy, es war wieder Anna: „Wir haben ihn vor uns, kurz vor der Höhenstraße. Ich melde mich wieder, wenn es Neues gibt."

Kathrin entfuhr ein Fluch: „Falsche Route, wir sind einem Phantom hinterher gejagt." Ratmund überlegte kurz, rief dann: „Ich hab's, Kathrin, wir nehmen ihn in die

Zange. Vorne gibt es eine Abzweigung nach links, wir fahren die Parallelroute über Friedenweiler und Eisenbach und schneiden dem Wagen den Weg ab." „Ist die Strecke nicht viel länger?" „Nein, höchstens gleichlang, wir müssen nur das Tempo halten." „Also gut, los!"

Und Kathrin lenkte den BMW scharf nach links mitten hinein in die kleine schmale Straße, die Richtung Friedenweiler und Eisenbach führte. Es war keine Zeit zu verlieren.

Die Zeit verging und der Mann auf dem Baumstamm blieb ruhend in sich versunken. Sein Atem ging schwer, der Kopf sackte auf die Brust und er rutschte fast von seinem Sitz. Er schreckte aus seinem Halbschlaf auf und blickte sich misstrauisch um. Die Nacht war und blieb ruhig, auch drüben auf der anderen Bergkuppe schien die Stille wieder eingekehrt zu sein. Der Mann gähnte, reckte sich leicht und warf einen prüfenden Blick auf die Uhr. Noch eine Stunde, bald müsste der andere erscheinen. Und langsam liefen die Minuten weiter im Takt der Sekunden ihren gewichtigen Gang.

Voller preschte durch die Daten des fremden PCs. Er öffnete über „Start" den Explorer, die „versteckten Dateien" erschienen. Dann ließ er das Suchprogramm für die letzten 30 Tage durchlaufen und blendete die Systemdateien aus. Zurück blieb eine lange Liste mit Dokumente aus dem doc.-Bereich, fast 600 Dateien: „Das bedeutet eine Menge Arbeit für uns, wenn wir alles lesen wollen. Am besten, ich gebe einige Begriffe ein, die als Filter Inhalte vorab klären helfen."

Der Cheyenne raste die lange gerade Strecke von der Schwarzwaldhöhenstraße nach Hammereisenbach hinab. Der Mann am Steuer schwitzte. Er sah das Scheinwerferpaar im Rückspiegel, das plötzlich aus der Nacht aufgetauch und hinter ihm geblieben war. Er gab Gas, beschleunigte auf über 180, der Wagen machte einen Satz und schoss vorwärts.

Erst weiter unten, wo die Straße sich wieder krümmte, bremste der Fahrer scharf ab und schlitterte mit einem noch immer wahnwitzigen Tempo durch die Kurven. Langsam vergrößerte sich der Abstand, er triumphierte, er würde die Verfolger abhängen, spätestens dann, wenn er die Talheimstrecke quer durch den Wald nahm.

Auf dem Rotenberg ging das Treffen weiter, der MP nahm den Faden seiner Eingangsrede wieder auf: „Die erforderliche Reform der sozialen Sicherungssysteme und des Steuersystems, all das ist dringend. Mit einem opportunistischen Schlingerkurs wird der aktuelle Scherbenhaufen noch größer. Wir müssen handeln ...“

Unbeeindruckt von dem Reden im Innern der Kapelle zogen die Wolken draußen über den Nachthimmel dahin. Der Schein der großen Stadt lag wie eine leuchtende Glocke über dem Tal, von den sieben Hügeln des Umlands blinkten die Lichter der Randbezirke herüber. Die Nacht näherte sich ihrer tiefsten Dunkelheit.

Der Blick vom Hügel erfasste die Weite des Landes. Vom Schwarzwald her einzelne Lichter. Der nächtliche Schein Freiburgs und drüben das Leuchten Breisachs und aus weiter Ferne ein mattes Winken vom elsässischen Colmar. Auch auf der Bergkuppe verdämmerte langsam das Licht. Die Flammen sanken in sich zusammen. Die Glut schmolz und das Feuer fraß sich mehr und mehr in die Tiefe. Die Gesänge wurden ruhiger, verstummten schließlich. Die Menschen hatten längst ihre Tänze beendet und saßen auf dem Boden um die Feuerstätte. Nur der Mann im schwarzen Talar stand fest wie am Beginn der Sonnenwendfeier und hielt die Arme breit zum nächtlich hellen Sternenhimmel erhoben.

„Wir müssen uns etwas einfallen lassen", Walther Stiller schaltete kurz entschlossen das Autolicht aus. „Das ist Wahnsinn!", protestierte Anna. „In dieser Dunkelheit sehen wir nichts, gleich kracht es!" „Beruhige dich, die Rücklichter sind vor uns deutlich zu sehen und die Strecke kenne ich auswendig. Nein, wir müssen bei ihm den Eindruck erwecken, als ob wir ihn verloren hätten. Dann fährt er sicher etwas langsamer und wir kommen näher ran, als ihm lieb ist!"

Der Mann schaute zum wiederholten Male in den Rückspiegel. Nichts zu sehen. Er schaffte es, ja, er schaffte es. Der Scheinwerfer hinter ihm war verschwunden, er hatte den Verfolger abgehängt. Er wischte sich den Schweiß von der Stirn, auch sein Hemd war klatschnass. Das Lenkrad rutschte unter den Händen. Die Uhr am Armaturenbrett zeigte fast ein Uhr, er könnte vielleicht noch rechtzeitig ankommen, bald erreichte er die Autobahn.

Von rechts sah er plötzlich einen Wagen mit aufgeblendeten Scheinwerfern heranrasen. Und hinter ihm wurden zur gleichen Zeit strahlende Lichter eingeschaltet. Durch den Rückspiegel und von der Seite doppelt geblendet riss der Mann instinktiv die Arme hoch, um das Gesicht zu verdecken, griff in der nächsten Sekunde wieder zum Steuer und ...

Zu spät, der schwere Wagen reagierte auf das Übersteuern durch einen Ausbruch des Hecks. Die Räder näherten sich der Böschung, rutschten schon am Rand entlang. Doch noch einmal fing der Fahrer den Wagen durch hartes Gegenlenken auf, schien die Fahrt stabilisieren zu können.

Dann aber brach das Fahrzeug endgültig aus, drehte sich zweimal um die Achse und schoss mit voller Geschwindigkeit auf ein Transformatorenhäuschen zu. Prallte dort frontal auf, kippte, überschlug sich und wurde, auf dem Dach rutschend, quer über die Straße an einen seitlichen Felsenhang geschleudert. Dort kam der Wagen zum Stehen, verharrte in einem trügerischen Moment der Ruhe, um plötzlich mit einem donnernden Explosionsgeräusch in Flammen aufzugehen.

Die Explosion zerriss das Umfeld in Einzelteile. Büsche, Bäume, Erdklumpen, Leiber, Stofffetzen, Menschenteile. Im Umkreis von 50 Metern war alles eine einzige, schwarz-rote Höllenflamme. Die Kuppe, die der Sonnenwendfeier als Ort diente und alle, die dort gefeiert hatten, waren mit einem Schlag verschwunden und nahezu atomisiert. Eine tiefe Grube gähnte wie ein offenes Grab und am Nachthimmel standen bleischwer grauschwarze Wolken aus Dreck, Qualm und Staub.

Walther Stiller stoppte den Daimler am Straßenrand, Anna und er sprangen heraus. Von der anderen Seite kamen aus ihrem BMW Heinz Ratmund und Kathrin Schröder mit einem Feuerlöscher gelaufen. Der Inspektor richtete den Strahl steil nach unten in die Flammen und presste den Löschknopf mit voller Kraft. Weißes Pulver fuhr mit einem Zischlaut in die Glut. Stiller öffnete den Kofferraum und ergriff einen seitlich befestigten kleinen Klappspaten, rannte zum Brandort und warf vom Boden Schaufel um Schaufel Erde auf das Feuer. Anna stand am Rande und starrte entsetzt in die Flammen. Sie fühlte sich wie gelähmt.

Kathrin Schröder telefonierte währenddessen mit Feuerwehr und Notarzt und den örtlichen Polizeikollegen. Doch was sie auch taten, die vier wussten, es würde nicht mehr viel zu machen sein, der Mann im schwarzen Cheyenne konnte den Unfall nicht überlebt haben.

Peter Voller hielt kurz inne: „Wieder nichts. Wir kommen nicht weiter." Jochen beruhigte: „Das klappt schon noch. Nehmen wir die nächste Datei, eine muss es sein." Voller klickte weiter, las die Überschrift: „Dritter landwirtschaftlicher Kongress der Landbundfrauen Nordwürttemberg" und wollte die Dateien schon schließen, da fiel sein Blick auf verschiedene Tabellen, in denen ihm einige Eintragungen merkwürdig erschienen.

„Sieht wie eine chemische Formel aus", meinte Peter Voller. „Auf den ersten Blick, doch da steckt etwas anderes dahinter. Wir wollen uns diese Formel einmal näher anschauen." Jochen druckte die Symbolfolge aus und gab sie in einen anderen Computer ein. Das Resultat war wenig überzeugend: eine Reihe von Leerkästchen.

❑–❑ ❑❑ ❑ √[ ❑ ≤ƒ❑≠❑ ] ❑–❑ #15 ❑

„Wir müssen unser Vorgehen differenzieren, diese Zeichen sind etwas anderes, sie bedeuten keinen Direktcode", meinte Jochen, „ sondern stehen für eine Schrifttype, die sich aber nicht einfach zurückverwandeln lässt. Hilft wieder nichts, wir müssen verschiedene Varianten ausprobieren."

Sie kamen bald auf die Type, MT Extra, operierten noch etwas am Klartext, bis die Folge stimmte: *„Treffen am 24. Juni, Nachtfeuer 1–2, Vogtsburg – Rotenberg, Iorinth 3. Wenn Feuer 1 – Sonnw.- gezündet, startet Rotenbergfanal, Aktionszeit plus 1 h. P 1 und 2 ungleich P 3 ...",* hier brach die Spur ab, die Type hatte sich endgültig verschoben. „Rotenbergfanal, Nachtfeuer, Aktionszeit plus 1h! Was soll das heißen? Klingt jedenfalls beunruhigend, da steckt etwas dahinter, aber was?", überlegte Inspektor Voller und schaute seinen Freund Jochen an. Der zuckte mit den Achseln: „Vielleicht eine weitere Codierung?"

In dem Moment warf das Faxgerät eine Meldung aus: „25. Juni 1:15 Uhr. Verheerende Explosion bei Sonnenwendfeier im Kaiserstuhl. Ursache noch unklar. Zahlreiche Tote." Voller wurde blass. „Da sind die Kollegen Schröder und Ratmund sowie Dr. Stiller mit Anna Tierse hingefahren. Wenn denen etwas passiert ist!" „Vogtsburg liegt im Kaiserstuhl, ,Sonnw.' heißt bestimmt ,Sonnenwendfeuer', jetzt fehlt nur noch das ,Rotenbergfanal'", überlegte Jochen, der weiter an der Tastatur hantierte. „Du hast ja

Recht, um Gottes Willen, ich muss Maier erreichen, bevor noch mehr passiert."

Er griff zum Telefon und wählte hastig Maiers Privatnummer. Doch trotz mehrfacher Versuche meldete sich Kommissar Maier nicht und Inspektor Voller entschloss sich, auf eigene Verantwortung zu handeln.

Der alte Mann saß noch immer auf seinem Platz und starrte unverwandt in die dunkle Nacht. Die Zeit verstrich, doch der, auf den er wartete, erschien nicht. Noch 20 Minuten, dann würde er handeln, ob der andere käme oder nicht. Doch dann müsste er direkt vor Ort handeln, denn ohne das Messteil, welches der andere mitbrachte, konnte er aus der Ferne nicht tätig werden. Es war jetzt jedenfalls an der Zeit, er konnte den Plan nicht länger aufschieben. Zu lange hatte er gewartet, zu viel war geschehen, zu viele Opfer hatte es gegeben.

Er war kalt geworden, kalt im Geist, kalt im Handeln. Die Jungen konnten ihn erst nicht verstehen, sie wollten gleich und sofort zur Tat schreiten, hatten nicht immer Besonnenheit gezeigt.

Besonders der Älteste war oft zu spontan gewesen, er legte sich immer wieder mit der Staatsgewalt an. Ralf dagegen war kühler, zurückhaltender. Ein geborener Rechner und Kalkulator. Später tauschten sie die Rollen. Der eine tauchte in den Untergrund ab, der andere begab sich auf den Marsch nach oben. So übernahm der eine Bruder für den anderen alle Schuld. Dieser konnte unbeschwert handeln. Frühe Verbindungen und alte Seilschaften sorgten für einen reibungslosen Aufstieg.

Heiner gefiel sich in seinen Glanzrollen als seriöser Vertreter des Mittelstands und als großzügiger Bildungsprotegé, fand immer mehr Geschmack an Macht und Politik. Er suchte nach Einfluss, knüpfte neue Verbindungen und half alten Freunden. Das war ein taktischer Fehler, denn mit deren Karriere wuchsen ihre Ansprüche. Und als dann endlich der Orden hervortrat, witterte einer der „Freunde" Morgenluft, stellte Forderungen und wollte beteiligt sein. So nahm das ganze unnötige Morden seinen Verlauf.

Der Alte schob die Gedanken energisch beiseite, wo blieb jetzt Ralf? Er müsste doch längst da sein? Da nahm er wahr, wie sich aus der Ferne ein Geräusch wie von Rotoren näherte. Gleichzeitig kam ein blaugrelles Blinken aus dem Tal von Untertürkheim den Hügel hoch.

Die Einsatzfahrzeuge kamen innerhalb von zehn Minuten zum Unfallort. Die Feuerwehrleute handelten routiniert, der Brand war rasch gelöscht, der Tote konnte geborgen und abtransportiert werden. Die beiden Inspektoren berichteten kurz der örtlichen Polizei vom Geschehen, dann wollten alle weiter. Anna ging es nicht gut, der Unfall hatte sie sehr mitgenommen. Kathrin Schröder bestand darauf, dass Anna mit ihr fuhr.

Ratmund stieg bei Stiller ein, da klopfte einer der Polizisten an die Seitenfensterscheibe. Der Inspektor kurbelte das Fenster herab: „Ja?" „Sie haben doch erzählt, Sie hätten den Wagen seit dem Kaiserstuhl verfolgt?" „Ja, das ist richtig, warum?" „Dort drüben muss es einen schrecklichen Unfall gegeben haben. Wir bekamen die Nachricht von einer riesigen Explosion im Kaiserstuhl."

Stiller, der das Gespräch mitbekam, erbleichte. Das Sonnenwendfeuer, dachte er, es handelt sich um das Sonnenwendfeuer. Was ist passiert? Ratmund dankte dem Obermeister und griff seinerseits zum Handy: „Ich muss Peter Voller anrufen, der weiß vielleicht mehr." „Um diese Zeit?", fragte Stiller, „Es ist verflixt spät." Aber Ratmund kam nicht zum Erklären, denn Peter Voller rief selbst an.

Peter Voller hatte alle Kräfte aufgeboten, die er in der Eile mobilisieren konnte. Nach dem dechiffrierten Schreiben musste er davon ausgehen, dass der oder die Täter ein komplexes, duales Ereignis anstrebten. Das eine Ziel „Sonnenwendfeuer" war durch das Bombenattentat verifiziert – Voller war sich sicher, dass es sich um ein Attentat handelte –, das zweite Ziel stand namentlich fest. Wenigstens, so glaubte Voller, befanden sich auf dem Rotenberg keine Personen, die gefährdet werden könnten. Er ahnte nicht, was ihn auf dem Rotenberg erwartete.

Auf dem Rotenberg erreichte die Stimmung der Versammlung einen kritischen Punkt. Die Einigkeit über die Notwendigkeit, umgehend einschneidende Maßnahmen zu ergreifen, drohte angesichts der Meinungen darüber, was wirklich zu tun wäre, auseinander zu brechen. Noch während der Regierungschef seine Rede hielt, sprachen die Anwesenden durcheinander und machten Einwürfe. Der übliche Parteienhader drohte alles zu überfluten. In dieses Durcheinander drangen plötzlich von außen Geräusche. Näher kommende Sirenen, dumpfer Motorenlärm, laute Stimmen – die Sicherheitsbeamten am Eingang wurden unruhig.

Da, ein lautes Rufen und Pochen an den Türen. Schlagartig kehrte Stille ein. Ein Sicherheitsbeamter trat zum Redner und flüsterte ihm etwas zu. Auf sein Nicken gab der Mann den Leuten an der Tür ein Zeichen und vorsichtig wurde ein Flügel geöffnet.

Im nächsten Augenblick füllte sich der Raum mit hineindrängenden, schwarz gekleideten Bewaffneten, die laut Kommandos brüllten. Dann erlosch schlagartig das Licht, doch die Dunkelheit währte nicht lange. Mit einem ohrenbetäubenden Krachen wurde eine Blendgranate gezündet, ihr Licht tauchte das Innere des Gebäudes kurz in gleißende Helle. „Zugriff", schrie eine Stimme und ehe die Anwesenden sich vom Schock erholen konnten, handelten die Schwarzgekleideten. Sie warfen sich auf die einzelnen Personen, stießen sie zu Boden und schnürten deren Hände auf den Rücken mit Plastikseilen fest. Den Ministerpräsidenten drängten seine eigenen Leibwächter schnell in eine Nische. Die beiden Männer knieten sich vor die Öffnung und zielten mit ihren Handfeuerwaffen auf die Bewegungen im Raum.

„Hier spricht die Polizei, geben Sie auf, Ihre Genossen sind bereits entwaffnet!" „Sagen Sie diesen Leuten, die sollen Licht machen, das scheint eine Verwechslung zu sein", raunte der Ministerpräsident seinen Leibwächtern zu. „Schalten Sie das Licht ein, dann kommen wir." „Gut, kommen Sie einzeln mit erhobenen Händen hervor!", befahl die Lautsprecherstimme. Das Licht ging an, der Ministerpräsident schob seine Männer beiseite und trat mit erhobenen Händen nach draußen. Er blinzelte in das grelle Licht und rief: „Meine Herren, wenn das eine Ernstfallübung sein sollte, wunderbar. Sie haben uns eine wirklich realistische Situation vermittelt, aber jetzt beenden Sie bitte die Übung, Sie erkennen mich doch, oder?"

Voller, der den Einsatz leitete, wurde blass, als er den Mann im Scheinwerferlicht erkannte. „Sofort die Aktion abbrechen", schrie er ins Megafon, „Ende der Übung!", ergriff Voller den Strohhalm, den ihm der Ministerpräsident bot, „Sichert die Waffen!" Der Ministerpräsident ließ langsam die Arme sinken.

Der Alte betrachtete vom nahen Hügel aus die Ereignisse auf dem Rotenberg durch sein Nachtglas. Er sah die Polizeiwagen heranfahren und anhalten, sah zwei Dutzend Polizisten in dunklen Tarnanzügen aus den Fahrzeugen herausspringen. Der Hubschrauber landete, die Einsatzkräfte umstellten das Gebäude. Irgendetwas ereignete sich am Tor, dann öffnete sich die Tür. Licht fiel nach draußen, die Männer drangen hinein. Das Licht verlosch plötzlich, eine Art Detonation krachte, ein Blitz, Stille. Schließlich nahm er wahr, wie zahlreiche Menschen eilig herausströmten und in die bereit stehenden Fahrzeuge stiegen und abfuhren. Nur ein kleiner Trupp seltsam kostümierter

Menschen, gekleidet wie Tiefseetaucher leuchtete die Außenmauern ab und verschwand schließlich im Innern.

Als der Mann alles was geschah, gesehen hatte, ließ er das Glas langsam sinken, dann achtlos zu Boden gleiten und wandte sich ab. Er zog ein Handy hervor, wählte eine Nummer, erhielt keine Verbindung, eine zweite und dritte, ohne Erfolg. Er schüttelte den Kopf, wusste auf einmal, Ralf käme nicht mehr, würde nie mehr kommen, es war zwecklos, länger zu warten.

Und der alte Mann fühlte seine Kräfte schwinden, alles schien ihm sinnlos, leer. Er griff bedächtig in die Innentasche seiner Jacke, holte das kleine Gerät hervor, das ihm sein Sohn gegeben hatte. Überlegte einen Augenblick, ob er nicht doch hinüber fahren und den Code selbst eingeben sollte? Aber, was hätte das jetzt noch für einen Sinn? Die Aktion, der Plan löste sich für ihn auf, war wie das eigene Leben an einem Endpunkt angelangt. Der Mann holte aus und warf die kleine Schaltbox irgendwo weit in das Dunkle hinein. Dann drehte er sich dem Wald zu und trat in die Schwärze hinein, stapfte langsam, wie mit großer Schwere beladen, in der Finsternis der Nacht davon. Bald verklangen seine Schritte.

MONTAG, 27. JUNI, 7:30 UHR

„Das, Herr Inspektor Voller, Herr Ratmund und Frau Schröder, das gibt einen Aufschrei in der Presse, der Ihnen noch lange in den Ohren klingen wird! Was haben Sie sich dabei gedacht? Nichts haben Sie sich gedacht, nichts!

Jetzt überlegen Sie einmal: Sie rasen mitten in der Nacht aufgrund einer angeblichen Information, deren

Quelle Sie mir nicht nennen können oder wollen, mit sieben Einsatzfahrzeugen in Begleitung eines Hubschraubers auf den Rotenberg. Platzen mit Ihren Leuten dort in eine absolut geheime Sondersitzung des Herrn Ministerpräsidenten, nehmen dann in äußerst rabiater Form seine komplette Ministerriege und die führenden Oppositionspolitiker in Polizeigewahrsam. Zünden dabei eine Blendgranate und erschießen beinahe unseren Ministerpräsidenten! Dann erklären Sie, es handle sich um eine Übung und alles wäre in Ordnung. Später behaupten Sie, eine sofortige Evakuierung sei notwendig, da eine Bombe in der Rotenberg-Gedenkstätte versteckt sei. Eine nicht zutreffende Behauptung, denn das Bombenkommando findet trotz intensiver Suche nichts. Nichts, Herr Inspektor Voller!"

Maier schnaubte. „Ein völliger Blödsinn, diese Aktion. Und schlimmer noch. Sie haben mich in keiner Phase Ihrer so genannten Operation in irgendeiner Weise informiert oder gar einbezogen. Wahrscheinlich haben Sie geahnt, was ich zu dem Ganzen gesagt hätte."

Er schnaubte erneut: „Und Sie", Maier wandte sich abrupt Kathrin Schröder und Heinz Ratmund zu. „Sie gondeln – ohne irgendeinen Einsatzbefehl – mit einem Dienst-BMW zum Kaiserstuhl, beteiligen sich dann an einer privaten Verfolgungsjagd dieses sauberen Pärchens Anna Tierse und Dr. Stiller quer durch den Schwarzwald. Eine Jagd, bei der der Verfolgte derart nervös wird, dass er einen Unfall verursacht und zu Tode kommt. Und ", Maier sprang auf und schlug krachend mit der Faust auf den Tisch, „und Sie entblöden sich nicht, den Toten für die schreckliche Explosion im Kaiserstuhl verantwortlich zu machen!"

Maier trat an Ratmund heran und fuchtelte wild mit seiner Hand in der Luft herum. „Nein, sagen Sie nichts, hören Sie einfach zu: Die Unglücklichen dort im Kaiserstuhl haben ihr Feuer über einem Blindgänger aus dem zweiten Weltkrieg entfacht, die Hitze war so groß, dass der

Zündmechanismus aktiviert wurde. Deswegen die Detonation. Das ist die Realität und sonst nichts!"

Maier hielt inne, dann ergänzte er hämisch: „Schade, diese Anna Tierse und ihr Freund haben die Feier rechtzeitig verlassen, wirklich schade!" Er drehte sich um, setzte sich an seinen Schreibtisch und zog ein Blatt hervor. „Bleiben wir sachlich. Der Tote, der Mann, den Sie", er blickte Ratmund und Frau Schröder an, „den Sie auf dem Gewissen haben, hieß Ralf Petters und war der Bruder von Heiner Petters. Eines Mannes, der für die Zeit nach den kommenden Landtagswahlen auch als Innenminister gehandelt wird. Das heißt, Sie haben den Bruder unseres künftigen Chefs zu Tode gehetzt!"

Maier schnellte erneut in die Höhe und brüllte: „Sind Sie denn von allen guten Geistern verlassen, so ein Irrsinn! Das ist Wahnsinn, Sie haben Scheiße gebaut! Und ich darf das ganze ausbaden, muss mich für Ihre Unfähigkeit verantworten. Jedenfalls", Maier setzte sich wieder, zog einige Schubladen auf und schob schließlich das bereits vor ihm liegende Papier über den Schreibtisch, „jedenfalls sind Sie bis zur Klärung der ganzen Angelegenheit ab sofort vom Dienst suspendiert! Hier, das Schreiben des Polizeipräsidenten entbindet Sie ab sofort von allen Pflichten. Sie können gehen!"

„Das war's wohl", meinte Heinz Ratmund als sie draußen auf dem Gang standen. „Jetzt hat er uns wirklich gepackt und wir können nichts beweisen." Er seufzte: „Ich dachte, noch ein, zwei Jahre, dann hätte ich's geschafft. Daraus wird wohl nichts." „Jetzt lass mal den Kopf nicht hängen, Heinz!", versuchte Kathrin Schröder ihn zu trösten, „wir müssen das Ganze in Ruhe anschauen, da gibt es sicher eine Lösung."

„Ja, ich war mir ganz sicher, als ich diese Dateien entschlüsselt hatte, dass am Rotenberg ein Anschlag passieren würde." Voller strich sich über Kinn. „Und dann stand ich da wie Pik Sieben. Die Geschichte mit dem Ministerpräsidenten, woher sollte ich wissen, dass dieser dort eine geheime Sitzung abhält? Zugegeben, die Aktion war wirklich wild. Doch das wäre glatt gegangen und akzeptiert worden, wenn da wirklich eine Bombe gewesen wäre. Aber im ganzen Gebäude wurde nichts gefunden, keine Bombe, kein Sprengstoff, keine Spuren. Die haben am Samstag und Sonntag alles auf den Kopf gestellt. Nichts, keinerlei Hinweise auf diese Bombe, alles ein Fehlalarm." Voller schüttelte den Kopf: „Ich bin mir aber sicher, wir waren und sind auf der richtigen Spur. Dieser Petters hat jede Menge Dreck am Stecken. Nur, wie können wir das beweisen?" „Wir müssen anders vorgehen, einen anderen Zugang finden", überlegte Kathrin Schröder. „Irgendetwas haben wir übersehen. Wir müssen uns in Ruhe zusammensetzen und alles noch einmal von A bis Z durchgehen – nicht hier natürlich, wir sind ja suspendiert. Und wir sollten Anna und Walther dazu holen, die waren schließlich im Kaiserstuhl vor Ort und können uns berichten, was wirklich passiert ist. Am besten treffen wir uns noch heute Abend."

MONTAG, 27. JUNI 19:30 UHR

Am diesem Abend saßen die fünf auf der Gartenterrasse der Wohnung von Walther Stiller. Um den runden Tisch standen fünf Stühle, auf der Tischfläche lagen Papiere, Fotos, eine Karte und etliche Kopien von Akten. Stiller und Anna betrachteten gemeinsam den Datenausdruck, den Voller von seinem Streifzug durch die Datenbänke des PCs von Heiner Petters angefertigt hatte. „Lasst uns zunächst die chronologischen Abläufe auflisten!", schlug Heinz Ratmund vor.

„Also, Liste 1, Abläufe:

*18. Mai*

Otmar Werner wird morgens während eines Waldlaufs erschossen.

*20. Mai*

Fund seiner gesichtlosen Leiche.

*21. Mai*

Wahrscheinlicher Tag der Ermordung von Dr. Alba, Tod durch Schlangengift, Tod zu Hause.

*26. Mai*

Dr. Alba wird von Nachbarn gefunden.

*31. Mai*

Herr Clippert wird durch einen Schlag getötet, Augenzeuge Bange sieht zwei schwarz gekleidete Männer am Tatort.

*11. Juni*

Augenzeuge Bange gerät unter die S-Bahn, Unfall?

*21. Juni (?)*

Dr. Bari erleidet einen Herzanfall (?), tot.

*24. Juni, nachts*

Ralf Petters flieht (?) von einer Sonnwendfeier, wird verfolgt und stirbt bei einem Autounfall

*24. Juni*

Explosion bei der Sonnwendfeier im Kaiserstuhl, 13 Tote, 17 Schwerverletzte. Angebliche Ursache: Blindgänger aus dem II. Weltkrieg

*24./25. Juni*

Aktion Rotenberg ohne Bombenfund

Und die Liste 2, die uns bekannten Hintergründe:
1977-1980, gemeinsame Studien von Alba, Bari, Clippert und Petters in Freiburg, Aktivität in der linksextremistischen Studentenszene (angebliche Aktivität von Ralf Petters, nicht Heiner Petters).
Seit 1999 gemeinsame Tätigkeit im Oberschulamt, heute Regierungspräsidium, von Alba, Bari, Clippert.

Seit 1985 Aufstieg des Heiner Petters bei der CDU.
März 2005, gemeinsame Tagung von Alba und Werner.

Sowie zum Schluss die Liste 3, die offenen Fragen:
Wer ist/sind der/die Mörder von Alba und Clippert?
Wer ist/sind der/die Mörder von Bari und Bange? Oder
handelt es sich dabei wirklich nur um Unfälle?
War die Explosion bei der Sonnenwendfeier wirklich ein
Unfall?
Warum floh dann Ralf Petters?
War Ralf Petters in das Geschehen verwickelt?
Hat Heiner Petters etwas mit dem Ganzen zu tun?
Steht der Tod von Werner überhaupt im Zusammenhang
mit den anderen Todesfällen?
Wenn ja, was ist die Verbindungslinie?
Welche Rolle spielen die Dyzianisten bzw. Armanen?
Was soll der Runenfund (Odal- und Sigrune) am Platz der
Sonnwendfeier bedeuten?
Wer steckt hinter dem Geschehen?

   So weit unsere Fragen, jetzt brauchen wir Antworten", schloss Heinz Ratmund die Zusammenfassung ab.
„Mich interessiert vor allem", warf Walther Stiller ein,
„was ist mit der Rotenbergbombe, gibt/gab es die wirklich? Wenn es die gibt, dann ist die Gefahr nicht behoben,
sondern lauert auf den richtigen Zeitpunkt, in die Luft zu
gehen – ähnlich wie dieser angebliche Blindgänger am Kaiserstuhl!"
   „Könnten wir uns nicht noch einmal diese versteckte
Computerdatei anschauen?", schlug Anna Tierse vor. „Das
ist eine gute Idee", ergänzte Kathrin Schröder. Peter Voller
kramte kurz in seinen Unterlagen und zog den Ausdruck
mit der besagten, kryptischen Botschaft und ihre Übertra-
gung hervor:
   „*Treffen am 24. Juni, Nachtfeuer 1–2, Vogtsburg –
Rotenberg, Iorinth 3. Wenn Feuer 1 – Sonnw. – gezündet,*

*startet Rotenbergfanal, Aktionszeit plus 1 h. P 1 und 2 ungleich P 3.*"

„Was soll ‚Iorinth' bedeuten?", fragte Anna und schaute in die Runde. „Vielleicht ein Kürzel, eine Art Verballhornung?", schlug Kathrin Schröder vor. „Ja, aber wenn es ein Kürzel ist, wovon?" „‚Iorinth' erinnert mich an ‚Korinth'", überlegte Stiller, „Moment, ich habe eine Idee."

Er stand auf, lief ins Haus und kam nach einer Weile mit einem Bildband von Stuttgart und Umgebung zurück: „Hier ist der Rotenberg mit der Grabkapelle. Was fällt euch beim Betrachten auf?" „Da sind vorn vier Säulen und jeweils an der Seite auch", äußerte sich Voller, „Ich habe das erst kürzlich überprüft!", lachte er bitter. „Das sind ionische Säulen", meinte Anna, „das sieht man am Kapitell, an den Schnecken am Säulenschaft und am Abschluss unten." „Ja, aber warum ‚Iorinth', also eine Anspielung auf die korinthischen Säulen?", fragte Heinz Ratmund. „Vielleicht ein Hinweis auf das Kapitell, da sich dort beide Säulenarten am deutlichsten unterscheiden", schlug Anna vor. „Und die Zahl drei verweist auf die Säulen!", ergänzte Kathrin Schröder, „Ja, das könnte eine Lösung sein." „Aber die Fachleute haben nichts entdeckt", widersprach Voller, „Ich war am Wochenende vor Ort. Ich hab es gesehen, das Team klopfte auch die Säulen ab, da war nichts."

Alle schwiegen enttäuscht, diese Deutung schien sich in Luft aufzulösen. „Haben die wirklich die gesamten Säulen von oben bis unten untersucht?", hakte Stiller noch einmal nach. „Ob die Untersuchung bis ganz oben reichte, weiß ich nicht, die hatten Leitern dabei, ich glaube aber bis an diese Spiralen oben reichten die Leitern nicht." „Das sind Schnecken", korrigierte Anna, „eigentlich ideale Verstecke für etwas, findet ihr nicht?" „Ja, das mag stimmen, aber wie können wir unsere These überprüfen? Gibt es irgendjemand, der aufgrund unserer Ideen nochmals eine Untersuchung startet, nachdem Maier und der Polizeipräsident ihren Bannstrahl über uns geworfen haben?" Kathrin Schröder schaute die Freunde fragend an. Heinz Ratmund räusperte sich: „Ich habe da noch einen Kontakt von früher, den ich vielleicht aktivieren könnte ..."

Friedrich Ackermann, Spezialist für Sprengstoffe mit guten Kontakten zum BKA, hatte den Polizeidienst quittiert und arbeitete jetzt als privater Sicherheitsexperte. „Fred" tat alten Freunden gern einen Gefallen und wurde sofort nach Ratmunds Anruf aktiv. Die Geschichte klang verrückt und ein derartiges Vorgehen, jenseits von Vorschriften und leicht neben der Legalität, reizte ihn.

Am Mittwochnachmittag fuhr daher vor der Grabkapelle am Rotenberg ein grauer Lieferwagen vor. Fünf Männer in Arbeitskleidung sprangen heraus, zogen ausfahrbare Leitern hervor und trugen diese hoch zum Eingang. Dem Aufsichtspersonal wurde ein amtlich wirkendes Schreiben gezeigt, dann lehnte man die Leitern an die dritte Säule von links, d.h. die zweite rechts des Eingangs, und begann vorsichtig mit der Untersuchung der Kanneluren und des Abakus. Die Männer tasteten jede Vertiefung, jede Rille ab, leuchteten in die von unten nicht erkennbaren Furchen und Ritzen, fanden jedoch keinen Hinweis auf Unregelmäßigkeiten.

Fred Ackermann gab jedoch so schnell nicht auf. Er ließ die Prozedur auf der rechten und linken Seite des Gebäudes wiederholen, doch bei aller Genauigkeit, es blieb beim gleichen Misserfolg. Nach zwei Stunden legten die Männer eine Pause ein und Fred rief seinen alten Freund Heinz Ratmund an. „Hier Fred, Heinz, altes Haus, sieht so aus, als ob ihr euch geirrt hättet." Fred berichtete Ratmund von ihrer bisherigen Suche. „Viele Risse, aber keine Bombe", schloss er. „Habt ihr euer Augenmerk einmal auf die Schnecken gerichtet? Da müsste das Zeug verborgen sein." Und Ratmund schob nach: „Mein Angebot mit dem Fass Guinness steht auf jeden Fall! Ach ja, die Zahl Drei soll auch eine Rolle spielen."

„Wenn du meinst, das könnten wir noch überprüfen, aber viel Hoffnungen würde ich mir nicht machen. Ich melde mich, Ende."

Fred wandte sich seinen Leuten zu: „So, Männer, noch ein Versuch, diesmal schaut nach der jeweils dritten Schnecke. Der gute Heinz verspricht uns bei Erfolg ein Fass Guinness, wäre gut, wenn wir doch noch etwas fänden, was Jungs?" Die Männer lachten und machten sich erneut an ihre Aufgabe. Ob es das versprochene Fass war oder die präzisere Suchanweisung, keine zehn Minuten später stieß Herbert Schmid, Fachmann für Sprengfallen, auf einen winzigen, kreisrunden spiegelnden Gegenstand auf der Rückseite der linken Schneckenform der zweiten Säule von links vorn am Eingang. Er pfiff durch die Zähne: Wenn das nicht bester israelischer, auf RDX basierender Sprengstoff der Marke Semtex war. Die spiegelnde Oberfläche war ein typisches Zeichen für Polyisobutylen und Diethylhexylsebacat als Bindemittel und Knetmittel. Er griff in seine Tasche und holte vorsichtig einen Thundat-Sensor hervor. Das System des Sensors war höchst einfach. Plastiksprengstoffen werden bei der Herstellung Markierungsstoffe beigemischt, um diese durch Spürhunde und durch Detektionsgeräte besser auffinden zu können. Der vorliegende Sensor bestand aus einem 180 mal 25 Mikron großen, an einer Mikroblattfeder angebrachten Teil Silizium. Die eine Seite der Mikroblattfeder war mit Gold überzogen. Diese Goldseite war wiederum mit einer Säure beschichtet, die auf PETN (Pentaerythrit-tetranitrat) und RDX (Hexogen 1,3,5-Trinitro-hexahydro-1,3,5-triazin) anspricht. Bei diesen explosiven Stoffen reagiert die Blattfeder und das wird mit einem Lasermikroskop gemessen.

Der Blattfederausschlag war deutlich und bestätigte Schmids Vermutung. Schmid stieg rasch die Leiter herunter und meldete Fred Ackermann seine Entdeckung. Sein Boss stellte die Aktion umgehend ein und befahl die Evakuierung und Abriegelung des Gebäudes. Dann rief er die

Abteilung VII des LKA an und gab durch, was er und seine Leute entdeckt hatten. Von dort hielt er die Anweisung, das Gelände großräumig abzusichern und bis zum Eintreffen des Sprengmeistertrupps jedem den Zutritt zu verwehren. Nachdem all dies in die Wege geleitet worden war, besann sich Fred auf den eigentlichen Grund seiner Suche und rief Heinz Ratmund an, um ihm von seiner Entdeckung zu berichten: „Halt dich fest, alter Junge, wir haben es gefunden!"

## FREITAG, 1. JULI

Der Polizeipräsident gratulierte Kommissar Maier höchstpersönlich zum Fund und somit zum Erfolg seiner Abteilung. „Nach Angaben der Experten hätte der Sprengstoff genügt, die vordere der tragenden Säulen zu knicken. Aufgrund der komplizierten Statik wäre das Dach eingestürzt. Nicht auszudenken, wenn das neulich Abend passiert wäre. Also, Herr Maier, das ist noch einmal gut gegangen. Selbstverständlich ist Ihre Abteilung rehabilitiert. Ich bekomme dann wohl bald den Bericht zum Hintergrund? Unter uns, der Ministerpräsident ist sehr zufrieden, ich denke, der ‚Hauptkommissar' wird nicht lange auf sich warten lassen. Gut, gut, ich danke Ihnen."

Kommissar Maier war damit verabschiedet und verließ, im Bewusstsein seiner verdienten, baldigen Beförderung, geradezu beflügelt den Raum. Das war ja wieder bestens gelaufen, nun mussten noch Kleinigkeiten wie der Bericht erledigt werden. Das konnte die Schröder machen, die hatte ja schließlich mit Voller das ganze Chaos verursacht. Ach ja, da gab es noch die Mordgeschichte Alba und

Clippert sowie die Sache mit der Seeleiche. Diese Altlasten sollten die Herren Ratmund und Voller auch endlich einmal klären. Zeit war genug verstrichen, heute war schließlich schon der erste Juli, die Fälle hatten sich im Mai und Anfang Juni ereignet, könnten also längst enträtselt sein. Er beschloss, dass sich Frau Heine in seinem Auftrag der Sache annehmen und die Arbeit der Inspektoren kontrollieren sollte. Er konnte sich als baldiger Hauptkommissar keine Misserfolge mehr leisten. Daran, dass der Staatsschutz die Akten im Fall des Regierungspräsidiums an sich gezogen hatte, dachte Kommissar Maier nicht.

### Samstag, 2. Juli

Am Mittag bummelten Walther und Anna durch die samstäglich geschäftige Stadt. Suchten Modegeschäfte auf, besuchten die „Esoterische Quelle". Dann nahmen sie einige Kostproben auf dem Ökomarkt. Schätzten die Folgen der Aussaat von Gen-Mais ein, warfen Blicke auf die Restbestände des Flohmarkts, wo Anna noch ein Bernsteinkettchen für ihre Tochter Eva-Maria kaufte. Eine Schaufenstertour auf der Königsstraße folgte. Sie ließen die Last-Minute-Angebote links liegen, liefen hoch bis zur Eberhardpassage. Dort erhielt Walther bei Strauss eine Modeberatung durch Anna, die im Kauf eines leichten Leinenanzugs gipfelte.

Am Schluss nahmen beide am Straßenrand einen Kaffee zu sich. Sie betrachteten die Leute, plauderten über Menschen und Beziehungen. Das Gespräch wandte sich den Themen Heirat und Ehe zu. Zu früh getraut, zu spät bereut? Ein nicht ungefährlicher Punkt, aber ein insgesamt angenehmer Mittag. Anna musste heim und ihrer Tochter beim Packen helfen. Eva-Maria fuhr morgen auf ihre Abschlussfahrt nach Italien, die Sommerferien kamen näher.

Der Rest der Gruppe traf sich am Abend wieder bei Walther. Walther Stiller fühlte sich etwas müde. Die letzte Woche war mit Abiturprüfungen am Montag und Dienstag, einem Konzert und der gestrigen Stuttgart-Präsentation seiner 10. Klasse ziemlich gefüllt gewesen.

Gegen Acht kamen sie, nur Peter Voller fehlte noch, Anna hatte ja zu Hause zu tun. So saßen sie zu dritt und kamen rasch zum Thema. Es stand die Frage im Raum, wie es mit den Ermittlungen weiter gehen sollte? Irgendwie schien die Geschichte, trotz der Bestätigung durch den Bombenfund, festgefahren. „Der Dreh- und Angelpunkt ist dieser Heiner Petters. Wir müssen an den Kerl rankommen, nur so lässt sich der Knoten lösen, da bin ich mir sicher", erklärte Kathrin Schröder. „Ja, aber wie?", warf Heinz Ratmund ein. „Unsere Listen helfen uns auch nicht weiter, die eigentliche Querverbindung fehlt noch."

Ehe sie ihre Überlegungen vertiefen konnten, klingelte es an der Haustür. „Das muss Peter sein, ich mach auf." Walther ging nach draußen zum Eingang, um zu öffnen. Vor der Tür stand Peter Voller in Begleitung einer sehr attraktiven Blondine. „Julia Heine", stellte er vor, „unsere neue Verstärkung." Walther Stiller, der über die inneren Strukturen der Kriminalabteilung kaum Bescheid wusste, war nicht weiter überrascht. Doch bei Kathrin Schröder und Heinz Ratmund löste Frau Heines Erscheinen eine ziemliche Verblüffung aus. „Frau Heine", Ratmund erhob sich, „dass Sie kommen, eine freudige Überraschung ..."

Kathrin Schröder fand Ratmunds Bemerkung überzogen und bemerkte spitz: „Mit Ihnen hätte ich nun wirklich nicht gerechnet. Vielleicht kommt noch unser werter Kommissar Maier persönlich?" „Moment, Kathrin", intervenierte Peter Voller. „Ich habe Frau Heine eingeladen, weil ich denke, wir können jede Hilfe gebrauchen. Julia hat da nämlich eine Idee." Er duzt sie, stellte Kathrin Schröder in Gedanken fest. Und mit einem Blick auf Frau Heines heute dezenteres Äußeres: Wenigsten trägt sie heute mehr Stoff als sonst! Sie setzten sich, Walther Stiller stellte Gläser hinzu, öffnete den Löwensteiner Riesling und schenkte ein. Die Stimmung schien gleich gelassener zu werden. „Dann schießen Sie mal los!", ermunterte Heinz Ratmund Frau Heine mit einem wohlwollenden Blick, den Kathrin Schröder genau registrierte.

„Es ist so", begann Julia Heine zögernd, „dass Kommissar Maier mich anwies, Ihrer Arbeit, wie er sagte, den nötigen Schwung zu verleihen, damit – ich zitiere noch immer den Chef – ‚sich endlich mal Ergebnisse zeigen'". Sie hielt inne, trank einen Schluck. Sie hat ihn schon wieder ‚Chef' genannt, selbst hier muss sie schleimen, Kathrin Schröder fand das Eindringen dieser Person unpassend. „Ihr entschuldigt, wenn ich die Vokabel ‚Chef' gebrauche. Aber ‚Chef' ist für mich einfach der Inbegriff von vorgesetzter Selbstgefälligkeit, gepaart mit selbstgerechter Unfähigkeit. Und", sie zögerte kurz, „ständiger blöder Anmache!" Na ja, dachte Kathrin Schröder, musst dich nicht wundern, wenn du die Typen ständig so provozierst. „Aber ich will mich nicht über den ‚großen' Maier auslassen, sondern einen Vorschlag einbringen, wie man diesem Petters begegnen könnte. Vielleicht ist er doch nicht so unantastbar, wie er meint ..."

Julia Heine lebte außerhalb ihres Dienstes in gesellschaftlich anderen Sphären. Ihr Vater hatte erfolgreich mit seinem Erbe spekuliert und Anteile an verschiedenen Unternehmen erworben. Ein Grund für Julia Heine, einer eigenständigen Tätigkeit nachzugehen, wobei Vater Heine ihre Berufswahl nicht sonderlich schätzte. Jedenfalls gehörte ihm unter anderem ein kräftiges Aktienpaket der Württembergischen Strom- und Kraftwerksgesellschaft, er war Präsident einer Wirtschaftsförderungsgesellschaft und als Verwaltungsrat verschiedener Einrichtungen mit Herrn Petters bekannt. Demnächst war im Hause Petters ein kleiner Empfang angesagt. Julia Heine würde ihren Vater begleiten und unauffällig Erkundigungen einziehen können.

„Vielleicht sollten wir einmal dem Hause Petters einen direkten, nichtöffentlichen Besuch abstatten. Ob wir dort etwas finden, bezweifle ich. Aber man könnte etwas hinterlassen, was den Herrn aus der Reserve lockt und unvorsichtig werden lässt." Julia Heine endete und die anderen schwiegen zunächst, dann meldete sich Kathrin Schröder zu Wort: „Was meinen Sie, mit ‚etwas hinterlassen'? Was könnte Petters so aufschrecken, dass er unvorsichtig würde?" Voller ergänzte: „Selbst mit der PC-Geschichte habe ich nichts gegen ihn in die Hand bekommen. Ohne richterlichen Beschluss war mein Vorgehen illegal und nicht beweisrelevant. Und der Zugangscode ist mittlerweile auch geändert worden, an seiner neuen Firewall kommt mein Freund Jochen nicht mehr vorbei."

„Er hat jedenfalls etwas gemerkt, sonst hätte er nicht mit verstärkten Sicherheitsmaßnahmen reagiert", meinte Walther Stiller. „Wie war das mit seinem Bruder?", fragte Heinz Ratmund. „Hat er auf dessen Tod reagiert?" „Von wegen, Petters distanzierte sich. Er erklärte, er habe seit Jahren mit seinem Bruder Ralf nichts mehr zu tun gehabt und seine politische Haltung stets missbilligt und verurteilt. Herr Petters äußerte kein Bedauern, keine Klage, nichts, ein eiskalter Bursche", Kathrin Schröder verzog angewidert ihr Gesicht.

„Das ist seine Stärke und Schwäche zugleich", warf Frau Heine ein, „da könnten wir ihn packen!" Kathrin warf ihr einen abschätzenden Blick zu, was redete die schon wieder? „Nun, ich habe folgende Idee", sprach Julia Heine weiter und begann den anderen die Grundzüge ihres Plans zu erläutern.

Der Empfang bei Heiner Petters in der Diemershaldenstraße, oberhalb vom Eugensplatz, konnte als eine Einladung im kleineren Kreise gesehen werden. Außer den beiden Heines waren vielleicht zwei bis drei Dutzend anderer Personen aus dem politisch-wirtschaftlichen Umfeld des Herrn Petters geladen.

Man nahm Cocktails zu sich, unterhielt sich und tauschte sich über die Politik und andere aktuelle Themen und ihre Bedeutung für die Finanzmärkte aus. Die Damen sprachen über Mode und die Eigenarten der Männer im Allgemeinen. Die Blicke der Herren glitten lässig über die anwesende Weiblichkeit und blieben meist an Julia Heine hängen. Sie trug heute ein raffiniertes schwarzes Kleid, eng anliegend und Figur betonend, mit kleinen Perlen bestickt. Doch nicht die Farbe und Form zogen die Blicke auf sich, sondern der Schnitt. Auf der hinteren Seite hielt ein schmales Halsband den Stoff in der Senkrechten, bis tief zur unteren Wirbelsäule öffnete sich der Rückenausschnitt. Auch vorn und an den Seiten gewährte das Kleid dem Betrachter großzügig Einblick auf eine weiche Schulterpartie und das tiefe Dekolleté. Dazu trug sie ihr langes blondes Haar offen und hatte mit wenigen Strichen den Augen eine eindringliche Tiefe gegeben, der kaum ein männliches Wesen standhalten konnte.

Julia Heine wusste um ihre Wirkung. Sie hatte heute Abend ein konkretes Ziel, welches sie erreichen wollte. Bald sah sie sich von einer Gruppe männlicher Wesen umgeben, die es alle darauf anlegten, durch gefälliges

Geplauder und Wortwitz, gepaart mit Nonchalance und einer gewissen Bissigkeit, wenn es um die anderen Herren ging, ihre Aufmerksamkeit zu erringen. Sie spielte locker-leicht mit, gab kleine sprachliche Winke, lockte und wehrte gleichzeitig ab, schien interessiert und blieb gleichzeitig unverbindlich.

Schließlich wirkte ihr Köder. Der Herr des Hauses, Heiner Petters, trat zu der Gruppe mit der Bemerkung, er müsse doch einmal sehen, welche Venus ihm da seine Gesprächspartner abspenstig mache. Die „Venus" schenkte ihm darauf ein derart offenes und einladendes Lächeln, dass er gar nicht anders konnte, als sich in den Kreis ihrer Verehrer einzuklinken und sich an der Unterhaltung lebhaft zu beteiligen. Nach einiger Zeit zogen sich die übrigen Herren zurück. Gegen den Platzhirsch hatten sie offenbar keine Chance. Petters bot daher, nach einem kurzen Blick durch den Raum, seinem Gast an, ihr das Haus zu zeigen. Er habe da einen sehr schönen „Gerhard Richter", der ihr sicher gefalle. Julia Heine willigte ein und ließ sich von Petters hinaus geleiten.

Er führte sie in den oberen Stock, öffnete eine Tür, die offenbar in den Privatbetreich führte. Es handelte sich um ein Balkonzimmer mit Bücherregalen auf der linken Seite. Rechts befand sich ein Durchgang zu einer Art Schlafzimmer. Neben dieser Öffnung hingen in der Tat links und rechts je ein Richterbild. Es handelte sich um „Rosen" aus dem Jahre 1994 und „die kleine Badende" von 1996, Bilder, die Julia Heine anderen Ortes vermutete. Dass Petters sie nicht wegen der Richterbilder hierher gebracht hatte, vermutete sie ebenfalls. Und seine nächste Bemerkung, er könne sie sich gut als „Badende", jedoch ohne das richterliche Tuch vorstellen, bestätigte ihre Überlegung.

Mit einem gekonnt koketten Augenaufschlag erklärte sie ihm, heute sei dafür leider nicht der rechte Zeitpunkt und dazu riefe eben jemand nach ihm. Ob er es nicht gehört habe? Wirklich erscholl von unten eine Frauenstimme: „Heiner?", was Petters sichtlich irritierte. Julia Heine trat darauf rasch auf den Gang und dankte ihm mit lauter Stimme, die beiden Bilder seien wirklich ausgezeichnet, vor allen die „Rosen" wären faszinierend. Petters, etwas überrascht von dieser Wendung, folgte langsamer. Auf der Treppe erschien in diesem Augenblick Frau Petters, eine noch gut aussehende Dame von etwa Mitte Vierzig. Sie blickte etwas misstrauisch auf Julia Heine. Da aber ein deutlicher Abstand zwischen ihr und Petters war und auch sonst kaum Zeit für anderes gewesen war, beruhigte sie sich rasch.

Während ihrer Aktion hatte Julia aus ihrem Minihandtäschchen einen silbernen, mit ihrem Namen beschrifteten Drehbleistift gezogen und ihn unauffällig zu Boden fallen lassen. Der dicke Teppichboden dämpfte den Aufprall, Petters merkte von dem Geschehen nichts, zumal Julia sich zur Betrachtung der Bilder etwas vorbeugte und seine Aufmerksamkeit in andere Bereiche lenkte. Der Rest des Abends verlief in den normalen Bahnen solcher Anlässe. Die beiden Heines brachen relativ früh auf, was der Gastgeber sehr bedauerte und seine Frau mit einem entspannten Lächeln quittierte.

SONNTAG, 10.JULI

Anna Tierse schrieb am Sonntag Zeugnisse. Walther Stiller verbrachte den Tag mit Lesen und der Arbeit an einem Fachaufsatz zum Schillerjahr für eine pädagogische Zeitung. Kathrin Schröder besuchte eine jüngere Cousine, die in Tübingen Spanisch studierte. Abends gingen beide spontan zu einer Mitstudentin der Cousine, die zusammen mit ihrem sieben Jahre älteren Bruder und seinen Freunden ihren Geburtstag feierte. Heinz Ratmund seinerseits klingelte mit einem Rosenstrauß, den er extra auf dem Markt besorgt hatte, bei Kathrin Schröder und musste enttäuscht feststellen, dass diese ausgeflogen war. Dafür lud er Peter Voller zum Abendbrot ein und unterhielt sich mit ihm bei einer Flasche Wein darüber, wie unterschiedlich und unzuverlässig weibliche Wesen doch sein können.

Julia Heine schlief an diesem Tag einfach aus, frühstückte gegen 14 Uhr eine Kleinigkeit. Danach telefonierte sie ausgiebig und ließ den Tag locker verstreichen. Am nächsten Vormittag schließlich rief sie Heiner Petters in dessen Rechtsanwaltskanzlei an. Petters schien überrascht, fasste sich jedoch schnell und fragte, womit er denn dienen könne, wobei er das „womit" meinte, besonders betonen zu müssen. Julia Heine antwortete in ihrem unschuldigsten Tonfall, sie habe bei ihm, wahrscheinlich im „Richterzimmer", ihren silbernen Drehbleistift verloren. Ob er diesen nicht gefunden habe?

Petters schluckte den Köder und erklärte erfreut, sie könne natürlich jederzeit ihren Stift abholen. Der sei natürlich nicht stiften gegangen. Am besten vielleicht morgen Abend, so ab halb Acht, da habe er Zeit und könne ihr Eigentum persönlich zurück erstatten, was ihm natürlich eine Freude wäre. Julia hatte sich informiert, Dienstagabend besuchte Frau Petters ihre Kegelrunde, was meist bis weit nach Mitternacht dauerte. Die petterschen Kinder waren zudem auf Klassenfahrt. Der Mann wusste seine Termine zu wählen. Sie aber auch. Sie sagte mit viel Hin und Her zu, die Aktion konnte beginnen.

Der Abend kam, sie starteten ihre verdeckte Operation. Julia Heine erreichte die Diemershaldenstraße Nr. 13 und blickte hoch zu dem großen Gebäude mit der Balkonterrasse und dem breiten Dach der Rundkuppel. Es war zwanzig vor Acht und sie klingelte an der unteren, mit zwei Eulen verzierten äußeren Metalltür des Petters'schen Anwesens. Der Summer tönte, sie öffnete die Pforte und stieg die steinernen Treppenstufen nach oben. Heute gab sie sich geschlossener, trug einen dunklen Hosenanzug und die Haare aufgesteckt.

Heiner Petters öffnete persönlich die Haustür und bat sie mit einer leichten Verbeugung hinein. Er führte sie in ein geräumiges Wohnzimmer, welches im hinteren Gebäudeteil lag. Die Vorhänge der Fenster waren zugezogen, der Raum lag im milden Licht einiger Lampen. Auf einem Modern Art-Tisch brannten in zwei Kandelabern rund ein Dutzend duftende Kerzen. Petters bot ihr einen Platz auf dem großen, weißen Sofa an und holte einen Sektkühler sowie passende Gläser hervor. „Ich erlaube mir zur Feier des Tages Ihnen heute, liebe Julia, – ich darf doch so sagen – ein Glas Champagner zu kredenzen", sagte er gewandt und füllte zwei großkelchige Gläser. „Eine schöne Idee", flötete Julia Heine. „Oh, wenn Sie, lieber Petters, noch eine Kirsche dazu hätten, ich liebe Champagner mit einer Kirsche, da werde ich einfach ganz schwach."

Heiner Petters war entzückt und eilte in die Küche, um eine Kirsche zu holen. Sobald Petters den Raum verlassen hatte, holte Julia Heine aus ihrer Tasche ein Fläschchen hervor und ließ zehn Tropfen in Heiner Petters' Glas fallen. Sie packte alles wieder ein, lehnte sich vor und ergriff ihr Glas. Sie stand auf und trat zu den Bildern, die an der Wand hingen. Es handelte sich um drei Bilder des in Stuttgart geborenen Malers Bernd Mattiebe, der in den letzten Jahren vor allem mit Videoprojektionen in Indien, England und Italien auf sich aufmerksam gemacht hatte. Das erste Bild, ein großes rotes Etwas mit vereinzeltem Blau, etwa 70 x 80 cm, Acryl auf Baumwolle wirkte sehr plastisch und durchaus explosiv. Auch die beiden anderen, jeweils in Blau und Grau und mit roten Punkten schienen innere Gemütswelten zu offenbaren.

„Interessant, nicht wahr? Ich liebe diese modernen Ausdrucksformen. Sie machen einem so recht deutlich, was der Mensch eigentlich ist. Ein Nichts, ein Farbklecks auf der unendlichen Leinwand der Welt!" Petters war, ohne dass sie es gemerkt hatte, hinter sie getreten und legte, gleichsam spielerisch, seine Hand auf ihre Schulter. Seltsam, dachte sie, dieser Typ besitzt ganz verschiedene Facetten. Der Machtmensch, der Genießer, das geile Schwein, der heimtückische Mörder – und der philosophierende Ästhet. Nun, es gibt nicht nur Schwarz-Weiß, sondern auch allerlei Grauwerte. „Sie sind so nachdenklich?" Petters rückte näher an sie heran. „Stoßen wir erst einmal an, auf die Ästhetik der Bilder und Ihre Schönheit. Schade, dass Sie Ihr Haar heute so streng tragen." Petters strich mit zwei Fingern sacht über ihre Schläfen: „Würden Sie mir einen Gefallen tun und Ihre Haare öffnen?" Julia spürte Abscheu, fasste sich aber und sagte mit fester Stimme: „Stoßen wir an, dann kommt der oder das Gefallen von selbst!"

Sie hob ihr Glas, die Kelche berührten sich leicht und klangen wie ein heller Glockenton. Petters bemühte sich, ihren Blick einzufangen. Julia erwiderte den Blick, setzte das Glas ab und öffnete mit einer schwungvollen Bewegung ihr Haar. Petters trat einen weiteren Schritt auf sie zu, hob die Hände, führte diese dann in einer fast ruckartigen Bewegung an den Kopf und taumelte rückwärts. Er stieß an das große Sofa, rutschte hinein und kippte auf die Seite. Julia stellte ihr Glas ab und band rasch die Haare zusammen.

Dann nahm sie ihr Handy und rief Inspektor Voller an: „Es hat geklappt, Petters ist außer Gefecht gesetzt, ihr könnt kommen." Sie steckte das Handy ein, holte Handschuhe aus der Tasche und zog diese über. Dann verließ sie den Raum, lief zur Haustür und wartete auf das verabredete Zeichen.

Zwei Minuten später klopfte es, die anderen kamen, Peter Voller, Heinz Ratmund und Kathrin Schröder. Auf Walther Stiller und Anna Tierse hatten sie aus Sicherheitsgründen verzichtet. Die beiden saßen draußen im Wagen von Kathrin Schröder und „standen" sozusagen Schmiere.

Drinnen gingen die Vier systematisch vor. Zunächst trugen sie Petters nach oben in das Schlafzimmer und legten ihn auf dem Bett ab. Ratmund durchsuchte das Arbeitszimmer, während Peter Voller die Rückseite des PCs aufschraubte und diesem einen winzigen Chip einsetzte. Einen weiteren Chip fügte er der Box des Telefonanschlusses zu. Dann suchte er nach einer geeigneten Stelle für eine Minikamera mit Funksender. Julia Heine entsorgte die beiden Gläser und die Champagnerflasche in einem mitgebrachten Beutel.

Danach überprüfte sie mit Kathrin Schröder die übrigen Räume nach Besonderheiten. Sie stiegen zunächst in das untere Stockwerk, mit den verschiedenen Wirtschaftsräumen. Am Ende eines schlecht erleuchteten Korridors befanden sich einige Truhen und etliche Holzschränke.

Julia Heine wollte schon umkehren, da gab Kathrin Schröder ihr ein Zeichen, noch zu warten. Sie schaute in die Schränke, ohne jedoch etwas Ungewöhnliches zu entdecken. In einem der Schränke lagen einige Tücher unordentlich auf dem Boden. Instinktiv durchwühlte sie den Haufen und entdeckte ein kleines Papierbündel. Sie hob es auf und öffnete es. Es handelte sich um eine Art von Faltkarte. Interessant, Kathrin steckte das Bündel ein. Die letzte Schranktür führte in einen düsteren Gang. Er mündete in ein riesiges, höchst merkwürdiges Zimmer, dessen Atmosphäre seltsam bedrückend war.

Es handelte sich um einen saalartigen, fünfeckigen Raum auf der Seite des Hauses, der einen fantastischen Panoramablick auf die unten liegende Stadt frei gab. Ein eigenartiger Geruch lagerte zwischen den Wänden. Es war stickig und fast schwül. Den Boden bedeckten schwere dunkle Teppiche, auch die Wände waren in gedämpften Farben gehalten. Einen breiten Tisch umgaben zwölf Stühle, sonst gab es kein Mobiliar. Auf einem der Stühle lag ein dunkles Kapuzencape.

Dann entdeckten die beiden Frauen in einer Ecke des Saales etwas, das sie erschauern ließ. Sie standen vor einem großen, auf Steinquadern gelagerten Terrarium, in dem sich auf weißem Sandboden unter dem roten Licht einer Wärmelampe etliche schwarzgelbe Schlangen knäuelten. „Die Vipern", flüsterte Kathrin Schröder voller Ekel, „von hier kam also die Giftwaffe!" Sie zückte ihr Fotohandy.

Inspektor Ratmund vertiefte sich währenddessen in den Inhalt des Schreibtisches und entdeckte, neben einer höchst interessanten Rechtskorrespondenz, in einer Schublade ein mit altertümlichen Buchstaben beschriftetes Briefbündel. Es handelte sich um etwa dreißig bis vierzig Kuverts mit zum Teil mehrseitigen Briefen. Zu viel, als dass Ratmund die Seiten rasch fotografieren konnte. Die Briefe einfach mitzunehmen wäre zu auffällig gewesen. Der Inspektor öffnete daher vorsichtig den Knoten des Bündels und lichtete die Seiten des oberen und des untersten Briefes sowie ein Schreiben aus der Mitte ab.

Zu mehr kam er nicht, denn Voller kehrte zurück. „Er bewegt sich bereits etwas, die Wirkung der Tropfen lässt langsam nach. In den nächsten zehn Minuten wacht Petters sicher auf." „Wo sind die Frauen?", fragte Ratmund, „Die habe ich über Handy verständigt. Los, wir gehen wieder runter zum Eingang." Beide Männer blickten sich noch einmal im Raum um. Es blieben keine Spuren ihrer Durchsuchung zurück. Kathrin Schröder und Julia Heine warteten schon im Foyer des Hauses. „Wir haben einiges entdeckt und ihr?", wollte Julia Heine wissen. „Ja, ja, wir berichten gleich, lasst uns erst verschwinden, solange er noch schläft, ich habe ein mulmiges Gefühl", drängte Peter Voller.

## MITTWOCH, 13. JULI

Der Mann erwachte im Krankenhaus aus langem und tiefem Schlaf. Mühsam öffnete er die Augen, konnte sich nicht an das, was geschehen war, erinnern. Bald fiel er wieder in einen hitzigen, fiebrigen Dämmerschlaf. Stunden, Tage und Nächte vergingen. Dann kehrte die Erinnerung zurück und noch einmal durchlebte er den feurigen Alptraum, schrie vor Schmerz und Angst, rannte als Fackel in Panik davon, fiel und wälzte sich auf dem Boden. Wurde gefunden und gerettet.

Er erwachte erneut. Ihm war heiß und kalt, der Schweiß rann ihm herunter, dann wieder fror er.

Tag und Nacht lösten einander ab. Die Schmerzen ließen irgendwann nach, er hatte Glück gehabt. Aber er hasste das Bett, das ihn festhielt, wie ein Ertrinkender das Wasser. Und das Zimmer auch. An der Tür stand ein Rollwagen mit Instrumenten, Scheren, Verbandzeug, Flaschen, alles war ihm zuwider. Dann ging es aufwärts, nur ein paar Verbände blieben noch. Während der kommenden Tage und vor allem in den Nächten, wenn er wachlag, dachte er nach, rekonstruierte jenen Abend und die Zeit davor, suchte Klarheit über die Ursachen der Katastrophe der Sonnenwendnacht zu gewinnen. Ein Gesicht, ein Name biss sich in sein Bewusstsein fest. Und er ahnte, nein, wusste, wer verantwortlich war für das Ereignis und sein Geist füllte sich mit dem Durst nach Rache und Vergeltung. Dann nahm langsam ein Plan in seinem Innern Konturen an.

Inspektor Voller lud die Bilder der Handys auf seinen Laptop. Da gab es doch einiges, was an Bildmaterial zusammengekommen war. Kathrin Schröder hatte den versteckten, seltsamen Raum fotografiert und Bilder der sich windenden Schlangen geschossen. Von Inspektor Ratmund waren Teile der Rechtsanwaltsschreiben und die drei Briefe aufgenommen worden. Alle diese Bilder waren jetzt hochgeladen und Inspektor Voller druckte zunächst je ein Bild der Schriftdokumente aus.

Kathrin Schröder ergriff die Seiten der ersten Dokumentation. Diese gaben zwei juristische Schreiben wieder, welche eine scheinbar lapidare Scheidungsangelegenheit abhandelten: „Hiermit beantragen wir in obiger Rechtsangelegenheit die sofortige Außerkraftsetzung der Verfügung Nr. 23 gem. § 37,Absatz 3b ...", las sie laut vor. „Na, sehr spannend klingt das nicht. Ich frage mich, warum Petters diese Unterlagen nicht in seinem Büro aufbewahrt und warum du dies überhaupt fotografiert hast?", wandte sie sich an Heinz Ratmund. Der Inspektor wies mit dem Finger auf eine bestimmte Stelle im Text: „Schau genau hin, fällt dir nichts auf?" Kathrin Schröder folgte dem Text: „Meine Mandantin Sylvia Werner-Kunze ..." „Nun?", Ratmund blickte sie etwas spöttisch an, „ist der Groschen gefallen?" „Werner-Kunze, du meinst, das ist die frühere Frau von Otmar Werner?" „Ja, genau, Heiner Petters vertrat die Frau unseres ersten Opfers bei der Scheidung der beiden. Und das Ganze ist fast neun Jahre her, ein seltsames Zusammentreffen, nicht wahr?"

„Werner war Fachmann für die Dyzianer, die in enger Verbindung zu diesem Armanenorden stehen. Bei der Sonnenwendfeier trugen einige solche Kapuzencapes." Anna Tierse hielt den Ausdruck eines Bildes hoch, auf dem der

Stuhl mit dem Cape zu sehen war. „Und dann noch dieser merkwürdige versteckte Raum mit den scheußlichen Schlangen, so viele Seltsamkeiten auf einmal, dass ich kaum an einen Zufall glauben kann", bemerkte Julia Heine. Inspektor Voller und Walther Stiller studierten mit Hilfe einer Lupe inzwischen die Briefauszüge. In steilen Sütterlinzügen schrieb ein offenbar älterer Mann einem jüngeren von seinen Kriegs- und Nachkriegserlebnissen.

Aus den Zeilen sprach ein glühender Hass auf die Sieger von '45 und die Deutschen, die sich mit ihnen, wie es der Schreiber ausdrückte, „fraternisierten". Er beschwor den Jüngeren, immer an diese Dinge zu denken und eines Tages mit ihm zusammen Rache an allen „Systemträgern" zu nehmen. In einem anderen Brief wurde vom Wiederaufleben des Ordens der Armanen berichtet und die Hoffnung geäußert, dass Heiner, er wurde direkt angesprochen, bei seinem Vorgehen erfolgreich sein werde, um zur gegebenen Zeit am Plan mitwirken zu können. Über diesen „Plan" sagten die übrigen Auszüge nichts mehr aus. Die Botschaft der Briefe blieb somit seltsam und bruchstückhaft. „Der Schreiber dieser Zeilen scheint der Vater von Heiner Petters zu sein." Ratmund schaute die anderen an, die bestätigten mit einem Nicken seine Vermutung.

„Gut, aber hilft uns das weiter?", überlegte Kathrin Schröder. „Das sind alles Mosaiksteine, Indizien meinetwegen, aber beweisen können wir damit noch gar nichts. Aufgrund solcher Briefe Petters in ein Verfahren einbeziehen zu wollen, können wir gleich vergessen. Ich höre schon Kommissar Maiers Hohngelächter!" Voller seufzte. „Wir müssten jemand von diesen Armanen bzw. Dyzianern auftreiben. Wenn Petters unser Mann ist, kann er die Taten unmöglich allein arrangiert haben." „Nun, wir haben jedenfalls neue Verbindungslinien sowohl zwischen Petters und Werner als auch von Petters zu den Armanen entdeckt. Das ist ein Ansporn, um weiter am Fall zu bleiben", bemerkte Inspektor Ratmund.

„Ich fand auch diesen getarnten Schlangenraum höchst eigenartig und gar nicht zu den übrigen Zimmern des Hauses passend. Er wirkte mit seinen pentagrammischen Ecken wie ein Kultraum", Julia Heine schüttelte sich. Kathrin Schröder fiel, während Julia redete, etwas ein, das sie merkwürdigerweise bisher nicht erwähnt hatte: „Vielleicht gibt es noch ein weiteres Element, das uns vorwärts bringen kann", sagte sie langsam und zog ein stark zusammengefaltetes Schriftstück aus ihrer Tasche. „Das hätte ich fast vergessen."

Sie schlug es vorsichtig auseinander und entblätterte eine Karte. Die anderen beugten sich gespannt darüber. „Mensch, das ist ein Messtischblatt vom Kaiserstuhl aus dem Jahr 1944." „Ja, dort steht die Angabe ‚Kaiserstuhl. Vogtsburg'. Woher hast du die Karte?" „Die lag unter Lappen in einer Ecke eines Schrankes, der an der Wand kurz vor dem Zugang zu jenem befremdlichen großen Raum mit den Schlangen stand." „Wie hast du sie entdeckt?", wunderte sich Anna Tierse. „Eigentlich gar nicht. Ich habe die Tür aufgemacht, wühlte routinemäßig in den Lappen, die am Schrankboden lagen. Da fiel mir das Bündel auf und ich steckte es ein."

Kathrin Schröder blickte in die Runde. „Ich denke nicht, dass das Fehlen bemerkt wird. Dies jedenfalls ist ein Hinweis auf eine direkte Verbindung Heiner Petters mit dem Ort des Sonnenwendunglücks." „Das ist mehr als ein Hinweis", sagte Walther Stiller langsam. „Schaut euch die Karte genau an, was glaubt ihr, bedeuten diese Punkte hier?" Er wies auf einzelne schwarze Markierungen, die sich an verschiedenen Stellen des Blattes häuften. „Die Legende sagt nichts darüber", Ratmund betrachtete den Kartenrand genau. „Nein, das sind auch spätere Ergänzungen." Peter Voller brachte die Lupe zum Einsatz, „mit Tinte markiert", er sah fragend auf Stiller: „Ich habe solche Markierungen schon gesehen, insbesondere auf Karten aus den Jahren 1940–1945. Das sind Blindgängermarkierun-

237

gen." „Bist du dir sicher?", fragte Anna und fuhr entsetzt fort: „Dann hat Petters genau Bescheid gewusst, dass der Sonnenwendfeuerplatz auf einer Blindgängerstätte postiert war?", sie schauderte. „Ja, Petters oder sein Bruder oder beide oder auch noch ein Dritter." „Aber warum sollte er ein Interesse daran gehabt haben, Mitglieder dieses Ordens, dem er doch höchstwahrscheinlich selbst angehört, buchstäblich in die Luft gehen zu lassen?", entgegnete Julia Heine skeptisch. „Aus dem gleichen Grund, weswegen auch die Morde an Alba, Clippert, Werner und ich glaube auch an Bari begangen wurden – der Täter wollte alle Mitwisser ausschalten!"

Alle schwiegen betroffen, das war eine harte Anklage, die aber durchaus berechtigt sein konnte. „Also, ich denke", nahm nach einer Weile Kathrin Schröder den Faden wieder auf, „wir müssen mehr über die Vergangenheit des Briefschreibers erfahren, vor allem, ob er wirklich mit dem Vater von Heiner – und nicht zu vergessen – Ralf Petters identisch ist. Dann haben wir noch die von Peter eingebauten Überwachungselemente, vielleicht bringen die uns weiter. Und wir sollten uns um einen Kontakt zu dieser Armanensippe bemühen. Was immer die Leute wollen, nach dem Sonnenwendunfall sind die bestimmt an einer Aufklärung des Geschehens interessiert und kooperationsbereit." „Sind eigentlich die überlebenden Verletzten schon vernommen worden?", fragte Anna.

Der Abend kam und er beschloss die Gelegenheit zu nutzen, aufzustehen und zu gehen. Er musste sich Gewissheit verschaffen und das hieß, er musste verschwinden, denn nur draußen konnte er die Wahrheit in Erfahrung bringen. In den letzten Tagen hatten ihm die Ärzte einige Fragen gestellt. Und da es ihm besser ging, kam morgen oder übermorgen die Polizei ins Krankenhaus, um ihn zum Hergang des „Unfalls" zu befragen. Er scheute die Polizei nicht, aber bei dem, was er vorhatte, würde sie eher stören.

Vorsichtig schob er sich aus dem Bett, setzte das Bein auf den Boden, zog das andere nach und belastete beide mit seinem Gewicht. Dann richtete er sich langsam auf, taumelte leicht, machte ein, zwei Schritte und kämpfte mit seiner ganzen Willenstärke die Schwindelgefühle nieder.

Heiner Petters erwachte mit Kopfschmerzen auf seinem Bett. Er richtete sich stöhnend auf, wie spät war es denn? Die Armbanduhr zeigte halb Elf. Er konnte sich nicht erinnern, dass er sich hingelegt oder etwas getrunken hatte. Er wankte ins Bad, hielt den Kopf unter das kühlende Wasser. Setzte sich in einen der Sessel, schloss wieder die Augen. Nach einer Weile ließen die Kopfschmerzen nach. Petters hob den Kopf und dachte nach. War da nicht eine Verabredung gewesen? Er versuchte sich zu konzentrieren, zu erinnern, vergeblich, er wusste einfach nicht mehr, ob und was gewesen war. Dann verspürte Petters ein heftiges Durstgefühl und stand auf. Unten an der Hausbar holte er sich ein Bier aus dem Kühlschrank, öffnete die Flasche und warf den Kronkorken in den Müll. Er stutzte, da lag das Drahtgestell eines Champagnerverschlusses!

Jetzt fiel ihm alles wieder ein. Die kleine Heine hatte ihm neulich schöne Augen gemacht, ihn angerufen und sich für heute mit ihm verabredet. Sie war auch gekommen, da war er sich unbedingt sicher. Sie tranken zum Auftakt Champagner – und von da ab wusste er nichts mehr, in seinem Gedächtnis klaffte eine große Lücke. Zum weiteren Nachdenken kam er nicht mehr, in der Tür wurde der Schlüssel umgedreht, seine Frau kehrte vom Kegelabend zurück, früher als sonst! Verflixt, wo waren die Gläser und die Flasche?

Inspektor Peter Voller und Dr. Walther Stiller trafen sich in Vollers Wohnung, um ihre Rechercheergebnisse und speziellen Informationen zu den Armanen, Dyzianern und dem ganzen Hintergrund auszutauschen und zu vergleichen. „Ich bin mir über die wirkliche Bedeutung dieser Gruppe noch nicht ganz im Klaren. Handelt es sich bei den Dyzianern um eine dieser Neoesoterischen Sekten? Sind sie eine Abspaltung der Theosophen/Anthroposophen und damit harmlos? Oder ist eine Verbindung zu dieser Scientology zu ziehen, womit die Ziele der Gruppe problematisch wären?" „Ja, richtig", führte Voller das Gespräch weiter, „aber wenn wir eine Verbindung zu dem Armanenorden annehmen und es somit schwerpunktmäßig mit deren Arierkultus zu tun haben, gewinnt das eine weitere, bedenkliche Qualität. Mit oder ohne ODESSA!"

„Also ich halte diese ODESSA-Verknüpfung für Unfug oder für eine bewusste Fehlinformation. Zum einen gibt es hinsichtlich der Realität dieser Organisation berechtigte Zweifel, zum anderen scheint mir diese Runenspur absichtlich ausgelegt worden zu sein", kommentierte Stiller. „Nun, wir haben außer den Runen auch diese Briefe des alten Mannes, wohl Petters Senior. Was da steht, deutet schon ziemlich in die ultrarechte Ecke", Voller schien diese Spur durchaus ergiebig zu sein. „Du hast Recht, endgültig ausschließen können wir einen Altnazihintergrund nicht. Aber irgendwie passt das nicht zu einem Mann wie Heiner Petters." Walther blieb skeptisch.

Zur gleichen Zeit nahmen sich Heinz Ratmund und Kathrin Schröder die Filmaufzeichnungen der Funkkamera und die Telefonmitschnitte vor. Der Inspektor hatte Zweifel: „Der Petters ist viel zu klug, um über derart öffentliche Netze seinen geheimen Aktivitäten nachzugehen. Damit vertun wir nur unsere Zeit." „Ach, oft sind es Kleinigkeiten, über die Herren stolpern", scherzte Kathrin. „Jetzt nörgle nicht, Heinz, vielleicht werden wir ja fündig."

Danach sah es in der nächsten Stunde nicht aus. Die im schnellen Vorlauf betrachteten Kameraaufnahmen zeigten den leeren Raum oder den breiten Rücken des Herrn Petters, der am Schreibtisch Papiere durchlas oder telefonierte. Die Gespräche behandelten Rechtsangelegenheiten bzw. waren politischer Natur und nichtssagend. Jetzt war es an Kathrin, unruhig zu werden: „Sieht fast so aus, als ob deine Vermutung stimmte, nur Belanglosigkeiten, entweder ahnt er etwas oder ..." „Oder wir haben nicht den richtigen Tag erwischt", ergänzte Heinz, „nicht immer passiert etwas am Quatorze Juillet!"

## SAMSTAG, 16. JULI

Die Leiche musste seit einigen Wochen dort liegen. Sie lag in einem Gebüsch am Rande der Staibhöhe und war deswegen erst so spät entdeckt worden. Viel war nicht mehr übrig, das heiße Wetter, die Wolkenbrüche und vor allem die roten Waldameisen hatten den Toten bis zur Unkenntlichkeit entstellt. Die Ausweispapiere fehlten, um den Hals des wohl männlichen Toten hing an einer einfachen Kette ein Amulett.

Dr. Kugler, der Gerichtsmediziner machte sich an die üblichen Routineuntersuchungen. Die Totenflecken waren nicht mehr erkennbar, dagegen erlaubte die Farbfäulnis, das graubraun ins Dunkelgrau übergehende Kombinationsmuster, eine Einschätzung der Todeszeit, allerdings mit wesentlich größerer Variationsbreite als andere Merkmale wie Totenstarre und Totenflecken. Kugler fand keinen Hinweis auf eine Gewalttat, wobei die Attestierung eines natürlichen Todes bei Fäulnis problematisch ist. Denn einige der erkennbaren Veränderungen der Leiche können auch auf andere äußere Einflüsse wie thermische Energie, chemische Einwirkungen usw. zurückzuführen sein, insbesondere werden aber durch Fäulnisprozesse Spuren äußerer Gewalt überdeckt oder gelöscht. Jedenfalls war es zur Eiablage durch Insekten gekommen, es wimmelte von Maden, schon hatten Verpuppungen stattgefunden. Anhand dieser Merkmale datierte Dr. Kugler den Exitus des Toten auf den Zeitraum vom 23. bis 25. Juni. Nichts deutete auf ein unnatürliches Ende hin, vielmehr diagnostizierte Kugler anhand des Herzmuskels den Verschluss eines Herzkranzgefäßes. Zwei der großen Blutgefäße, die Koronararterien waren durch ein Blutgerinnsel verstopft. Außerdem stellte Kugler in den Gefäßen Ablagerungen und kleine Risse fest. Es hatten sich kleine Gerinnsel aus Blutplättchen gebildet, die das verengte Gefäß offenbar verstopften, was zu einem Herzinfarkt führte. Soweit waren die Ergebnisse klar. Das Alter des Toten schätzte Kugler auf etwa Achtzig. Ein alter Mann war also bei einem Spaziergang auf der Staibhöhe vom Herzinfarkt ereilt worden, nichts Außergewöhnliches. Nur, dass seine Personalpapiere fehlten und die Identität somit nicht festzustellen war, aber die wurde in solchen Fällen meist rasch geklärt. Etwas anderes fand Kugler bemerkenswerter: Am rechten Oberarm des Toten prangte eine noch erkennbare Tätowierung, das Blutgruppenmuster der Waffen-SS, und das Amulett zeigte eine Odalrune!

## MONTAG, 18. JULI

„Das ist doch merkwürdig", Kathrin Schröder legte den Telefonhörer auf und schaute Heinz Ratmund an. „Im Breisacher Krankenhaus, wo die Verletzten der Sonnenwend-Katastrophe behandelt werden, ist ein Patient nicht mehr aufzufinden. Der Mann ist einfach verschwunden!" Aber ihr Kollege hatte ihr nicht zugehört, denn er konzentrierte sich auf den Mitschnitt des soeben bei Heiner Petters eingehenden Anrufs.

Der Anrufer sprach mit heiserer Stimme, Petters erschrak, als er erkannte, wer in der Leitung war. „Ich weiß, was du getan hast und du wirst es bereuen, dies getan zu haben. Du bist deinem Volk zum Verräter geworden. Aber wenn auch Einzelne starben, der Orden kann und wird nie sterben. Doch du, du wirst keine Ruhe mehr finden, deine Nächte werden ohne Licht und Hoffnung sein. Wart's nur ab, der Tod kommt leise." Der Anrufer legte abrupt auf.

„Endlich, es ist passiert, die andere Seite hat sich gemeldet, jetzt kommt die Geschichte ins Rollen", Heinz Ratmund triumphierte. „Petters ist der Köder und er, der selbst getötet hat, wird nun zum Gejagten. Jetzt gehen wir der Sache langsam auf den Grund!" „Bringt die Überwachung doch etwas, du hattest doch einige Zweifel?", konnte sich Kathrin Schröder nicht enthalten anzumerken. „Ja, ja, du hast ja Recht. Wir müssen jetzt jedenfalls die Überwachung von Petters verstärken, damit er nicht vorzeitig zum Opfer seiner Taten wird."

In diesem Augenblick kam Julia Heine in das Zimmer und schwenkte eine Mappe: „Es gibt Neuigkeiten, ihr glaubt es nicht!" „Etwas Neues können wir auch bieten", konterte die Oberinspektorin, „aber sag schon, was gibt es bei dir?" „Hier ist der Bericht über den Fund einer Leiche, männlich, etwa 80 Jahre alt, in der Nähe des Rotenbergs. Und der Mann gehörte der Waffen-SS an!" „Das ist der alte Petters, denkt an seine Geschichten, an seine Briefe. Wenn der dort oben gefunden wurde, war doch etwas an der Verschwörungsgeschichte dran." Heinz Ratmund schüttelte den Kopf, „Das hätte ich nicht gedacht. Wenn sich die Vermutung bewahrheitet, ist dies eine wirklich überraschende Information!" „Und bei euch?", fragte Julia. „Bei uns geht es bald zur Sache, Heiner Petters hat einen Drohanruf bekommen, wahrscheinlich von einer der

Personen, die die Explosion im Kaiserstuhl überlebten. Und vermutlich von jener, die gestern aus dem Krankenhaus in Breisach verschwunden ist. Wir sollten die anderen informieren!"

Die Information gelangte an die verschiedenen Mitglieder der „Aufklärungsgruppe". Man war sich einig, den neuen Hauptkommissar Maier von diesen „Nichtigkeiten" unbehelligt zu lassen, zumal er am Mittwoch auf eine Kriminalistentagung nach Sindelfingen fahren würde. Dort fand die 25. GdP-Tagung für Verbrechensbekämpfung in Baden-Württemberg statt. Für Maier ein ideales Podium, um „wichtige" Kontakte zu knüpfen. Kein Maier-vor-Ort, Kathrin Schröder würde also auf das bewährte Amateurteam Tierse-Stiller zurückgreifen.

Sie rief Anna an und vereinbarte mit ihr, dass diese mit Stiller im Kriegsverbrecher- und Naziarchiv Ludwigsburg Recherchen anstellen und nach Aktenspuren von Petters Senior suchen würde. Die Oberinspektorin war fest überzeugt, dass der alte Petters der jetzt gefundene Tote war, wartete aber noch auf eine Bestätigung durch Dr. Kugler. Der Gerichtsmediziner hatte ihr eine baldige Rückmeldung über eine mögliche genetische Identität der Leiche mit Heiner Petters versprochen. Das von Julia Heine mitgenommene Sektglas enthielt genügend Material, um eine DNA-Analyse durchführen zu können. Julia wollte Peter Voller auch über die neuen Ereignisse informieren und mit ihm die informationstechnologische Seite der Angelegenheit bearbeiten. Kathrin konnte sich eigentlich nicht vorstellen, was Julia von Informatik verstand, gönnte aber Peter deren persönliche Unterstützung.

Inspektor Voller startete seinen PC und loggte sich ins Internet ein. Der von ihm dem Computer von Heiner Petters beigefügte Chip simulierte bei Eingabe eines bestimmten Codewortes eine wireless Lan-Verbindung. Voller war somit direkt mit dem anderen PC verbunden und hatte den vollen Datenzugriff auf alles, was in Petters PC gespeichert war. Als erstes ging er auf „Start", rechter Mausklick, gelangte zu „Extras", „Optionen" und öffnete alle versteckten Dateien. Jetzt begann die Suche nach neu gespeicherten Dateien. Neben vielen eher belanglosen Textdateien fiel ihm eine mit dem Namen „Formel" auf. Er öffnete die Datei: *„Nitroglycerin entsteht, indem man Glycerin nitriert (mit $NO_2$ versieht); es bildet sich Glycerintrinitrat; eine hochexplosive Flüssigkeit, die schon bei der kleinsten Erschütterung explodiert. Vermischt man Nitrogylcerin mit Kieselgur, entsteht der handhabungssichere Sprengstoff Dynamit."* Dann folgte eine längere chemische Formel.

„Was will Petters mit der Formel für Nitrogylcerin?", durchfuhr es Voller. Julia Heine, die Vollers Aktivitäten gespannt verfolgte, sprach seine nächste Überlegung aus: „Was hat Petters vor? Will der Mann eine neue Bombe bauen?" Beide sahen sich an, die Angelegenheit schien brisanter, als sie zunächst gedacht hatten. Und die nächste Datei, die Voller öffnete, mit dem Kürzel „P" bezeichnet, war noch obskurer:

*„100 Pfund waffengeeignetes Plutonium ... ordnen Sie das Plutonium in zwei Halbkugeln an, die etwa 4 cm von-*

*einander entfernt sind .... 200 Pfund Trinitrotoluol (TNT),*
*ein guter Plastiksprengstoff ist besser ... "*

Voller starrte Julia Heine an: „Ist Petters völlig durchgeknallt und plant ein Attentat auf Nuklearbasis? Und wer sind seine Helfer dabei, denn allein kann er eine solche Bombe nicht bauen." „Und das Plutonium muss auch irgendwoher bezogen werden."

Voller überlegte: „Ob das eine Scheinspur ist, die jemand für uns ausgelegt hat? Mir scheint diese Dimension der Bedrohung nicht glaubhaft." Julia Heine resümierte: „Realität oder Fiktion. Wir sollten baldmöglichst zugreifen!"

Währenddessen fuhren Walther Stiller und Anna Tierse gemeinsam nach Ludwigsburg in das NS-Archiv. Stiller hoffte, im Archiv wichtige Hinweise zu erhalten und begann seine Suche nach Akten über das Mitglied der Waffen-SS Petters, Jahrgang 1923. Wo war der Mann im Krieg eingesetzt gewesen? Der Einsatzort schien Stiller bedeutsam. Hatte Petters im Osten gekämpft? War er in Italien oder gar in Oradour eingesetzt gewesen? In wieweit hatte er Teil an den Verbrechen nationalsozialistischen Vernichtungswahns? Gab es über seine Nachkriegsbiographie weiterführende Informationen?

Anna und er arbeiteten sich durch die entsprechenden, teils nichtöffentlichen Bestände des Archivs – eine auch für Historiker ermüdende und staubige Tätigkeit.

Nicht viel spannender war die Beschäftigung von Inspektor Ratmund. Mit müdem Blick beobachtete er das Standbild der Überwachungskamera. Seit dem Anruf vor zwei Stunden war nichts weiter geschehen. Kathrin Schröder hatte inzwischen die verschiedenen Aktivitäten der Gruppe geregelt und holte gerade den Bericht zur DNA-Analyse von der Gerichtsmedizin.

Ratmund kritzelte auf seinem Block. Im Hause des Rechtsanwalts tat sich nichts. Heiner Petters saß breit an seinem Schreibtisch und studierte irgendwelche Akten, zu deren Inhalt er ab und zu etwas notierte. Heinz Ratmund gähnte. Da stand plötzlich dieser maskierte Mann im Raum. Stand einfach da, die Hände leer, über der Brust gekreuzt und schaute Petters an. Petters, in seine Arbeit vertieft, bemerkte den Fremden zunächst nicht, erst als dieser auf den Schreibtisch zutrat, schreckte den Anwalt ein Geräusch auf.

„Was gibt es, was wollen Sie hier?" „Erkennst du deinen Ordensbruder nicht mehr? Der Bruder des Ordens, den du verraten und verkauft hast?" Petters machte eine Geste der Abwehr, fing sich aber rasch: „Das ist Unfug, ich habe niemanden verraten und verkauft. Und von einem Orden weiß ich auch nichts, Sie verwechseln mich mit meinem Bruder!" Der Maskierte trat einen Schritt näher, er befand sich jetzt unmittelbar vor dem Schreibtisch, der für Petters die einzig schützende Barriere bildete.

„Es hilft dir nichts, wenn du leugnest und alles auf deinen Bruder Ralf schiebst. In meinen Händen befinden sich genügend Aufzeichnungen unserer Treffen und deiner Reden, deiner Aufträge, deiner Gebote. Ich habe sie für den Tag des großen Sieges aufgehoben. Nun, der Tag scheint fern, aber die Abrechnung, die ist nahe mein Lieber. Deine Zeit geht zu Ende." Der Mann mit der Maske zog mit rascher Bewegung ein Messer aus der Tasche. „Nein, nicht, lassen Sie das Messer", Petters hob beschwichtigend die Hände. „Ich kann alles erklären, die Dinge sind anders, als der Schein sie zeigt."

Kathrin Schröder kam in diesem Augenblick zur Tür herein und winkte aufgeregt mit dem medizinischen Bericht. Aber Inspektor Ratmund zeigte lediglich zum Bildschirm. Sie wandte sich diesem zu und blickte wie gebannt auf das Tun des Maskierten.

„Ich glaube, wir sollten langsam eingreifen, das Geschehen nimmt einen gefährlichen Verlauf", löste Ratmund ihre Erstarrung. „Mensch, da passiert wirklich was. Ich nehme Peter mit, wir fahren gleich los!" „Gut, ich halte die Stellung. Wir bleiben in Funkkontakt und wenn

nötig, schicke ich euch einen Einsatzwagen zur Hilfe!"
Kathrin sprang auf und verließ den Raum.

Im nächsten Augenblick sah der Inspektor, wie der
Maskenmann mit seinem Messer auf den Rechtsanwalt
zusprang und dieser nach hinten wegkippte – dann erlosch
das Bild.

In Ludwigsburg beendeten Walther und Anna ihre Arbeit.
Viel vermeldeten die Akten nicht über Wilhelm August
Petters, geboren am 20. April 1923 in Essen. Er war mit 17
Jahren in die Waffen-SS eingetreten, hatte in der SS Panzer-
Division Wiking gedient. Über Aktivitäten außerhalb des
reinen Kampfeinsatzes gab es keine Aussagen. Er schien
nicht an Kriegsverbrechen beteiligt gewesen zu sein, jedenfalls wurde seine Einheit, zu der sich viele Dänen gemeldet
hatten, in diesem Zusammenhang nicht erwähnt.

Nach Kriegsende 1945 tauchte Petters erst einmal unter.
Angeblich betätigte er sich bis zum Winter 45/46 im Untergrund als Werwolf. 1947 stand er vor einem Spruchkammer-
gericht, das ihn aufgrund verschiedener Zeugenaussagen als
minder belastet einstufte und zu nur sechs Monaten Arbeits-
lager verurteilte. Ob er die Strafe je antrat und was weiter aus
Wilhelm August Petters wurde, darüber schwiegen die
Akten. Lediglich ein handschriftlicher Vermerk besagte, dass
Teile der Akte zwecks Forschungstätigkeit über die HIAG
an das BA/MA in Freiburg abgegeben worden seien.

Die HIAG wurde 1951 gegründet. Sie war eine so
genannte Hilfsgemeinschaft der ehemaligen Angehörigen
der Waffen-SS. Ab 1956 erschien monatlich als Organ der
HIAG die Zeitschrift „Der Freiwillige". Diese besaß eine
Auflage von 12.000 Exemplaren, langjähriger Schriftführer
war damals ein Bundestagsabgeordneter der CDU!

Interessante Zusammenhänge, dachte Stiller, offenbar
hatte der alte Petters auch bei der HIAG mitgewirkt. Schade, dass die Akten nicht vollständig waren. Ein wenig
unzufrieden verließen beide das Archiv, die Spur löste sich

scheinbar auf. Walther und Anna fuhren zurück nach Stuttgart. Etwa zur gleichen Zeit rasten Kathrin und Peter, gefolgt von einem Einsatzwagen los.

Petters riss im Stürzen das Kabel aus der Leitung, der Kurzschluss ließ alle Lichter verlöschen. Er rollte unter den Schreibtisch, seine Hand griff in eine der unteren Schubladen. Seine Hand ertastete die Schusswaffe, die er vor langer Zeit dort deponiert hatte. Hinter sich spürte er eine Bewegung, der Andere! Da fühlte er einen scharfen Schmerz im Oberschenkel, der Feind hatte zugestoßen. Die Waffe lag jetzt in seiner Hand, Petters richtete die Pistole auf das Dunkle vor ihm und drückte zwei-, dreimal ab. Der maskierte Mann bäumte sich auf und brach dann mit einem Zucken zusammen.

Petters wurde es schlecht, er würgte und übergab sich. Dann spürte er etwas Warmes an seinem Schenkel. Es war klebrig, sein eigenes Blut. Mühsam kroch er schließlich aus der schützenden Enge hervor, schob den Leichnam beiseite. Nur langsam kam er in die Höhe. Bemüht, nicht das verletzte Bein zu belasten, humpelte er ins Badezimmer. Dort presste er ein Handtuch auf die Wunde, während er den Arzneischrank nach einem Verband durchwühlte. Der Schnitt schien nicht tief, blutete aber stark. Er riss die Hose runter und umwickelte notdürftig die Verletzung. Er wusch sich das Gesicht und die Hände, holte dann eine Taschenlampe aus dem Wandschrank und lief vorsichtig, das rechte Bein schonend, zurück in das Arbeitszimmer.

Petters richtete den Strahl auf den Leichnam, schob die Maske vom Gesicht. Ja, er kannte den Mann, wusste sofort, dessen Drohung, belastendes Material über ihn gesammelt zu haben, war ernst zu nehmen. Er bückte sich und durchwühlte die Taschen des Toten. Und er hatte Glück. In der linken Hosentasche fand er einen Schließfachschlüssel. Petters überlegte kurz. Seine Frau war mit den Jungen heute Abend bei ihrer Schwester, vor zwei

Stunden würden sie kaum zurückkehren. Solange hatte er Zeit, die Dinge zu klären. Der Tote war ein Einbrecher, den er überrascht und in Notwehr erschossen hatte!

Gut, aber bevor er die Polizei verständigte, musste er zu diesem Schließfach und feststellen, was der Tote gegen ihn zusammengetragen hatte. Denn dass dort Unterlagen zu finden waren, darüber hatte er keine Zweifel. Also los, die Zeit eilte. Ihm würde schon noch etwas einfallen, um den relativ großen zeitlichen Abstand zwischen dem Tod des „Einbrechers" und der Alarmierung der Polizei begreiflich zu machen.

Er verließ humpelnd das Haus, setzte sich in seinen Wagen und fuhr los in Richtung Bahnhof. Gerade, als er unten an der Kreuzung abbog, kamen mit Blaulicht zwei Streifenwagen die Alexanderstraße hochgefahren. Hatte jemand die Schüsse gehört und die Polizei alarmiert? Gleichgültig, ob die zu seinem Haus wollten, er musste zum Bahnhof und er hatte einen Vorsprung. Seine „Flucht" vom Tatort würde er mit Panik oder besser Angst vor weiteren Überfällen erklären.

Als Anna Tierse und Walther Stiller von Ludwigsburg zurückkehrten, trafen sie nur Julia Heine an. Die erzählte ihnen in knappen Worten, was sich alles ereignet hatte. „Wie wäre es, wenn wir einfach auch zur Diemershalden-straße führen? Wenn da wirklich etwas los ist, sollten wir schon dabei sein", schlug Anna abenteuerlustig vor.

Julia Heine zögerte erst, stimmte dann aber zu. Und so stiegen alle drei in Walthers Auto. Sie fuhren die Hauptstätter Straße entlang, da schoss in Höhe Charlottenplatz von rechts ein dunkler Porsche über die Kreuzung und an ihnen vorbei in die Unterführung hinein in Richtung Bahnhof. „Schnell, nach links und hinterher, das war Petters!", rief Julia. Walther wendete, geschickt quer über die Spuren der Kreuzung kurvend und ohne auf das wilde Gehupe zu achten, den Daimler nach links und nahm die

Verfolgung auf. Der Porsche war kaum noch zu sehen. Walther gab Gas, in der Friedrichstraße wurde der Verfolgte langsamer und es gelang ihnen, aufzuschließen.

Heiner Petters zügelte das Tempo, vor ihm lag der Bahnhof. Gleich war er am Ziel und konnte der Sache mit dem Schließfach auf den Grund gehen, dann sah er weiter. Routinemäßig blickte er in den Rückspiegel, hinter seinem Wagen hielt sich seit einiger Zeit ein Mercedes, ein Zufall wahrscheinlich. Um das zu prüfen bremste er kurz ab, scherte nach rechts und ließ sich hinter den Daimler zurückfallen. Drei Personen saßen im Wagen, ein Mann, zwei Frauen. Petters stutzte. Da, das Gesicht kannte er, Julia Heine, die Tochter vom alten Heine und – wie er erfahren hatte – Kriminalbeamtin. Und eine Frau, die ihn kürzlich ausgetrickst hatte, das wurde ihm schlagartig klar. Sie hatten ihm eine Falle gestellt mit der Heine als Lockmittel und er war wie ein balzender Gimpel darauf hereingefallen.

Die Erinnerung kam ihm wieder. Julia Heine hatte ihn besucht. Er sah sie vor sich, wie sie die Bilder anschaute. Dann bot er ihr Champagner an – und war dann aufgewacht, ohne zu wissen, was wirklich geschehen war. Die Zeit dazwischen, die zwei, drei Stunden musste sie genutzt haben. Hatten sie im Team das Haus durchsucht? Was konnten sie gefunden haben? Es fehlte nichts, aber vielleicht war etwas hinzugefügt worden. Konnte er wissen, was die Polizei möglicherweise alles in seinem Haus an Überwachungseinrichtungen installiert hatte?

Gut, dass er mit seinen Aktivitäten vorsichtig geworden war und aufgepasst hatte. Aber der Überfall eben, das Tatgeschehen war beobachtet worden! Nur so erklärte sich das rasche Auftauchen der Polizei. Ohne weiter nachzudenken gab Petters Gas und rauschte am Bahnhof vorbei die Schillerstraße entlang zum Gebhard-Müller-Platz. Die Ampel zeigte zum Glück Grün, er bog scharf nach links und dann gleich rechts die Landhausstraße hoch zum Kernerplatz. Der Mercedes war etwas zurück geblieben, folgte aber exakt seinen Richtungsänderungen. Der Porsche umkurvte den Platz und schoss dann in der Verlängerung der Landhausstraße davon.

Die Beamten, die in ihrem Wagen unterhalb der riesigen Metallskulptur die türkische Botschaft bewachten, beobachteten das Geschehen – und als Stiller mit seinem Mercedes das gleiche Manöver vollzog, sprach der eine der Männer aufgeregt in sein Sprechfunkgerät. An der Werfmershalde zog Petters den Wagen scharf nach rechts in die Werastraße, es ging wieder in Richtung Stuttgart-Mitte. Die Straße war eng, die Reihe der parkenden Autos beeinträchtigte die Durchfahrt und machte ein Ausweichen nahezu unmöglich. Aber nur die beiden Wagen rasten durch die nächtliche Straße. Bei der Einmündung der Schützenstraße preschte Petters mit quietschenden Reifen wieder scharf links die Haarnadelkurve hoch. Stiller blieb zurück und als er die Weggabelung erreichte, war vom Porsche nichts zu sehen. Er bremste, kurbelte das Fenster herunter und lauschte in die Nacht, das typische Röhren klang jetzt von weiter oben, also lenkte er auf Verdacht in die Schützenstraße.

Petters hatte inzwischen die Haussmannstraße erreicht und fuhr wieder nach rechts. In Höhe der Waldorfschule kam aus der Ausfahrt von Nr. 34 rückwärts ein Lieferwagen. Petters bremste den Porsche voll ab und rutschte nach rechts in die dort auf dem Seitenstreifen parkende Wagenreihe. Es knirschte, Metall krachte auf Metall, dann stand das Fahrzeug. Ein wenig benommen stieg Petters aus dem Wagen. Ein Blechschaden, nichts weiter, doch an seinem Porsche hatte sich der linke Kotflügel auf das Vorderrad gesenkt, an eine Weiterfahrt war nicht zu denken. Petters konnte jetzt eine gewisse Panik nicht unterdrücken, wie ein gehetztes Tier wandte er sich nach rechts und rannte humpelnd so rasch wie möglich auf die Emil-

Molt-Staffel zur Stadtmitte in Richtung Werastraße zu. Sein Bein schmerzte stärker, es stach in seinem Oberschenkel wie mit Rasiermesserklingen, lange würde er nicht in diesem Tempo laufen können. Doch vielleicht schaffte er es irgendwie, bis zum Bahnhof zu kommen.

Die Stadt unten zeigte sich bereits im abendlich-nächtlichen Lichterglanz. Auf dem Bahnhofsturm leuchte der „gute Stern auf allen Straßen". Rote Spuren der Bremslichter mischten sich mit hellweißen Scheinwerferkaskaden. Und in der Ferne blitzten blaue Signallichter. Es wurde Zeit, Petters erreichte den Abstieg und eilte den ersten Treppenabsatz hinab in die Tiefe.

Walther und seine Mitfahrer hatten über die weitere Route des Porsches gerätselt. Schon möglich, dass er in Haarnadelschleifen wieder zur alten Fahrtrichtung zurückkehrte, aber sicher waren sie sich nicht. Julia Heine nahm daher Kontakt zu Kathrin Schröder auf: „Hier Julia, wir hatten plötzlich Petters in Sicht, folgten ihm und haben ihn im Bereich Schützenstraße – Ameisenbergstraße und Haussmannstraße vorerst verloren, vielleicht ist er zu seinem Haus zurück gefahren."

Sie hörte der anderen Seite zu: „In Ordnung, wir ziehen uns aus der Geschichte zurück, wir treffen uns später. Ich lasse mich in der Hahnemannstraße absetzen. Bis dann." Sie beendete das Gespräch und informierte die beiden anderen: „Bei Petters im Haus wurde ein Toter gefunden, erschossen. Und überall war Blut, von der Waffe und von Petters keine Spur!" „Ja, den haben wir ja auch entdeckt!", meinte Walther Stiller. „Eben, ich habe das weitergegeben. Aber Kathrin rät uns, die Finger von Petters zu lassen. Der Mann ist bewaffnet und offenbar bereit, seine Waffe einzusetzen."

Inzwischen waren sie die Werastraße hinuntergefahren, Walther gab ihr Recht, für ein westernähnliches Showdown waren sie weder ausgerüstet noch kampferfahren. Sie fuhren weiter und plötzlich, auf der Höhe der von oben aus

Richtung Haussmannstraße mündenden Staffel, kam im Scheinwerferlicht links eine Gestalt in Sicht, die, als sie den Mercedes Stillers wahrnahm, sich umdrehte und hinkend wieder in das Dunkel der nach oben führenden Treppen verschwand. „Mensch", Walther Stiller bremste, „das war Petters, der ist zu Fuß unterwegs." Er hielt an und stellte den Motor ab, sprang aus dem Wagen und begann, aus einem nicht erklärbaren Impuls heraus, dem Flüchtenden nachzueilen. Er achtete nicht auf die ängstlichen Rufe Annas und die Warnungen Julias, sondern hastete in schnellem Antritt die Stufen der Staffel empor.

Fünf Absätze ging es in die Höhe, direkt auf die mit Graffiti bemalte obere Rundung zu. Im Licht einer ersten Hauslampe nahm er vor sich eine Schattengestalt war, die wohl einen Vorsprung erlaufen hatte, sich aber sichtbar mühsam nach oben schleppte. Walther, der in jüngeren Jahren ein guter Sprinter und jetzt auf längere Läufe eingeschwenkt war, setzte trotz der Stufen zum Spurt an. Die neu erworbene Ausdauer und seine alte Antrittskraft kamen ihm zu Gute, er näherte sich stetig dem Fliehenden, verkürzte die anfänglich noch beträchtliche Distanz. Dennoch merkte er, wie sein Atem rascher ging und sein Herzschlag wild pochte.

Sie waren jetzt vor der oberen Verzweigung der Staffel. Plötzlich hielt der Gejagte im Lauf inne und drehte sich ruckartig um. Stiller war vielleicht noch zehn Meter zurück, stoppte jetzt gleichfalls unwillkürlich. Den anderen beleuchtete rechts das fahle Licht einer alten Laterne. Seine Gesichtszüge wirkten verkrampft, seine Brust hob sich, er keuchte sichtbar und sein linkes Hosenbein schien feucht verfärbt.

Dieser Mann, der oberhalb von Stiller stand, der Mann, der Heiner Petters hieß, der Verfolgte, hob jetzt seine Rechte und zielte mit seiner Waffe genau auf Walther. *„Der Tod ist ein Meister aus Deutschland, sein Auge ist blau, er trifft dich mit bleierner Kugel, er trifft dich genau."*

Mit einem Schlag verlangsamte sich für Stiller die Zeit. Ihm war, als sehe er, wie die Lichtstrahlen einzeln aus der Laterne kröchen und sich in alle Richtungen fortbewegten. Dann wurde vorab eine Art von Echo des kommenden Schalls hörbar. Und das Mündungsfeuer des Schusses verbreitete sich um die Öffnung der Waffe wie eine blumenartige, feurige Korona. Und dann kam die Kugel in drehenden Schlingerbewegungen wie auf matten Flügeln durch die grauschwarzen Luftschwaden der Nacht auf ihn zu. Walther Stiller trat wie in Trance zur Seite.

Die Zeit floh in einem Bruchteil-Sekundenschlag, der Schuss hallte laut und unheilvoll. Dicht neben ihm, gerade dort, wo er soeben noch gestanden und geschaut hatte, krachte der Einschlag in die Rinde eines Baums, sodass das Holz in Dutzenden von Splittern auseinander stob. Und schon warf er sich zu Boden, nicht zu spät, der zweite Schuss jaulte in einer schneidenden Disharmonie quer über ihn hinweg in das seitliche Drahtgitter hinein. Stiller wurde ganz ruhig, der Pulsschlag verlangsamte sich, stoppte fast, und er wartete auf den dritten, endgültigen Knall – doch dieser blieb aus.

Sekunden verstrichen, er blickte vorsichtig auf, sah die Gestalt oben zusammengesunken am Boden kauern und plötzlich – in einer durchgehenden Rollbewegung – in aller Stille die Treppe hinabstürzen, weiter und weiter, bis der Fallende in einem letzten Zucken dicht vor Walther Stiller liegen blieb. Stiller erhob sich langsam, stand einfach nur da und starrte wie gebannt auf den Mann zu seinen Füßen. Im Haus links gingen Fenster auf, Schritte wurden hörbar, eine Stimme rief von unten ängstlich fragend seinen Namen.

Der Juli endete in Sonne, Hitze und hellen Nächten. In den Schulen nahten die großen Ferien, sechs Wochen ohne Schule, was bedeuteten da schon Zeugnisse und Noten. Die Schüler jubelten laut über ihre gewonnene Freiheit und auch die Lehrer verließen in ruhiger Freude die kargen Gemäuer der Lehre.

Heute feierte Kathrin Schröder ihren Geburtstag. Schon am Mittag traf sich die Gruppe der Sechs in Kathrins Wohnung in der Barchetstraße. Die letzten Tage waren noch aufregend gewesen. Hauptkommissar Maier kam von seiner Tagung zurück und war, wie nicht anders zu erwarten, über die Abläufe und die, wie er es nannte, Desinformationspolitik seiner Abteilung äußerst unzufrieden. Selbst als die Fakten auf dem Tisch lagen und die Sachlage eindeutig geklärt war, kam von ihm Kritik über Kritik, ein Lob hätte ja auch seine eigene Ersetzbarkeit eingestanden.

Der Rechtsanwalt und Politiker Heiner Petters, Ex-Revoluzzer und Karrierist, Jäger und Gejagter, Ordensmann, mutmaßlicher Attentäter und Mörder starb an dem auf seinen Sturz folgenden Tag im Krankenhaus, ohne vorher noch einmal das Bewusstsein erlangt zu haben. Der Blutverlust seiner schlecht versorgten Wunde war zu groß gewesen – und die Verfolgung sowie sein Treppenlauf hatten das ihrige beigetragen. Beim Sturz waren zudem drei Rippen gebrochen, von denen die eine den linken Lungenflügel durchbohrt hatte. Die Toten schienen gerächt.

Der bei Petters gefundene Schlüssel führte zu einem Schließfach am Bahnhof, dessen Inhalt brisant war und daher umgehend vom Staatsschutz kassiert wurde. Das Material war wohl zu enthüllend und erlaubte zu tiefe Einblicke in das Treiben der politischen Kaste, um der Öffentlichkeit präsentiert werden zu können. Nun ja, Petters war als der nächste Innenminister und – bei Wechsel des Ministerpräsidenten in die Bundespolitik (man munkelte von einem Bundesministerium oder gar der Kanzlerschaft) – als potentieller Ministerpräsident gehandelt worden. Es galt also, schnell das Leichentuch des Vergessens über alles zu legen, tempus fugit, mit der fliehenden Zeit verlieren die Dinge ihre Bedeutung und ihren Wert.

Man traf sich also im kleinen Kreis, um sich mit den wahren Hintergründen zu beschäftigen. Kathrin Schröder hatte mittags zusammen mit Heinz Ratmund zwei große Bleche Pizza gebacken.

Jetzt saßen sie zusammen, aßen, tranken und feierten. Der Wein, ein Trollinger, war gut, die Stimmung stieg und das berechtigt, denn die ganzen Fälle, eigentlich ein Fall, der Fall Petters, war abgeschlossen und beendet.

„Liebe Freunde!", ergriff Inspektor Heinz Ratmund das Wort. „Der Fall ist geklärt, die ganze Geschichte zu Ende. Wir alle haben dazu beigetragen, aber ehrlich gesagt, der richtige Überblick, was wirklich passiert ist, der fehlt noch. Tragen wir also unser Wissen zusammen. Unser Walther, der als detektivischer Amateur bei der Aufklärung des historischen Hintergrunds und der mystischokkulten Zusammenhänge entscheidend geholfen hat und dazu noch gut mit der Rede vertraut ist, ‚darf' beginnen. Er wird uns seine Deutung der Geschichte darlegen und die dazu gehörenden Verbindungen und Beziehungen aufzeigen. Also", er hob sein Glas und prostete Stiller zu, „auf, Junge, fang einfach an und leg los!"

Heinz Ratmund setzte sich, Kathrin gratulierte ihm zu seiner kurzen Rede und gab ihm einen Kuss auf die Wange, worauf der gute Inspektor ziemlich errötete. Walther Stiller erhob sich und begann seinen Vortrag: „Liebe Freunde, wir alle haben gemeinsam an der Lösung des Falles mitwirken können. Ihr", er blickte zu Heinz und Kathrin sowie zu Peter Voller und Julia Heine, „ihr aus beruflicher Pflicht und Neigung und ich, weil ihr mich sonst auf Dauer eingesperrt hättet. Ja, ja, so wäre es gekommen, sagt nichts. Ich war verdächtig, genau wie ihr Anna im letzten Jahr verdächtigt habt. Ihr seid schon Schufte." Walther musste seine Rede unterbrechen und die Proteste gegen die Titulierung beschwichtigen.

„Gut, gut, ich komme zur Sache: Der alte Petters, Jahrgang 1923, soweit die Informationen aus dem NS-Archiv, war zu Kriegsende gerade 22 Jahre alt. Er hatte die Blütezeit der NS-Herrschaft in seiner jugendlichen Präge-phase erlebt und sich begeistert zur Waffen-SS gemeldet. Bei diversen Kämpfen war seine Division an der Ostfront und in Frankreich eingesetzt. Der Untergang des 1000jäh-rigen Reichs, seine Werwolfaktivitäten, die erlebte Gefan-genschaft und die Besatzungszeit prägten die politische Einstellung des jungen Mannes. Als minder belastet einge-stuft, kehrte Peters 1947 in die Öffentlichkeit zurück. Das bald entstehende ‚Bonner System' lehnte er vehement ab und beschloss, aktiv gegen die junge Demokratie zu arbei-ten. Doch bald schien er vom Wirtschaftswunder einge-fangen zu sein und alle Sabotageideen vergessen zu haben. Insgeheim aber unterstützte er die HIAG, die Organisation der ehemaligen Waffen-SS-Angehörigen. Beruflich stand Petters gut da, baute eine Firma auf, heiratete, zwei Söhne, Heiner und Ralf, wurden geboren. Diese erzog er im Hass gegen den Staat. Die Wirkung war verblüffend, beide nah-men die väterliche Lehre an – und wandten sich der radika-len Linken zu. Während ihrer Studienzeit in Freiburg wur-den beide zu Häuserbesetzern und Antikernkraft-Aktivis-ten, wobei einer der Petters-Brüder damals schon gern mit Sprengstoff arbeitete. Der alte Petters steckte daher verär-gert seine Energie in den Aufbau einer neuen Ordensge-meinschaft. Die Armanen wurden von einem Strohmann wieder belebt. Ein Teil trat der neuen Glaubensgemein-schaft der Dyzianer bei. Diese schienen zunächst harmlos, waren aber offenbar stärker in das Geschehen eingebunden, als wir es bislang beweisen konnten. Die Informationen über diese Leute besorgte uns Anna."

Stiller schaute Anna Tierse an und diese ergriff das Wort: „Ja, wir hielten die Leute für harmlos. Meine Bekannte, Klara Bylla, sprach von ‚friedlichen Spinnern'. Aber es gibt bei diesen Dyzianern, ganz unabhängig von der Armanengeschichte, höchst eigenartige Bräuche. Um die Homogenität und Exklusivität zu gewährleisten, legt man Wert darauf, nur innerhalb der Gruppe Privatkontakte zu haben. Es kommt und kam dabei zu regelrechten Verkupplungen. Ein ehemaliger Kollege von mir hat das selbst erlebt. Ulf war irgendwie in Kontakt zu den Dyzianern geraten und konnte sich nur mit Mühen solchen Vermittlungen entziehen. Er stieg aus und wurde fast zwei Jahre lang gnadenlos mit Brief-, Mail- und Telefonattacken verfolgt. Das zur ‚Harmlosigkeit'. Soweit ich es klären konnte, existiert die Gruppe wohl immer noch, ist aber durch die Vorgänge an der Sonnenwendfeier führungslos geworden."

Anna schwieg wieder und Stiller fuhr mit seinem Teil fort: „Während also der ältere Petters auf der Sektenebene aktiv war, begann Heiner Petters seinen Marsch durch die Institutionen und schien dabei, wie Jahre zuvor sein Vater, an Radikalität eingebüßt zu haben. Irgendwann kam es dabei zu einem seltsamen Tausch der Identität der beiden Brüder. Aus Ralf wurde Heiner und umgekehrt." „Die Polizeiakten aus der Zeit spiegeln diese Verwirrung wider", warf Heinz Ratmund ein. Walther nickte: „Ursprünglich sollte dieses Manöver wohl potenzielle Schwächen in der politischen Biographie des Aufsteigers Heiner Petters verdecken. Später diente der Wechsel zur Tarnung der Verquickung Heiner Petters' mit dem Armanenorden. Auch bei dieser Gruppierung finden wir das Verwirrspiel mit den Namen. Einmal ist es der Orden, dann sind es wieder die Dyzianer, mit denen Petters operiert. Jedenfalls steigt der Mann rasch auf. Seine alten

Kampfgefährten aus Freiburger Zeiten begleiten diesen Aufstieg und beziehen ihrerseits Karrierepositionen im Kultusministerium, genauer im Stuttgarter Oberschulamt. Wer da wen schob oder zog, bleibt im Nachhinein undeutlich. Rolf Clippert und Herr Bari waren jedenfalls mit dem, was für sie abfiel, zufrieden, Dr. Alba im Prinzip auch. Heiner Petters' eigene Karriere verlief weiter steil nach oben, er wurde bereits als Innenminister, vielleicht sogar als künftiger Ministerpräsident gehandelt. Das Wissen seiner ehemaligen Kommilitonen Alba, Clippert und Bari über ihre und seine ‚wilde' Studentenzeit begann Petters immer mehr zu stören." Walther blickte in die Runde. „Schon seltsam, dass diese braven Bürokraten einmal rebellierende Studenten gewesen sein sollen."

Er schüttelte den Kopf und fuhr fort: „Ich komme zu Alba. Durch einen Zufall lernte er auf einer Tagung den Spezialisten für die Dyzianer, Dr. Werner kennen. Dieser muss ihm nebenbei einiges über die Gruppierung erzählt haben, das Alba im Kontext seines Wissens über Petters zusätzlich nutzen wollte. Hier kommt wieder Petters Senior, also Wilhelm August Petters ins Spiel. Sein Armanenorden und die dazu gehörende Organisation waren seit den 80er Jahren aufgebaut worden und standen jetzt fest und geordnet da. Petters war sich seiner Organisation und ihrer Mitglieder, insbesondere der Führungsgruppe der Dyzianer, sicher und plante ihren Einsatz. Der Zeitpunkt schien günstig und geschichtlich vorgegeben. Man schrieb das Jahr 2005 – 60 Jahre ‚später' wollte er eine historische Antwort auf den Untergang des III. Reichs geben und am Datum der germanischen Sonnenwendfeier, an Johanni, ein Attentat als Fanal inszenieren."

„Vielleicht glaubte der alte Mann sogar an die Möglichkeit einer, wie er es nannte, nationalen Revolution", nahm Heinz Rathmund den Faden auf. „Die Informationen seines Sohnes über das geheime Treffen des Ministerpräsidenten auf dem Rotenberg kamen für ihn zum rechten Zeitpunkt. Heiner Petters seinerseits hatte sich von den Ideen seines Vaters erneut und endgültig abgewandt. Das Attentat kalkulierte er kühl als Personalmaßnahme ein. Er rechnete sich aus, dass dann noch ganz andere Posten, als der des potentiellen Innenministers für ihn frei werden könnten. Mit dem Neonazismus seines Vaters hatte er nichts am Hut, die Gruppierung der Armanen war ihm lediglich nützliches Fußvolk. Aber die Kombinationen und Erkenntnisse seines Mitkommilitonen Alba gefährdeten seine Planungen. Heiner Petters zögerte nicht lange und ließ mit Hilfe fanatisierter Ordensanhänger erst Werner, dann Alba, schließlich nebenbei Clippert, den Zeugen Bange und wohl auch Bari beseitigen.

Die Ordensmitglieder, darunter seine ausführenden Helfer, versammelten sich zum Sonnenwendfeuer an dem Ort, den Petters vorgeschlagen hatte, auf dem Kaiserstuhlplateau. Er wusste von der Blindgängersituation, wobei sein Bruder Ralf im Vorfeld durch Bohrungen – Fred Ackermann gab uns die Information – die Verbindung zur Bombe erst richtig möglich machte. Zur Ablenkung deponierte dieser die Runensymbole an Ort und Stelle, um die Schuld für das Geschehen der angeblich noch immer existenten ODESSA-Organisation in die Schuhe zu schieben. Auch die Internetseite der Dyzianer wurde von Ralf entsprechend gestaltet. Mit der Explosion glaubte Heiner Petters die letzten Mitwisser beseitigt, leider kam bei der Verfolgung sein Bruder ums Leben und der Polizeieinsatz von Inspektor Voller verhinderte in letzter Minute das Rotenbergattentat."

Ratmund endete und jetzt ergriff Kathrin Schröder das Wort: „Ich komme zur Endphase. Petters erkannte das völlige Scheitern der geplanten Aktionen. Der alte Petters, der mit seinem Sohn, also mit Petters Bruder Ralf, am Rotenberg das große Armageddon gestalten sollte, meldete sich nicht mehr und er konnte nur spekulieren, was mit seinem Vater passiert war. Wir wissen heute, dass laut DNA-Analyse der Leichnam des alten Mannes, den man im Rotenberggebiet entdeckte, als Petters Vater identifiziert ist. Das jedoch wusste Petters nicht, dagegen war ihm natürlich der Tod seines Bruders Ralf bekannt. Dessen Rolle im Gesamtspiel war möglicherweise zentraler, als wir das aufgrund der Ermittlungen belegen können. Petters, im Ungewissen, was die Polizei wusste, wurde immer nervöser. Er bemühte sich jetzt um eine allseitige Vertuschung und Verwirrung etwaiger Spuren.

Nach außen hin spielte er der Umgebung, auch seiner Familie, Normalität vor und war so sehr in seiner Rolle gefangen, dass er in seiner Überheblichkeit Julias Köder schluckte. Trotz des Einsatzes von Julia und unserer Abhöranlagen wäre es ihm dennoch fast gelungen, seine Spuren zu verwischen und alle Vorwürfe abzuwehren.

Da kam ihm das Schicksal dazwischen oder, wenn man will, die ausgleichende Gerechtigkeit. Einer der Überlebenden des Attentats an der Sonnenwendfeier, ein offenbar interner Mitwisser der Armanenaktivität, drang bei Petters ein, um sich an ihm für den begangenen Verrat zu rächen. Wir wurden Augenzeugen des Geschehens. Was im Hause Petters und danach geschah, wissen wir alle.

Leider fehlen uns durch das Eingreifen des Staatsschutzes die Detailkenntnisse zum Hintergrund, aber das ein oder andere haben wir ja bereits ermittelt. Das Schlangengift im Mordfall Alba ist zum Beispiel identisch mit den Toxinen der Vipern im Hause Petters. Und die Projektile aus der Pistole von Petters sind laut der waffentechnischen Untersuchung aus der gleichen Waffe abgefeuert worden, mit der Otmar Werner erschossen wurde.

Petters ist die Person, bei der alle nur denkbaren Spuren zusammenlaufen. Ob er weitere Attentate plante oder noch Schrecklicheres im Sinn hatte – die entdeckten Computerdateien weisen darauf hin – oder ob das bewusst gelegte Ablenkungsmanöver waren, um unsere Ermittlungen als wertlos abzustempeln, werden wir nie endgültig wissen. Denn auch hier war der Staatsschutz schneller, sämtliche PCs aus Petters' Privat- und Geschäftsbereich wurden beschlagnahmt." Kathrin beendete ihre Darlegung und die Gruppe diskutierte noch eine Weile über das ein oder andere Detail des Geschehens.

Der Abend kam und weitere Gäste füllten Kathrins Wohnung, insgesamt 31, ihrem Geburtstag entsprechend. Walther hatte ihr in Möhringen bei Pegasus ein passendes Büchlein über einen Privatdetektiv besorgt. „Schröder ermittelt", las Kathrin belustigt. Das Fest nahm seinen Gang. Der Geräuschpegel stieg, Gläser klirrten. Dichter Tabakqualm zog in die Höhe, draußen dunkelte warm die Sommernacht. Bluesklänge unterlegten die Gespräche mit breiten Akkorden und brachten den südlichen Hauch des Mississippi-Deltas in die Räume.

Heinz beobachtete misstrauisch einen jungen Mann, der mit Kathrin flirtete. Er flüchtete in die Küche. Dort unterhielt er sich mit Walther über Musik und Literatur. Nebenbei erzählte er vom Inspektor in Ausbildung, Kurt Schöpfel. Dieser hatte voller Frustration, weil ihn keiner über den Fall informierte, das dienstliche Handtuch geworfen und war zur Verkehrspolizei gegangen, wo er sich richtig glücklich fühlte.

Schließlich begann Heinz sich über Kathrin Schröder auszulassen, wie einzigartig sie sei und er natürlich keine Chance habe, doch gerne hätte ... Walther fand den Inspektor in Ordnung, mochte ihn sogar, hatte aber wirklich keine Lust, sich den Rest des Festes Klagen und Aussagen über die Wankelmütigkeit der Frauen an sich und der guten Kathrin im Besonderen anzuhören. Sollte Heinz doch endlich aktiv werden!

Walther verließ die Küche, schaute sich suchend um, wo war eigentlich Anna? Sein Blick fand sie rasch. Anna saß mit einer gewissen Claude auf einem gelben Sofa. Die Damen schienen ins Gespräch vertieft. Er wollte sie nicht stören, holte sich einen Drink und blickte in die Runde, wer noch da war. Peter Voller unterhielt sich angeregt mit Julia Heine.

Walther Stiller trat auf die Veranda hinaus. Er lehnte sich an das Geländer, schloss die Augen und lauschte den fernen Tönen der Nacht. Rauschen und leichtes Schwirren, Nachtvogelrufe, verhallende Stimmen. Drinnen wurde es ruhiger, das Fest näherte sich dem Ende. Etliche Gäste verabschiedeten sich von Kathrin und gingen.

Ein leichtes Geräusch ganz in seiner Nähe ließ Walther die Augen öffnen. Jemand war zu ihm hinausgetreten. Er war nicht allein mit dem strömenden Dunkel, Anna Tierse stand neben ihm. Warm war die Nacht und ein leichter Hauch der Sehnsucht zog aus ihrer Tiefe.

Sie verließen das ausklingende Fest. Anna fasste Walther am Arm und führte ihn zu ihrem Wagen. Sie stiegen ein und fuhren in den erwachenden Morgen davon. Die Stadt blieb zurück, irgendwann bog Anna seitlich in einen Feldweg hinein, stoppte zwischen Bäumen und stellte den Motor ab.

Ein Pfad führte in den dämmrigen Wald, sie folgten ihm. An einer Stelle traten die Bäume zurück, der lehmige Boden tauschte mit hellem Sand; vor ihnen lag ein stiller See.

Sand und Wasser ließen alles Frühere versinken, die alte Zeit entfloh. Grau-weißer Frühdunst schwebte über dem frischen Wasser. Erstes Pfeifen und Zwitschern schlaftrunkener Vögel, plätscherndes Erwachen ringsherum. Im Osten zeigte sich mattrot die noch unscharfe Kontur der Sonne. Während der Tag leise anbrach, flog rauschend eine Kette von Wildenten auf und in flacher Steigkurve dem Horizont entgegen. Jetzt wurde die Sonnenscheibe zum rotglühenden, machtvollen Ball, der steil in die Höhe stieg. Durch das Grün der Bäume klang der lockende Ruf der Amseln.